集英社オレンジ文庫

鎌倉香房メモリーズ

阿部暁子

「目次」

イラスト／げみ

集英社オレンジ文庫

鎌倉香房メモリーズ

Akiko Abe Presents

KAMAKURA-KOBO MEMORIES

阿部暁子

第1話

あの日からの恋文

1

その人が店に入ってきた時から、その人がかなしんでいることはわかっていた。

「お線香《せんこう》をいただきたいのだけど」

『香《こう》』と白地に墨書《すみが》きされた暖簾《のれん》をくぐり、白木《しらき》の引き戸を開けて入ってきたその人は、いらっしゃいませと頭を下げたわたしに、そう言ってほほえんだ。心のやさしさが滲《にじ》み出たような笑顔。それでもその人は、かなしんでいた。それも深く。胸をつくように。

「どのような香りがお好みですか？　ご自宅のお仏壇《ぶつだん》用でしたら、こちらの煙《けむり》の少ないタイプもございます」

「ああ、煙が少ないのがいいわ。お線香をたいてると、煙たいって孫が嫌《いや》がるの」

銀色に色が抜けた髪をふんわりとまとめ、ブラウスにクリーム色のカーディガンを重ねた老婦人からは、うちで使っているのと同じ洗剤のにおいがした。どこかでお花見もしてきたのかもしれない、桜の香りもまとっている。いま鎌倉《かまくら》は、桜の盛りだ。

けれどその人のかなしみは、それらよりも強く香ってきた。それは冷たい冬の雨のような、静かに胸を刺す香りだった。

何がそれほどかなしいのだろう。なぜこんなにも、胸を痛めているのだろう。

でもわたしはそんなことを考えているとは表に出さず、黙《だま》って買っていただいたお線香を包装紙《ほうそうし》でくるむ。何も感じなかったことにしよう。もともとわたしが立ち入る筋合いなどない、名前も知らずに別れる人なのだから。

「あなた、中学生？」

不意うちの質問に「へ？」とおかしな声がもれてしまった。

わたしはよほど間の抜けた顔をしたのだろう、くすっと老婦人に笑われてしまい、頬《ほお》が熱くなった。わたしの顔には、すぐに赤くなるという困った機能がついている。

「春休みが明けたら、高校二年です」

「あら……そうなの、ごめんなさいね。孫と同じくらいかと思って」

「お気になさらないでください。自分でも、高校生にしては威厳《いげん》に欠ける顔だと思うので」

「あなたくらいの女の子がお着物を着てるのって、今どき珍しいわね。素敵な小紋《こもん》だわ」

薄紅《うすべに》色の桜の小紋は、祖母がわたしに見立ててくれたものだ。洒落者《しゃれもの》の祖母の趣味《しゅみ》が褒《ほ》められたのはうれしくて、笑みがこぼれた。

「お香をお求めになっていらっしゃるお客様は、和装もお好きな方が多いだろうという店主の意向なんです」

「ああ、確かにそうでしょうね。とってもかわいいわ」

「な、めっそうもないことです……！」

「ただいま戻りました。――ああ、いらっしゃいませ」

白木の引き戸を開けて入ってきたのは、お昼休みに出ていた雪弥《ゆきや》さんだった。

ほのかにラーメンのにおい。しかも塩のようだ。今の恰好《かっこう》でラーメン屋さんへ乗りこんでいったのなら、雪弥さんはさぞかし目立ったことだろう。

「あらあら、まあ」

目をまるくした老婦人は、大島紬《おおしまつむぎ》のアンサンブルを着た雪弥さんとわたしを交互に見ると、ウフフとかわいらしく笑った。

「若旦那《わかだんな》さまと若奥さまみたいだこと」

奥さま⁉　と動揺《どうよう》するわたしをよそに、黒いメタルフレームの眼鏡をかけた雪弥さんは泰然自若《たいぜんじじゃく》たる微笑をたたえると、

「いえ、丁稚《でっち》と御店《おたな》のお嬢《じょう》さんです」

と応《おう》じた。わたしは、ここ『花月香房《かげつこうぼう》』の店主の孫で、雪弥さんはアルバイトなのである。ちなみに雪弥さんは実年齢よりも上に見られることが多いが、来月大学二年生に進級予定の十九歳。「丁稚」だの「御店」だのと古めかしい言葉を用いてもあまり違和感を与

えない、色白で一重まぶたの和風美男である。

お線香の包みを入れた小さな手さげ袋を渡すと、老婦人は「ありがとう」とほほえみ、わたしと雪弥さんは戸口に並んでお見送りした。

本当であれば、わたしたちとその人は、それきりだっただろう。わたしはその人の名前も、深いかなしみの理由も、何も知ることなく別れるはずだった。

様子がおかしいと気づいたのは、出ていったはずのその人の香りが、店の前を行ったり来たりした時だった。そして戸を隔《へだ》てても強く香ってくる不安、焦燥《しょうそう》、混乱。

「香乃《かの》さん？」

雪弥さんの声を聞いた時には、わたしはもう引き戸に駆けよっていた。戸を開けると、老婦人は道路のほうを向いて立ちすくんでいた。声を。なるべく、おだやかに。

「どうなさいました？」

お線香の袋を胸に抱きしめてふり向いたその人は、小さな子供のように瞳《ひとみ》をゆらがせて、わたしを見つめた。

各種お香、香木《こうぼく》、香道具、薫香《くんこう》ひと揃《そろ》えをとり扱う『花月香房』は、杉本寺《すぎもとでら》や報国寺《ほうこくじ》などの古刹《こさつ》が点在する金沢《かなざわ》街道の一角にある。

香司《こうし》（香職人）であったわたしの祖父が構えた店で、二年前に祖父が他界してからは、祖母が切り盛りするようになった。同居しているわたしと、以前から祖父母と付き合いのあった雪弥さんも、時々その手伝いをしている。

用事の多い祖母は今日も外出中で、春休みのわたしと雪弥さんが店番をしていた。何かあれば責任者である祖母に連絡することになっているが――これはどうしたものだろう。

「本当にごめんなさい、ご迷惑をかけてしまって……」

老婦人は、小野糸子《おのいとこ》さんといった。

自分の家がどこだったかわからなくなってしまった、と糸子さんはか細い声で話した。保険証などがあれば住所がわかる、と思いついたのは雪弥さんだったが、残念ながら糸子さんの小さなハンドバッグからそういう物は見つからなかった。ハンカチとティッシュ、きれいな匂《にお》い袋《ぶくろ》、小銭《こぜに》入れ、あとは梅の花のしるしと『荏柄天神社《えがらてんじんしゃ》』の文字が書かれた薄紙の小袋。中身はお守りのようだ。荏柄天神社は、この店から徒歩数分の場所にある。

電車とバスを使ってここまで来た、という糸子さんの話からして鎌倉市内に暮らしているのは確かだと思われるが、わたしたちにわかるのはそこまでだった。

「自分の家の場所を忘れてしまうなんて、本当にどうかしてるわね……でもたぶん、歩いているうちに思い出すと思うから」

こわばった頬に無理やりとわかる笑みを浮かべて糸子さんが椅子《いす》から立ち上がったので、

「待ってくださいっ」

とわたしは思わず彼女の腕を押さえた。

糸子さんはただ、わたしたちに申し訳ないから出ていこうとしているだけだ。内心では途方にくれて、不安でたまらないのに。

「もう少し、こちらで休んでいらしてください。ごらんのとおり、まったく流行《はや》っていない店ですから大丈夫です」

「いえ、でも」

「ではせめて、このお茶を飲んでいっていただけませんか。もう淹《い》れてしまったもので」

いったいいつの間に淹れてきたというのか、雪弥さんが湯呑《ゆの》みをお盆にのせて立っていた。

この店の奥には木戸で仕切られた通路があり、それはわたしと祖母が暮らす母屋《おもや》に続いている。雪弥さんは母屋のほうでお茶を淹れてきたのだ。忍者のごとき早業《はやわざ》である。

さあさあと雪弥さんに湯呑みを渡された糸子さんは、困惑顔で椅子に座り直すことになる。これでもうしばらく、ここに留まってもらえるだろう。「グッジョブです！」とわたしが熱い視線で讃《たた》えると「当然です」と雪弥さんは涼しいドヤ顔で応じた。

けれど、この事態は、いったいどうすればいいのだろう。

「警察に届け出るのが一番いいと思います。幸いご家族の名前ははっきりと覚えていらっしゃるようですから、警察なら自宅をたどることができるでしょう」

雪弥さんの声はごくかすかで、離れた椅子に腰かける糸子さんには聞こえない。雪弥さんが言うとおり、きっとそれが一番なのだろう。

でも——それは糸子さんの自尊心《じそんしん》を傷つけはしないだろうか。今でさえ彼女の香りは、申し訳なさや恥《は》ずかしさで苦しいほどはりつめているのに。

「警察、は、もう少し待ちませんか……」

雪弥さんが、わたしに顔を向けた。雪弥さんがよく実年齢より上に見られるのは、たぶん時にこんな冷静すぎる表情をするからでもあるのだろう。感情を制御する性格のせいなのか、雪弥さんは何かに強く心を動かされた時以外、香りの変化も感じにくい。

「素人《しろうと》の推測《すいそく》ではありますが、小野さんは認知症の疑いがあります。ご家族が小野さんを捜《さが》している可能性もある。一刻《いっこく》も早く居所を知らせるべきだと僕は思いますよ」

「わかってます、連絡しないというんじゃなくて……糸子さんは今、すごく不安で焦《あせ》ってるから。本当に、あと少し傷ついただけで壊れてしまいそうなくらい心がパンパンだから、それが落ち着くまで待ちたいんです。だって、今もここがどこかよくわからなくて怖いのに、警察の人が来て、また別のところへつれていかれて、いろいろ訊《き》かれて——そういうの、とてもつらいと思う。だから、糸子さんの気持ちがもう少し落ち着いてから、これからどうするかきちんと話して、それで……」

なぜこう、わたしはしどろもどろなのか。情けなくて声が尻《しり》すぼみになると、黙ってわたしを見ていた雪弥さんが口を開いた。

「わかりました」

たぶんわたしは、間抜け面《づら》をしたと思う。雪弥さんが一瞬《いっしゅん》、口もとをゆるめたので。

「小野さんがそういう気持ちなら、香乃さんの言うとおり時間を置くべきだと思います。僕も配慮《はいりょ》が足りませんでした」

「い、いいんですか」

「香乃さんがどれだけ人の気持ちに敏感《びんかん》で真摯《しんし》か、僕はよく知ってますよ」

雪弥さんはあきらかに買い被《かぶ》っており、わたしは全然そんなことはないんですよと訂正するべきだったが、実際には赤くなって黙りこむだけだった。わたしの心には、岸田《きしだ》雪弥氏には買い被られていたいと望む困った機能がついている。

しかし、糸子さんの気持ちを落ち着けるにはどうしたらいいのか。

わたしと雪弥さんもそばに座って雑談をしてみるが、糸子さんは忘れるはずのないものを忘れてしまったショックでひどく緊張していた。わたしたちは心の専門家ではないし、ここはただのしがない香舗《こうほ》だ。いったい何ができるのだろう。

「……あっ」

壁の貼《は》り紙が目にとびこんだ。『聞香体験《もんこう》』という見出しと、説明の文章。僭越《せんえつ》ながらわたしが毛筆にて書いたものだ。そう、ここはしがないけれども花月香房なのだ。わたしの視線に雪弥さんも気づき、声をひそめた。

「あれは要予約の定員三名様以上五名様まで、おひとり様体験料一五〇〇円ですが」

「ちょうど三人ですね、わたしたち」

「体験料を華麗《かれい》に流しましたね。……でも確かに、気持ちを落ち着けるにはいい方法かもしれません」

雪弥さんは忍者のようにすばやく静かに支度《したく》を始め、わたしも糸子さんを、店の奥にある四畳《じょう》の小上がりに案内した。

雪弥さんが持ってきてくれた香道具を手もとに置き、とまどい顔で正座している糸子さんに、わたしは笑いかけた。

「香道《こうどう》は、ご存じですか?」

「何となくだけれど……小さな香炉《こうろ》で香木を炷《た》いたり、そのにおいを嗅《か》いだり」

「そうです、こんな道具を使います」

とり出した道具を一つ一つ、広げた敷紙《しきがみ》の上に並べていく。香盤《こうばん》、火道具、香炉——糸子さんも目を惹《ひ》かれたようだった。香道具は、小さいながらもどれも精緻《せいち》で、完璧《かんぺき》な結晶のように美しいのだ。

「この香炉で、香木や練香《ねりこう》を焚きます。香は『嗅ぐ』ではなく『聞く』というんですが。気分転換に、少し試してみませんか?」

「えっ? そんな、結構よ。ただでさえご迷惑をかけているのに、そんなことまで……」

「そうおっしゃらずに。香十徳《こうのじゅっとく》といって、お香には心身を清めたり、感覚を研《と》ぎ澄《す》ましたり、さまざまな効能があると言われているんです。しかもこの香十徳を伝えたのは、あの一休《いっきゅう》さんだと言われています。一休さんが言うからには間違いないはずです。お香を聞いたら、心が落ち着いてすっきりしますよ」

わたしは結構本気で力説していたのだが、何か笑いどころがあったらしく、糸子さんが弱いながらも笑みをこぼした。笑ってもらえたのでわたしは俄然《がぜん》やる気になった。

香を聞くのに使う聞香炉《もんこうろ》は、大きめの湯呑みか蕎麦《そば》ちょことといった形で、ちょうど女性の手のひらにのる程度の大きさだ。

まずは聞香炉に入れた灰を、火箸《ひばし》でよくやわらげ、充分に熱した炭団《たどん》（木炭の粉を固めたもの）を灰に埋《う》める。

次に香炉を少しずつ回しながら、香炉の中心へ向かって火箸《ひばし》で灰をかき上げていく。すると灰が砂場で作った山のようになるので、灰押《はいおさえ》でやさしく形を整《ととの》え、最後に火箸で山の頂点に穴をあける。この小さな穴を火窓《ひまど》といい、ここから香木に熱を伝えるのだ。香道の師範《しはん》である祖母がするとこの一連の作業も芸術的に美しいのだが、ちょっぴり齧《かじ》っただけのわたしは、灰をこぼしたりしてまた糸子さんの笑いを誘《さそ》った。恥ずかしい。でもウケたからいい。

火窓に銀葉《ぎんよう》（雲母《うんも》の薄い板）をのせ、銀葉を通して火窓の真上に当たる位置に香木をのせる。この時の香木は、マイクロチップみたいに小さい。そして少しすると、熱を宿した香木が、衣《ころも》を脱ぎおとしたように香り立つ。

「こちらの香炉は『沈香《じんこう》』、そちらは『白檀《びゃくだん》』です。どうぞ、手にとってみてください」

「私、お作法を知らないのだけど……」

「あまり固くならずに、くつろいでおやりになってください。こんな感じです」

と雪弥さんが白檀の香炉を左手にとり、右手で香炉の上に覆《おお》いを作って、鼻のそばへ近づけてみせた。なんて絵になるのか。これを撮影して動画投稿サイトにアップしたら、明日から花月香房は大繁盛《だいはんじょう》ではないだろうか。

糸子さんは、おそるおそるの手つきで沈香を炷いた香炉をとり、雪弥さんの所作《しょさ》を真似《まね》た。彼女が静かに目を閉じた時、痛いほどはりつめていた彼女の香りが、ふうわりとやわらぐのがわかった。

遠く響く音色にじっと耳をかたむけるように、ささやきかけるような繊細な香気《こうき》を、全身をかたむけて感じとる。その一心さから、香は『聞く』と表現されるようになった。

一途《いちず》に香を聞く時、心はどこまでも静まり、澄みきるのだ。

「素敵な香り……」

「こちらもどうぞ。白檀は沈香と違って生木のままでも香りますが、熱を与えるとひとしお豊かに香りが開きます」

雪弥さんにうながされて、糸子さんは次に白檀の香炉をとった。少し不慣れな、でもとても丁寧《ていねい》な手つきで香炉を鼻先へ近づける。

そして、ふっと瞳をゆらした。

何かを確かめるように、もう一度香炉を近づける。みるみる目をひらく。

わたしはこの時、糸子さんの香りの変化を感じていた。決して暗い変化ではなかった。小さな驚《おどろ》きと、胸がドキドキするような感じと――そう、それは言葉にするなら、こんな気持ちだったと思う。

『なつかしい』

どうしました、と問いかけようとしたその時だった。

「ただいま〜」

ガラリと白木の引き戸が開き、大きな声。「あ、三春《みはる》さん」と雪弥さんが呟《つぶや》いた。やべ、みたいな調子で。

「もう香乃ちゃん、雪弥くん、聞いてちょうだいな〜。今日の香席にね、香水をプンプンさせたご婦人がいたのよ。何を考えてるの？　お馬鹿《ばか》なの？　せっかくのお香が台無しじゃないの。だからお化粧室《けしょうしつ》で香水を落としてきてくださいって言ったら逆ギレされちゃって、おばあちゃんすっごく怖かったー。そのあと強制退場させたけど。ああ、今日は疲れちゃったわー……あら？」

ぺらぺらとひとりでしゃべりながら入ってきた祖母は、小上がりにいるわたしたちを見て目をまるくした。見られた、香木無断使用の現場を！

あわあわするわたしのほうへ祖母はつかつかと歩いてくると、草履《ぞうり》を脱いで畳《たたみ》に上がり、ごめんなさい！　とわたしが謝ろうとすると同時に口を開いて、

「糸子ちゃん、来てくれたの！」

……はい？

古典柄《こてんがら》の付《つ》け下《さ》げを着た祖母は、ニコニコ顔で糸子さんの手を握《にぎ》っていた。当惑の表情

でいた糸子さんが、あっと目をみはった。

「え、三春ちゃん？　泉ヶ谷《いずみがやつ》女学院で一緒だった三春ちゃん？」

「やだ糸子ちゃんたら、なんでびっくりしてるの？　この前、稲村ヶ崎《いなむらがさき》駅で会ったばっかりじゃないの。それで来てくれたんじゃないの？」

目をパチパチする祖母に、さりげなく雪弥さんが耳うちした。「え……」と呟きをこぼした祖母は、信じられないというように糸子さんを見たが、それはほんの数秒で、すぐにいつものさばさばとした顔つきに戻った。

「まあ私たちもすっかりおばあちゃんだものね、そういうこともあるわよ。糸子ちゃん、私たちは先月に、えーと……約五十年ぶりに再会したの。私は香席の帰り、糸子ちゃんはお買い物の帰りだった。それで私たち、今度またゆっくり会ってお話ししましょうねって約束して、お互いの連絡先を交換したのよ」

え、と声をあげたわたしに祖母はにっこりとし、和装バッグからとり出したスマホを華麗なる指さばきで操作《そうさ》した。

「ひかえおろう、これが目に入らぬかっ！」

黄門《こうもん》様の印籠《いんろう》のごとくに祖母が掲《かか》げたスマホには、０４６７の市外局番から始まる電話番号と『糸子ちゃん』という登録名が表示されており、糸子さんは「まあ」とびっくり、わたしも雪弥さんもぽかんと口を開けた。

糸子さんは、お孫さんが迎えに来て、無事にお宅へ帰っていった。

「高校を出たあと、糸子ちゃんは逗子《ずし》にお嫁《よめ》に行ったんだけど、何年か前に旦那さんが亡くなって、しばらくはひとりで暮らしてたそうなの。でも、去年の秋って言ってたから半年くらい前ね、息子さんから同居しようって言われて、鎌倉に戻ってきたんですって」

と話しつつ祖母はすき焼きの鍋《なべ》からお肉をとった。雪弥さんはまだ生卵をかきまぜている。白身と黄身が完全にまざらないとゆるせないらしい。「香乃ちゃん、シラタキばっかり食べないの」と注意されて、わたしはあわててお肉とお豆腐《とうふ》とネギをとった。

「それにしても、高校生だった頃のことは覚えてるのに、この前私と会ったことは忘れちゃうなんて、ふしぎね」

「認知症の記憶障《しょうがい》害は、短期記憶から長期記憶への移し替えがうまくいかないために起こるんだそうです」

やっと卵のとき具合に満足したらしい雪弥さんが、指で眼鏡のブリッジを押し上げた。

「出たわね、雪弥くんのうんちく」

「長期記憶はつまり昔の記憶で、脳の保管庫にしっかり貯蔵《ちょぞう》されているから、鮮明《せんめい》に引き出すことができる。高校生の頃の記憶はこれです。対してこの前三春さんと再会した時の記憶は短期記憶で、これも本当なら脳の保管庫に入れられるべきものが、その途中で失われてしまう。だから、そういう出来事があったということ自体を忘れてしまう。すべての記憶がそうというわけじゃありませんが」

雪弥さんの説明に「なるほどね」と頷《うなず》いた祖母は、ため息をついた。

「なんにせよ、糸子ちゃんがうちの店に寄ってくれて本当によかったわ。糸子ちゃんとはよく学校帰りにあんみつを食べに行ってね、もし何かあったら、やりきれなかったもの」

「旦那さんの仏前《ぶつぜん》にあげる線香を買いに来たと言っていましたね」

「もしかしたら、旦那さんが導いてくれたのかもね。……ところで、糸子ちゃんの孫のアサトくん、『鎌倉ホワイトナイツ』のヨシツネっちみたいで恰好よくなかった？」

「ああ、凜々《りり》しい少年でしたね。ホワイトナイツなら僕はヨリトモっちが好きですが」

鎌倉出身の五人組少年アイドルグループについて語りはじめた祖母と雪弥さんの声をぼんやりと聞きながら、わたしは別のことを考えていた。帰り際に、本当にありがとうと笑った糸子さんのやさしい顔。最後までわたしの胸を刺し続けた、糸子さんのあの香り。

普通にしているつもりだったけれど、雪弥さんはわたしの様子に気づいていたようだ。

「小野さんのことが気になるんですか？」

わたしのとなりで洗い終わった食器を拭《ふ》きながら訊《たず》ねた雪弥さんの口調は、何気ないものだった。雪弥さんは横浜《よこはま》の大学の近くに部屋を借りているが、アルバイトの日にはいつもわたしたちと夕飯を食べて帰り、代わりにこうして後片づけを手伝ってくれる。わたしがうまく答えられずにいると、静かに問いを重ねた。

「もしかして、何か感じたんですか」

雪弥さんは、わたしのおかしな体質のことを知っている。家族以外でそれを知っているのは、雪弥さんだけだ。

「……かなしんでいたんです。とても」

ためらった末、うち明けてしまった。雪弥さんは、黙って聞いてくれる。

「道に迷ったからじゃなくて、もう、お店にいらした時からそうでした。お孫さんが迎えに来て帰っていく時にも、やっぱり何か、すごくかなしんでて。——気にしたりするのは差し出たことだって、わかってるんですけど」

「そんなことはないでしょう。誰かがかなしそうだと思って心配することは、おかしなことでも、悪いことでもありませんよ」

雪弥さんはわたしから洗ったお茶碗《ちゃわん》をとり上げ、空《あ》いたほうの手でわたしの頭をぽんぽんとやった。お茶碗を棚《たな》に仕舞うと、左手首の腕時計を見た。

「そろそろ帰ります。また明日」

例の困った機能が発動中だったわたしは、気をつけて、とうつむいて小声で答えた。

2

少し前に、こんなニュースを見た。アメリカの有名な科学誌で、人が嗅《か》ぎ分けることのできるにおいは一兆種類以上という論文が発表されたのだ。

一兆種類なんてあまりに膨大《ぼうだい》で途方《とほう》もない。うまく想像できなくてぼんやりしながら、わたしはこうも思った。それならわたしが感じるにおいは、その途方もない一兆種類よりもさらに多いのだろうか、と。

この世界では、土、水、木々や花、虫も、動物も、そして人間も、あらゆる存在がオーケストラの楽器のようにそれぞれ固有の香りを絶えず発している。それはわたしにとって当たり前のことで、その感じ方が大多数の人とは異なっているなんて、ある程度大きくなるまで本当に夢にも思わなかった。

わたしは小さな頃からよく両親に叱《しか》られた。変なことを言うのはやめなさい、そんな嘘《うそ》をつくんじゃない、と。

かなしんでいる人からはかなしい香り、怒っている人からは攻撃的な香り、人間はゆれ動く感情にともなって絶えず香りを発している。だから顔は笑っていても誰かを憎んでいる人からは澱《よど》んだ香りがするし、嘘をついている人も言葉や表情と香りがちぐはぐだからわかる。幼《おさな》いわたしはそういう感じたままのことを考えなしに口にして、そのたびに両親を怒らせた。変なことを言うな、嘘をつくな、人からにおいなんてするわけがない、と。

小学二年生の時に、わたしは問題を起こした。

クラスで複数人の財布《さいふ》が盗まれる事件が起きた。わたしは犯人がわかっていた。誰がやったの、と沈痛《ちんつう》な表情で同級生を見回すクラス委員の女の子から、恐れと興奮がないまぜになった強烈な香りがしたからだ。

もっと別のやり方があったと、今なら思う。でもあの時のわたしは幼くて、自分の行動が引き起こす事態を想像できなかった。義憤《ぎふん》もあったし、正直に言えば自分が嘘つきではないことを両親に証明してみせたい気持ちもあった。そしてわたしは、みんなの前でその女の子を告発した。

あんな大事になるとは思わなかった。

児童たちの騒ぎは担任だけでは収拾できず、教員が集まり、わたしとその女の子は別の場所へ移され、親まで呼び出された。わたしは思いもしない事態に青ざめ、学校へ来た母の顔色も同じだった。母は、またわたしが嘘をついていると思ったのだ。

でもそれが嘘でなかったことは、思いがけない形で証明された。わたしたちが別室に移されていた間、同級生たちが女の子の荷物を無断で調べ、盗まれた財布を発見したのだ。クラス委員の女の子は不登校になり、翌年に転校していった。

わたしも居場所を失った。学校でも、家でも。皮肉なことに、両親はこれをきっかけにわたしが今まで言っていたことは本当だったのだと信じ、そしてわたしを忌避《きひ》するようになった。顔は笑いかけようとしていても、わたしを見ると両親の香りがこわばり歪《ゆが》む。無理もないだろう。いくら親でも、心をのぞき見されるのは嫌に決まっている。

翌年から、わたしは鎌倉《かまくら》の祖父母のもとで暮らすことになった。

『香乃《かの》の鼻がきくのは、俺に似たんだろう。俺も鼻はずいぶんいいんだ』

香司《こうし》の祖父はわたしをすんなりと受け入れ、それは祖母も同様だった。両親のもとにいるよりも、大らかな二人といるほうがわたしは安心できた。心の半分ではこれでよかったと思い、もう半分では親に捨てられたと思った。

とり返しのつかない傷を人に負わせ、とり戻すことのできないものを失い、わたしは学んだ。

わたしのあり方はこの世界ではイレギュラーなのだ。カンニングをしているようなもので、この体質によって何を知ったとしても、それを使って何かをすることはルール違反であり、わたしはほかの人たちと同じようにふるまわなくてはならない。そうしなければ、わたしはきっとまた誰かを傷つけ、失ってしまう。

だから、あの人の深いかなしみにも、わたしは立ち入るべきではないのだ。

あの人は、わたしがかなしみを感じとったことなど知らないし、それを何とかしてほしいと望んでいるわけでもないのだから。

*

「昨日うちのばあさんにかがせた、お香《こう》？　ほしいんだけど」

と彼は白木《しらき》の引き戸から入ってくるなり言った。匂《にお》い袋《ぶくろ》を並べた棚《たな》の整理をしていたわたしは一瞬《いっしゅん》固まり、あ、と気づいた。

「糸子《いとこ》さんのお孫さん……こんにちは」

「聞こえた？　今俺が言ったこと」

短く切った髪をツンツンと立てて、きれいな額《ひたい》をさらした小野《おの》アサトくんは、わたしより二歳下だそうだ。しかし人間の格とでも言うのか、物怖《ものお》じせずに堂々とした彼のほうがわたしよりも何かがずっと上であり、わたしは暴れん坊将軍の威光《いこう》にうたれた小悪党《こあくとう》さながらにうろたえた。

「き、昨日の、お香、というか香木《こうぼく》……じ、沈香《じんこう》と、びゃく、白檀《びやくだん》」

「おねえさん、嚙《か》みまくりだけど大丈夫？　顔赤いし。落ち着きなよ」

お客様に諭《さと》されてしまった。もうだめだ。生まれてきてごめんなさい、と涙目《なみだめ》になっていると、ツイと肩を引かれた。いつの間にか、後ろに雪弥《ゆきや》さんが立っていた。今日は祖母の見立てで、濃緑《こみどり》の米沢紬《よねざわつむぎ》のアンサンブルを着ている。

「いらっしゃいませ。昨日小野さんに体験していただいたのは、沈香と白檀という香木の二種類です。両方ともお求めですか？」

「二種類？　そうなんだ……じゃあその二つ持ってきてよ、おっさん」

アサトくんがいささか失礼なその言葉を発した瞬間《しゆんかん》、雪弥さんの眉《まゆ》がぴくりと跳《は》ね、次《つ》いでつうっと唇《くちびる》が不吉な三日月の形を描いた。――岸田《きしだ》雪弥氏、ご立腹《りつぷく》なさいました！

「少々お待ちくださいませ」

鳥肌《とりはだ》が立つほどやわらかな声で言った雪弥さんは一度店の奥に引っこみ、すぐに写真つきの目録《もくろく》を持って戻ってきた。

「『六国五味《りつこくごみ》』と申しまして、沈香にはさまざまな種類がございます。たとえば、こちらの『羅国《らこく》』――一グラムで一五、〇〇〇円」

「はっ⁉　一五、〇〇〇円⁉」

「またこちらの『真那賀《まなか》』は、一グラムで二一、六〇〇円」

「ちょ、待っ」

「さあ、どれになさいますか？　ちなみに大変恐れ入りますが、当店は現金一括支払いのみでお願いしております。さあ、さあ、さあ」

「あの雪弥さん、もうそこまでにっ」

見かねて羽織《はおり》の袖《そで》を引っぱると、雪弥さんは不満げな横目でわたしを見た。気の毒にアサトくんは完全に体をすくませていて、早く説明をする必要があった。

確かに、花月香房《かげつこうぼう》では今雪弥さんが挙《あ》げたような高価な香木も扱っているが、こちらは本格的な香道《こうどう》を楽しむ方々向けのもので、申し訳ないけれども聞香《もんこう》体験の時にはもう少し安価《あんか》な香木を使っている。だから昨日糸子さんが聞いた香木というのなら、これほどの大金を払わなくても手に入るのだ。以上のことを話すと、アサトくんは歯ぎしりしそうな顔で雪弥さんをにらみつけた。

「ぼったくろうとしたのか、おっさん！」

「ぼったくる？　まさか。きみのような無礼《ぶれい》な中学生が支払える金額だとは端《はな》から思ってやしませんよ。反応を楽しんだだけです」

「はあ⁉　それが客に対する態度かよ！　あんた店員だろ、客は敬《うやま》えよ！」

「あいにく敬意《けいい》は、敬意に値する人間にだけ払うことにしているもので」

「あ、あのっ！　糸子さんが聞いたお香がほしいというのは、どうして？」

二人を休戦させるためでもあったが、気になっていたことでもあった。わたしに顔を向けたアサトくんは、少し沈黙《ちんもく》し、ぼそっと言った。

「昨日、家に帰る途中とか、帰ったあととか、この店でいいにおいのお香をかがせてもらったって、ばあさんが何回も言うから。それになんか、昨日はいつもより元気で、忘れてたこともいろいろ思い出したりして……」

だから糸子さんが気に入ったお香を買ってあげたいと、わざわざこの店まで来たのだ。糸子さんの話をするアサトくんの香りは思いやりに満ちていて、本当におばあさんを大切にしていることがわかった。

「お香ってさ、そういう効き目みたいなもんがあんの？　頭よくなるみたいな」

「頭がよくなる、というのとは違いますが、心身に与える好影響《こうえいきょう》は確認されていますよ」

アサトくんをちょっと見直したらしく、雪弥さんの声音は幾分《いくぶん》やわらいでいた。

「香のにおいをかぐと、体内のストレスホルモンが減少したり、抗酸《こうさん》化力《かりょく》が上昇するという分析結果があります。抗酸化力というのは簡単に言うと、病気や老化を防ぐ力ですね」

「マジか。うちのばあさんが急に調子よくなったのも、お香の若返り効果？」

「若返りは言いすぎでしょうけど、いい香りを感じること自体に脳への刺激《しげき》効果があるのは確かです。最近は認知症の治療《ちりょう》にアロマセラピーがとり入れられるケースもあって、かなりの割合で症状の改善が見られてもいます。それに嗅覚《きゅうかく》は、記憶や感情とつながりが深いんですよ。においをかいだ瞬間、ぱっと何かを思い出すことがあるでしょう？　においをかぐとその情報は嗅細胞を経《へ》て脳に伝わり、記憶をつかさどる海馬《かいば》や、情動をつかさどる扁桃体《へんとうたい》にも運ばれます。それで気持ちの変化が起きたり、そのにおいと関係する記憶が引き出されたりする」

　においと記憶。わたしは思い出した。

　昨日、糸子さんが白檀を聞いた時、わたしは彼女のふしぎな心のゆらぎを——『なつかしい』という気持ちを感じた。

　なつかしさとは、過去に体験した物事が、思いがけなく再現された時に生じる感覚だ。糸子さんは何か、白檀の香りに関係する記憶や感覚を、あの時思い出したのだろうか。

「じゃあ、つまりさ……」

　アサトくんの声に顔を上げたわたしは、彼がとても真剣な表情をしていたので驚《おどろ》いた。

「思い出したいことがあったら、それに関係あるにおいをかげば思い出せるってこと？」

わたしも、雪弥さんも、眉をよせた。

「思い出すために、においをかぐ？　きみは、何か思い出したいことがあるんですか？」

「俺じゃなくて……」

言いよどんだ彼は、相談者を求めていた。彼の香りから、わたしにはそれがわかった。

「あなたじゃなくて、糸子さん？」

アサトくんは瞳をゆらし、やがて小さく頷《うなず》いた。


手紙を見つけたいのだ、とアサトくんは言った。

「じいさんが死ぬ前に、ばあさんに書いてくれたんだって。じいさんってあんまりしゃべったり笑ったりしなくて、そういうことするような感じの人じゃなかったけど、ばあさんはその手紙、すげー大事にしてたみたいで」

そこでアサトくんは息をついた。

「一月に、じいさんの……三回忌《き》？　の法事があって、その日の夜中、音がするからばあさんの部屋に行ってみたら、机《つくえ》とか箪笥《たんす》とか全部開けて何か探してて――手紙がないって泣きそうな顔で言うんだよ。ばあさん、じいさんの手紙をどこに仕舞ったかわかんなくなっちゃったみたいで、俺も一緒に探したんだけど見つからなくて、ばあさんはすげー落ちこんでた。それからも、平気なふりはしてるんだけど、やっぱ元気なくて……」

アサトくんは言葉を整理するように、しばらく顎《あご》を引いていた。

「うちの母親とばあさんって相性《あいしょう》良くなくて、だからじいさんが死んでからもしばらく、ばあさんは逗子《ずし》で一人暮らししてたんだ。だけど去年、ばあさんちが火事になってさ。それで鎌倉に来て、同居することになったんだけど……」

「では、火事の際に、手紙が焼失してしまった恐れもある？」

雪弥さんの問いに、アサトくんは小さく頷いた。

「だけど、燃えたんじゃん？　なんて言えないし、もしかしたらちゃんとどっかにあるかもしんないし、だからばあさんがどこに手紙を仕舞ったか思い出せたら、って」

それでアサトくんは、においによって記憶がよみがえるという話に興味を示したのだ。それならば記憶をよみがえらせるために、関連するにおいをかげばいいのでは、と。

でも——そんなことが可能だろうか。

まず関連するにおいとは何なのか、それを再現することができるのか。それにそのにおいをかいだとしても、記憶がよみがえるとは限らない。アサトくんも同じことを思ったようで、深いため息をついた。

「……や、ふつうに無理だよな。手紙を仕舞った時のにおいとか、意味不明だし」

「でも、やるだけやってみましょう？」

ツンツンの髪をいじっていたアサトくんが、え、と驚いた顔でわたしを見た。雪弥さんもこちらを見るので、ちょっとたじろいだが、わたしは気持ちを奮《ふる》い立たせた。

「とりあえずやってみなくちゃ、結果はわからないから。やってみた上でだめだったら、また別の方法を考えましょう？」

「いや……てか、あんたもやる気なの？」

訝《いぶか》しげな表情で問われて、はっとした。わたし、思いきり立ち入ってる！

「ごめんなさい、出過ぎた真似《まね》を……！」

「や、そうじゃなくてさ」

手をふったアサトくんは、何やらとまどった顔で雪弥さんを見る。視線で何かを問われた雪弥さんは、ただひと言。

「こういうお嬢《じょう》さんなもので」

ど、どういうお嬢さんだと？

「今日は店番なので動けませんが、明日の午後なら僕は空《あ》いてます。香乃さんは？」

「わたしも、大丈夫です」

アサトくんは、まだとまどった顔でわたしと雪弥さんを見ていたが、

「……どうも」

目をふせながら、ぽつんと声をこぼした。

「昨日の、ばあさんのことも。うちの母親、警察沙汰《ざた》とか大嫌いだから、あんたたちがばあさんのこと引きとめて連絡くれたの、本当はすごく助かった。……どうも」

それから明日の予定を打ち合わせして、わたしと雪弥さんで稲村《いなむら》ガ崎《さき》にあるアサトくんの自宅にうかがうことが決まった。

「気をつけてね。お香は道具が必要だから、わたしが明日持っていくから」

「ん、ありがと。……あ、そうだ、ＬＡＮＤってやってる?」

アサトくんがグリーンのスマホをとり出したので、あ、とわたしも帯《おび》から水色のスマホを出した。ＬＡＮＤとは電話やチャット形式のメッセージ交換《こうかん》が無料でできるアプリで、イラストスタンプやコミュニティ作りなどの楽しい機能も多くて便利なため、わたしのまわりでもほとんどの人が使っている。確かに明日のためにも連絡をとれるようにしたほうがいいので、データ交換のためにスマホ同士を近づけようとすると、横合いから黒いスマホがサッと割りこんで、わたしに送られるはずだったアサトくんのデータを横どりした。

「何すんだよ、おっさん!」

「明日は僕も同行しますから、連絡係は僕でも支障《ししょう》ないでしょう。そのままでいなさい。今、僕のデータを送ってあげます」

「おっさんのデータとかいらねーし！」

三人で連絡先を交換し合えばよいのでは？　わたしの視線の質問を無視した雪弥さんは「またお越しくださいませ」とにこやかにアサトくんを外に押し出してしまった。

3

翌日は、午後二時に稲村《いなむら》ヶ崎《がさき》駅で待ち合わせだった。

わたしと雪弥《ゆきや》さんはお昼をすませたあとに鎌倉《かまくら》駅でおち合い、江ノ電《えのでん》に乗りこんだ。

電車には、名前も知らない人がたくさん乗っている。つかの間乗り合わせただけの、電車を降りればもう会うこともない人たち。それでもその人たちにはそれぞれの人生があり、無表情の裏《うら》にさまざまな想《おも》いを抱え、その想いが香りとなって絡《から》み合いながら漂《ただよ》っている。一度にたくさんの人の香りを感じるのは、複数の機械から流れる別々の曲を聴くのにも似ていて、わたしは電車に乗っているとだんだん疲れてくらくらしてくる。

「食べますか？」

ひょいと鼻先にキャンディが現れ、反射的に受けとると、となりに座った雪弥さんも包み紙をはがしてキャンディを口に入れた。わたしも同じようにすると、一番好きなリンゴ味だった。そういえば雪弥さんは、わたしが香りに疲れていると、いつも飴《あめ》やガムをくれる。心を読んだようなふしぎなタイミングで。そういうお菓子《かし》のフレーバーはとても強いので、周囲の香りをあまり感じなくなるのだ。

「ごちそうさまです」

「どういたしまして」

「……あの、すみません」

「何がですか?」

「今日、お休みなのにつき合わせてしまって」

窓の外を、御霊神社《ごりようじんじや》の鳥居《とりい》が流れていく。ゆったりと座席にもたれた雪弥さんは、中指で眼鏡のブリッジにふれた。

「香乃《かの》さんは、人の事情には踏《ふ》みこむまいと口をへの字にするわりに、首を突っこんでいくんですよね」

「え。……そのようなことは、ないですよ」

「この前も、近所の田中《たなか》さんが何か思いつめているからと三春《みはる》さんに様子を見に行かせたり、同級生の女の子が病気かもしれないと気づいて、不審《ふしん》がられるのを承知《しょうち》で本人に言ったり。その子は結局、肝炎《かんえん》だったんでしたっけ？　あとは、根暗なランドセルの小学生を助けたこともありましたね」

人の香りから何を感じたとしても、不用意に関わらず、何も知らないふりをしてすれ違うべきだ。それがわたしが身をもって学んだことで、今も実践していることで、……確かに多少はやむを得ずに踏みこんでしまったこともあるかもしれないが、雪弥さんが言うように首を突っこんでいくというほどではない。本当にもうそんなことはないのである。

そう話すと「へえ？」と雪弥さんは意地悪《いじわる》な感じに笑うので、むっとしてキャンディの包み紙を投げてみた。ひょいとつまんで回収されてしまった。

「それに根暗なんかじゃありませんでしたよ。ただちょっと無口で無表情なだけで」

「そういうのが世間では根暗といわれると思うんですが。ところで香乃さん、僕が同行すると言い出さなかったら、ひとりであの中学生の家へ行くつもりでした？」

「へ？　そうですね、そうなったかと」

「危機感《ききかん》がない」

「え」

「危機管理もなってない。あんなに簡単に連絡先を教えようとするとは何事ですか。どうして香乃さんは鼻がきくくせに、そういう方面は人並み以下に疎《うと》いのか、本当に謎《なぞ》です」

「えっ？　え……っ？」

そんなこんなのうちに稲村ヶ崎駅に着いた。まだ約束の時間の十分ほど前だったが、駅《えき》舎《しゃ》を出ると、おしゃれな柄《がら》のパーカーを着たツンツン頭のアサトくんが立っていた。

「着物じゃないんだ……」

がっかり、という彼の第一声だった。確かにわたしは水色の春コートとワンピース、雪弥さんはチェックのチノパンにTシャツとニットパーカーで、いたって普段着だ。

「着物、よかったのに……」

「あれは当店限定のながめですので、ごらんになりたければまたのお越しを」

そしてお越しになったからにはお買い上げを、と言わんばかりの雪弥さんの笑顔にアサトくんは薄《うす》ら寒そうな顔をし、次に眉《まゆ》をよせた。

「ていうか、おっさん……実は若い？」

「中学生の若造に比べればおっさんですよ、じきに大学二年ですから」

「大学生？　ああ、だから暇《ひま》なんだ。いいよな大学生って、遊び放題で」

「まだ高校受験も知らない青二才《あおにさい》が、知ったふうな口をきくものだ。大学生には大学生の苦労と悲哀《ひあい》があるものを」

「おっさんって、しゃべり方がおっさん通りこしてもはやジイさんだよね。若年寄《わかどしより》？」

「若年寄？　何ですか、それは僕と江戸《えど》幕府の役職をどちらが多く言えるか勝負したいという意味の宣戦布告《せんせんふこく》ですか」

「ちげーし、つか意味わかんねーし！」

というような調子で二人が仲良く楽しい会話をするうちに、アサトくんの家に着いた。

いかにも古民家というわたしの家と違って、白い壁《かべ》がきれいな新しい二階建ての住宅だ。

ご両親は仕事だそうで、糸子《いとこ》さんが玄関で出迎えてくれた。

「いらっしゃい、わざわざごめんなさいね」

あのやさしい笑顔、そして緊張《きんちょう》の香り。

わたしも同じように緊張しながら「こんにちは」とおじぎをした。


甘く考えていたわけではないが、もしかしたら、という期待をわたしは持っていた。

糸子さんが花月香房《かげつこうぼう》で白檀《びゃくだん》を聞いた時、強く香らせた『なつかしい』という気持ち。あれが手がかりになるのではないかと思っていた。わたしの体質のことは除《のぞ》いてアサトくんと糸子さんにそのことを説明し、準備をした。

けれど、結果から言えば、試みはうまくいかなかった。

「――ごめんなさい」

居間のソファに座った糸子さんは、とてもつらそうに言って首を横にふった。

わたしたちが囲む丈《たけ》の低いテーブルでは、花月香房から持ってきた香炉《こうろ》で白檀をくゆらせてある。今回は炭を埋《う》めた灰に直接香木《こうぼく》を置いて温める『空薫《そらだき》』という方法をとった。このやり方だと、香りがあたり全体に漂《ただよ》うのだ。

「謝らないでください、いいんです」

「ごめんなさい、こんなに協力してもらっているのに……」

わたしたちは、白檀の香りの中で、糸子さんの旦那《だんな》さんの話を聞いた。

二人の思い出、病気になってしまってからの長い入院生活、そして手紙のこと。思い出せる限りのことを、わたしたち三人で時々質問や相槌《あいづち》を交えながら話してもらった。そうすれば、白檀の香りによる刺激《しげき》と相《あい》まって、記憶がよみがえらないかと思ったのだ。

「手紙をもらったことは、覚えているの。いつの間にか私のコートのポケットに忍《しの》ばせてあった。でも……それをどうしたのか、何もかもぼんやりして……」

「お宅が火事になったそうですね。恐ろしい体験をすると、ショックで記憶が曖昧《あいまい》になることがあります。ですから気に病まずに」

雪弥さんの言葉にも、糸子さんの沈痛《ちんつう》な表情は変わらない。アサトくんが、自分まで痛そうな顔をした。

「ばあちゃん、もう一回落ち着いて思い出してみてよ。どこにやったかわかんなくても、どういう封筒《ふうとう》だとか、色だとか」

「……それも、もうよくわからなくて」

まだ言い募《つの》ろうとしたアサトくんを、わたしは小さく首をふってとめた。

うつむき加減の糸子さんの香り。つらい、申し訳なくて仕方ない、そういう香りだ。これ以上問いを重ねても、糸子さんを傷つけてしまう。

どれほどつらいのだろう。愛した人からもらった、大切なものを失うことは。

死を前にした男性が、長年つれ添《そ》った妻に書き残した手紙。それはきっと糸子さんにとって夫の形見《かたみ》、あるいはそれ以上の意味を持つ存在だっただろう。

そんな何にも代えがたい、大切なものを失くしてしまった。どんなに大切であったかは覚えているのに、そのありかを思い出すことができない。

そういう自分を直視するたびに糸子さんは傷つき、自分を責め、そして悲痛な気持ちで旦那さんにごめんなさいと詫《わ》びるのだ。

糸子さんから香るかなしみが、わたしの中にも染み入ってくるようで、胸が痛かった。

どうしたらいいのだろうと悩んでいると、考えこんでいたアサトくんが思いついたという声をあげた。

「手紙を仕舞った場所がわかんないなら、ちょっと戻って、手紙をもらった時のことから思い出してみれば？　じいちゃんはずっと入院してたんだから、手紙書いたのって病院だよな。そんなら、病院のにおいをかげばよくね？」

「病院のにおい……？　消毒薬とか？」

「あとなんか、布っぽい？」

「それはどうでしょうね。小野《おの》さんが受けとった手紙は、いつの間にかコートのポケットに忍ばせてあったんです。それなら旦那さんが手紙を書いたのは病院であっても、小野さんが手紙の存在に気づいたのは帰宅途中や自宅、病院の外の可能性もある。病院のにおいをかいだからといって、手紙のありかを思い出せるわけではないと思います」

淡々《たんたん》とした雪弥さんの口調が気に障《さわ》ったのか、アサトくんが「おっさんうるさい！」と嚙《か》みつくように言った。でも雪弥さんがいつも以上に淡々としているのは、めまぐるしいほどに考えているからだ。何とか手紙を見つけ出す方法を。

「でも、それはいいかもしれないわ」

驚《おどろ》いて、わたしたちは糸子さんを見た。

「病院には長い間毎日通っていたから、アサトの言うとおり病院のにおいをかいだら、ひよっとして真司《しんじ》さんの手紙を見つけた時のことや、その手紙を仕舞った場所を思い出せるかもしれない」

　糸子さんは、お願いできるかしら、と静かな声でわたしたちに言った。

「病院の消毒のにおいって、オシキドールとかでしょうか？」

「病院でよく使われている消毒薬には、次亜塩素酸《じあえんそさん》ナトリウムがありますね。台所用の漂白剤《ひょうはくざい》などにも使われているはずです」

「おっさん、なんでそういう変なこと知ってんの？　大学でそういう勉強してるとか？」

「僕は経済学部国際経済学科に在籍《ざいせき》です」

「全然違うじゃん！」

　ダイニングであれこれ言い合うわたしたちを、ソファに座った糸子さんは、時々くすくす笑って見ていた。

　そんな彼女の香りはとても澄《す》みきり、凪《な》いでいて、わたしはその香りが表す気持ちの名を知っていた。けれど、まだその時には、なぜ彼女がそんな気持ちでいるのかわかっていなかった。

「ばあちゃん、これどう？」

最終的にわたしたちが糸子さんに提出したのは、薄《うす》めた台所用漂白剤をガーゼに噴《ふ》きつけたものだった。原液ではにおいが強すぎるので「病院っぽい」となるまで漂白剤を希《き》釈《しゃく》した。

糸子さんはお皿に乗ったガーゼに鼻を近づけ、目を閉じ、ソファに背中をあずけると、じっと顎《あご》を引いていた。

長い時間がすぎた。沈黙《ちんもく》に耐えかねたようにアサトくんが、

「どう?」

と問いを重ねると、糸子さんはゆっくりと目を開けた。

彼女は遠い目をしながら呟《つぶや》いた。

「思い出したわ」

「私、人からもらった手紙は全部捨てずに取っていて、きれいな箱に入れていたの。あの人にもらった手紙もそこに。でも——火事の時に持ち出せなくて、燃えてしまったのよ」

わたしのとなりでアサトくんが息をつめた。糸子さんは彼に弱くほほえんだ。

「ごめんね、アサト。一生懸命《いっしょうけんめい》やってくれたのに。あの手紙は、もうなかったの。でも、あの人が私に手紙をくれたことは覚えてる。だから大丈夫。それだけでいいのよ。ありがとうね」

アサトくんの顔がくしゃっとゆがんで、糸子さんがやさしく彼の手の甲《こう》を叩《たた》く。わたしは黙っていようとしたけれど、喉《のど》の奥から何かがせり上がってくるみたいで耐《た》えきれず、

「糸子さん――」

と呼ぶと、彼女はゆっくりとわたしを見た。

そして、ひどく透徹《とうてつ》としたほほえみを浮かべた。お願い、と言うように。

彼女は嘘《うそ》をついた。

糸子さんは思い出してなどいない。本当に病院のにおいをかいだことで手紙のありかを思い出したなら、その心の動きとともに彼女の香りにも変化が起きたはずだ。けれど彼女の香りは静まり返ったまま、ぴくりともゆれなかった。そしてわたしは、その凪《な》いだ香りの名を知っている。

あれは『諦《あきら》め』だ。

彼女は、白檀を使っても記憶をよみがえらせることができなかった時点で、手紙を見つけることを諦めたのだ。

それでも病院のにおいの再現をわたしたちに頼んだのは、嘘をつくためだ。手紙は火事で燃えたと思い出したふりをして、アサトくんに、もういいのだと言うために。もう、やさしい孫が心を痛めることがないように。

「花月香房のお二人も、ごめんなさいね。本当に、どうもありがとう」

その言葉で、手紙探しは終わった。

4

わたしは結局、余計なことをしたのだ。

人の香りから何を感じたとしても、不用意に関わらず、何も知らないふりをしてすれ違うべきだ。それをわたしは身をもって学んできたはずなのに、首を突っこんだ結果、アサトくんには期待をさせておいてそれを裏切り、糸子《いとこ》さんにも嘘《うそ》をつかせるはめになった。

「せめてお茶を飲んでいってちょうだい。わざわざ来ていただいたのに、本当にごめんなさいね」

糸子さんはそう言って、キッチンでアサトくんとお茶の準備を始めた。アサトくんは口数が少なかった。わたしと雪弥《ゆきや》さんは、居間のソファで待っていた。

「手紙は燃えたという話は、嘘ですか?」

となりに座った雪弥さんの声は、ごく静かだった。わたしにしか聞こえないほどに。

何も言えずにわたしが頷《うなず》くと、そうですか、と呟《つぶや》いて雪弥さんも黙《だま》った。

紅茶とケーキが運ばれてきた。アサトくんは無理をして明るく話をしていた。アサトくんは来月から中学三年生で、受験勉強が始まるから憂鬱《ゆううつ》だ、という話をした時、雪弥さんが「ああ」と何かに思い当たった様子で糸子さんを見た。

「だから『荏柄天神社《えがらてんじんしゃ》』のお守りを買いに行かれたんですか？」

アサトくんが眉《まゆ》をよせた。

「なに、お守りって？」

「あっ」

糸子さんがあわてた様子で立ち上がり、居間を出ていった。そして少しすると、あの小さなハンドバッグを持って戻ってきた。

「本当に嫌《いや》ね、忘れてばかりで……」

膝《ひざ》の上に置いたバッグを探《さぐ》るが、うまく目当ての物が出せないらしく、糸子さんはバッグの中身をテーブルに出していった。小銭《こぜに》入れ、ハンカチ、ティッシュ、そして、

「はい。受験、がんばってね」

アサトくんに渡した薄紙の小袋には、梅の花のしるしと『荏柄天神社』の文字が書かれていた。そういえば糸子さんが花月香房《かげつこうぼう》を訪《おとず》れた時、わたしたちは彼女のハンドバッグの中身を見せてもらい、その時にこの小袋も見かけていた。菅原道真《すがわらのみちざね》を祀《まつ》る荏柄天神社は、

学問成就で有名なのだ。

「え、それではあちゃん一昨日《おととい》ひとりで出かけたの？　いいのに、こういうの」

「照れずにありがたく受けとりなさい」

「照れてねーし！　おっさんうるせーし！」

紅茶を飲むみんなは和《なご》やかだった。けれどわたしは、別のことに気をとられていた。

「この匂《にお》い袋《ぶくろ》……」

テーブルに置かれた、手のひらほどの大きさの匂い袋。

そうだ、この匂い袋もわたしは一度目にしていた。複雑な紋様《もんよう》を織《お》りなす袋の金襴《きんらん》や、目の細かな紐《ひも》の美しさから、とても手のこんだ品だとわかる。

そしてごくかすかに漂《ただよ》う、白檀《びゃくだん》の香り。

「ああ、それは夫が買ってくれたものなの。もうずっと昔、結婚したての頃にね」

匂い袋には、丁子《ちょうじ》や竜脳《りゅうのう》、そして白檀などの香料を刻《きざ》んで入れてある。とくに白檀は生木のままでも甘い香りを発するので、匂い袋の香料のベースとして重用される。

糸子さんが白檀を聞いた時に『なつかしい』と感じたのは、きっと旦那《だんな》さんから贈られたこの匂い袋の香りと同じだったからなのだ。

けれどわたしは違和感を覚えて、見せてください、と匂い袋を手にとった。やっぱり、思ったとおりだった。

「これ……香料が抜きとられていますね」

一昨日には気がつかなかったが、袋がしぼんでいるのだ。それに何より肝心《かんじん》の香りがあまりに弱かった。いや、わたし以外の人は、そもそも香りを感じないだろう。

チン、と音がした。

カップをソーサーに置いた雪弥さんは、眼鏡の奥の黒い目を大きく開いていた。

「香乃さん」

さし出された手に、驚きながら匂い袋をのせる。雪弥さんは白い指先で慎重《しんちょう》に紐をほどき、匂い袋の口を開いた。

そして中からつまみ出した、白い紙切れ。

小さく折りたたまれたそれを開いた雪弥さんは、向かいのソファに座る糸子さんへ、その紙切れをさし出した。

「確かめてください」

糸子さんはとまどった表情で小さな紙を受けとり、それを開いた瞬間《しゅんかん》、唇《くちびる》を震わせた。

まばたきも忘れた彼女の目から、ふいに涙《なみだ》があふれ出て、糸子さんは紙切れを胸に抱きしめるようにして体を折った。

「え……。何？どういうこと？」

何が何だかわからない、という顔でアサトくんが呟いた。わたしも同じ気持ちだった。

「これが、旦那さんからの手紙なんです」

声を殺して泣く糸子さんの手もとを見つめ、雪弥さんは静かに言った。

「けど、手紙は火事で燃えたって」

「あれは、ありていに言うと嘘です」

「嘘⁉　おい、ばあちゃん……！」

「怒るのはやめなさい。きみにこれ以上気苦労をかけまいとしたんです。それにきみも、少しは疑ってもよかったはずですよ。きみは好きな子から手紙をもらったとして、それをほかの人たちからの手紙と一緒に仕舞いますか？　いいや。机《つくえ》の一番上の鍵《かぎ》のかかる引き出しに、さらにいろいろと小細工をして隠すはずだ」

「は⁉　そ、そんなことしてねーから！」

「僕たちは『手紙』という言葉に惑わされていたんです。香乃さん、手紙と聞いてどういうものをイメージしていました？」

落ち着きをとり戻そうと紅茶を飲んでいたわたしは、突然かかったお呼びにびっくりして咳《せ》きこみ、雪弥さんに背中をトントンされた。

「し、失礼を……どういう手紙かというと、普通の便箋《びんせん》と封筒《ふうとう》の……」

「僕もそう思いこんでいました。アサトくんもでしょう。ただ、封筒に便箋を入れたものというのは『手紙』の狭義《きょうぎ》の意味にすぎません。誰かに宛《あ》てて伝えたいことを記した文書そのものも、僕たちは『手紙』と呼ぶ」

全員で、糸子さんが両手につつんだ紙切れを見る。それはよく見ると、薬袋だった。清《せい》潔《けつ》な白い紙に、藍《あい》色のインクで逗子《ずし》の病院名が記してある。袋の裏側のまっ白な部分に、ボールペンで走り書きされた文字が見えた。

今となれば思い当たることがある。

アサトくんは言った。亡くなった糸子さんの旦那さんは、寡黙《かもく》なあまり笑わない人で、手紙を書くようなイメージではなかったと。そういう人ならば、死期を悟《さと》って妻に何かを伝えようとする時も、気どった便箋や封筒は選ぼうとしなかったかもしれない。

そして糸子さんも言っていた。『手紙』はコートのポケットに忍《しの》ばせてあったと。封筒は薄《うす》いわりに幅があり、ポケットに入れるには折れ曲がったりして難しい形状だ。けれど『手紙』は小さく折りたたんだ紙切れだった。だからきっと、するりとポケットに忍ばせることができた。

「糸子さんは『手紙』を見つけたあと、剝《む》き出しで破れやすいこの文書を保護《ほご》し、保存する方法を考えた」

「そして、匂い袋の香料を抜きとって、手紙を入れることにしたんですね」

匂い袋を選んだのはきっと、旦那さんに贈られた大切な思い出の品だったから。

糸子さんが白檀になつかしさを示したのは、もしかしたら思い出の匂い袋の香りだというほかに、匂い袋に仕舞った手紙のありかを連想しようとしていたのかもしれない。記憶は消えてしまったのではなく、うまく出口を見つけられなかっただけで、糸子さんの内に残っていたのかもしれない。

「……じゃあさ、つまり」

口を開いたアサトくんは、テーブルに肘《ひじ》をつき、額《ひたい》を押さえていた。

「ばあちゃんは、じいさんの手紙、匂い袋に入れてずっと持って歩いてたってこと？」

「……そういう表現も、できるかもしれません」

糸子さんを慮《おもんぱか》ってか、雪弥さんはごく控《ひか》えめに肯定《こうてい》した。のろのろと体を起こしたアサトくんは、残りの紅茶をいっきに飲み干し、カップを置くなり盛大にため息をついて、

「ばあちゃん、マジで物忘れ激しすぎ！」

わたしはおろか雪弥さんまでも「おまえそれはマズいだろ！」と顔色を変える問題発言

だったが、糸子さんは涙をふきながら、ウフフとかわいらしく笑った。

「本当にねぇ、いやになっちゃうわねぇ」

そのあと、特別よ、と糸子さんは旦那さんからの手紙を見せてくれた。それはとても短い、シンプルな手紙で、でもわたしにはとても素敵に思えた。


『おまえと一緒になれてよかった』

*

それほど長くは感じなかったのに、糸子さんとアサトくんに挨拶《あいさつ》をして外へ出た頃には、午後五時をすぎていた。

稲村ヶ崎《いなむらがさき》駅までの道を、雪弥さんと歩く。アサトくんが「駅まで送る」と言ってくれたのだが「いりません」と雪弥さんがにこやかに断った。

歩道のすぐ向こうには海岸があり、夕陽に染め上げられた海が夢のように美しかった。遠くには江《え》の島《しま》、そして富士山《ふじさん》の影も見える。海岸にはカメラを構えた人や、親子づれ、寄り添《そ》って歩く人たちが、影絵《かげえ》のように立っていた。

「手紙、見つかってよかったです」

海と夕陽があまりにきれいで、つい歩調がおちる。となりを歩く雪弥さんの足どりも、いつもよりゆるやかだった。

「雪弥さんが気づいてくれなかったら、あのまま帰ってしまうところでした」

「それを言うなら、香乃さんが匂い袋の中身に気づいたからでしょう。僕は正直、匂い袋なんて気にもとめていませんでしたよ」

子供の笑い声がして、雪弥さんが海岸のほうに顔を向ける。洪水のような光のなかで、雪弥さんの髪が風にゆれる。

「気になってたんですけど、糸子さんが手紙は燃えたって言った時、どうして嘘だとわかったんですか?」

雪弥さんは、少し口角《こうかく》を引き上げた。

「香乃さんのしょげ返った顔で一目瞭然《いちもくりょうぜん》です」

「えっ」

「ついでに、こうなったのは自分が余計なことをしたせいだとか、益体《やくたい》もないことをぐるぐる考えていたでしょう」

超能力者か⁉　とおののいた瞬間「超能力じゃありません」と言われ、もう完全にうろたえた。それを意地悪《いじわる》な笑みでながめていた雪弥さんは、静かに続けた。

「香乃さんはいつも、自分が悪いことをしているように思うんですね」

また笑い声。波とじゃれる幼《おさな》い女の子に、若い母親と父親が愛情に満ちた声をかける。

思わず目をそらし、わたしは地面を見た。

「――だって、わたしのしてることって、のぞき見と同じだから」

わたしは香りから、その人の内側を盗み見ている。その人のゆるしもなく。

でも、誰も気持ちをのぞかれたくなんてない。わたしだって同じことをされたら嫌《いや》だ。

自分のしていることを、いやらしいと思う。だから両親だって、わたしを嫌いになった。

「でも、そういう香乃さんが手を貸したから、小野《おの》さんはずっと探していた手紙を見つけることができたんでしょう」

眼鏡の奥のきれいな目が、わたしを見た。

「香乃さんが、自分の持っているもので苦労しているのは知っています。それで人を傷つけてしまったことも、確かにあるんでしょう。でもこうして誰かの力になることだって、香乃さんはできるじゃないですか。――少なくとも、あの根暗なランドセルの小学生は、きみに助けてもらいましたよ」

喉《のど》の奥が熱くなって、それから胸が苦しくなって、最後に涙が滲《にじ》んだ。

本当はずっと、誰かにそう言ってほしかったのかもしれない。人を傷つけた、親にも愛されない、おかしな体質のこんな自分でも、誰かのために何かできるのだと。わたしは、ここにいても大丈夫なのだと。

「あっち側、渡りましょう」

横断歩道を渡る雪弥さんの背中を見つめ、思い出す。ちょうど鎌倉《かまくら》の祖父母のもとで暮らしはじめた九歳の年。今と同じ花香る春。

友達のいなかったわたしは、その日の夕方、花月香房の前で野良猫《のらねこ》と遊んでいた。するとそこに、黒いランドセルを背負《せお》った色白で痩《や》せっぽちの男の子が通りかかった。うつむき加減の男の子がわたしに気づいて足をとめた時、彼の香りを感じたわたしは、胸をつかれて思わず訊《たず》ねた。

『どうして、そんなにかなしいの？』

男の子は目を大きくして立ちすくんでいた。そして突然、折れるようにしゃがみこんで泣き出した。わたしはびっくりして、おろおろして、しまいには自分まで一緒に泣いた。

そのうちに『あらあら』『何事だ？』と目をまるくした祖母と祖父が外へ出てきて、わたしたちを泣きやませるためにお菓子《かし》を食べさせたり、お香《こう》を作るところを見せたりした。

それからその男の子は、遠慮《えんりょ》がちに花月香房をのぞきに来るようになった。祖父母は彼を孫のように歓迎し、わたしは彼と遊ぶのが大好きだった。そのうち男の子は詰襟《つめえり》の制服を着るようになり、眼鏡をかけるようになり、ちゃん付けするのもおかしいくらい大人びてしまったから、わたしはある時から雪弥さんと呼ぶようになった。

「何か三春《みはる》さんにお土産《みやげ》買って帰りましょうか」

「あ、そういえばわらび餅《もち》が食べたいって頼まれました」

あのとき泣いた理由を、聞いたことはない。

雪弥さんは自分の話をほとんどしない。家族の話を一切《いっさい》しない。大学の話は時々する。ラーメンが好きで、ホヤが苦手で、コンタクトにしようかなと何度も呟くわりにずっと眼鏡で、わたしや祖母といる時はいつもやさしくて、おだやかで、でもときおり遠い目をして、ものがなしい孤独《こどく》を香らせる。

わたしがわたしであるからこそ、誰かの力になれることがあるのだろうか。

たとえば人を頼らないこの人が、誰かの手を必要とした時、わたしはその手になれるだろうか。

祖母からLANDのメッセージが届いたのは、稲村ヶ崎駅前の踏切《ふみきり》を渡り終えた時だ。

『おばあちゃんは、これからお店を早めに閉めて糸子ちゃんとお夕飯を食べることになりました（ヨシツネっち似のアサトくんも一緒）。ということで、香乃ちゃんもどこかでお夕飯をすませてきてください。がんばるのよ！』

がんばってごはんを食べろと……？　間を置かずに雪弥さんのパンツのポケットでも、LANDの通知音が鳴った。

「三春さんからだ……これから急に出かけることになったので、香乃さんにごはんを食べさせてくれ、だそうです」

スマホを操作《そうさ》する雪弥さんには見えなかったと思うが、わたしは祖母のたくらみを理解したとたん、例の顔の困った機能が発動した。おばあちゃんめ……！

「香乃さん、食べたいものはありますか？　……うつむいてどうしたんです」

「え、いや、な、何でも」

大あわてで両手をふっていると、背後の踏切で警報音《けいほうおん》が鳴り出し、線路を走る電車の音が近づいてきた。わたしの手首を、意外とごつごつした手がつかんだ。

「とりあえず乗りましょう」

手を引かれるまま走り出した時、ふわりと香りを感じた。花にも似た、甘くて素敵な香り。うれしい時や楽しい時の気持ちの香り。わたしの？　それとも、雪弥さんの？

どちらかはわからなかった。どっちでもいい。ふわりと唇がほどけて仕方のないわたしは、雪弥さんと一緒にホームまで走った。

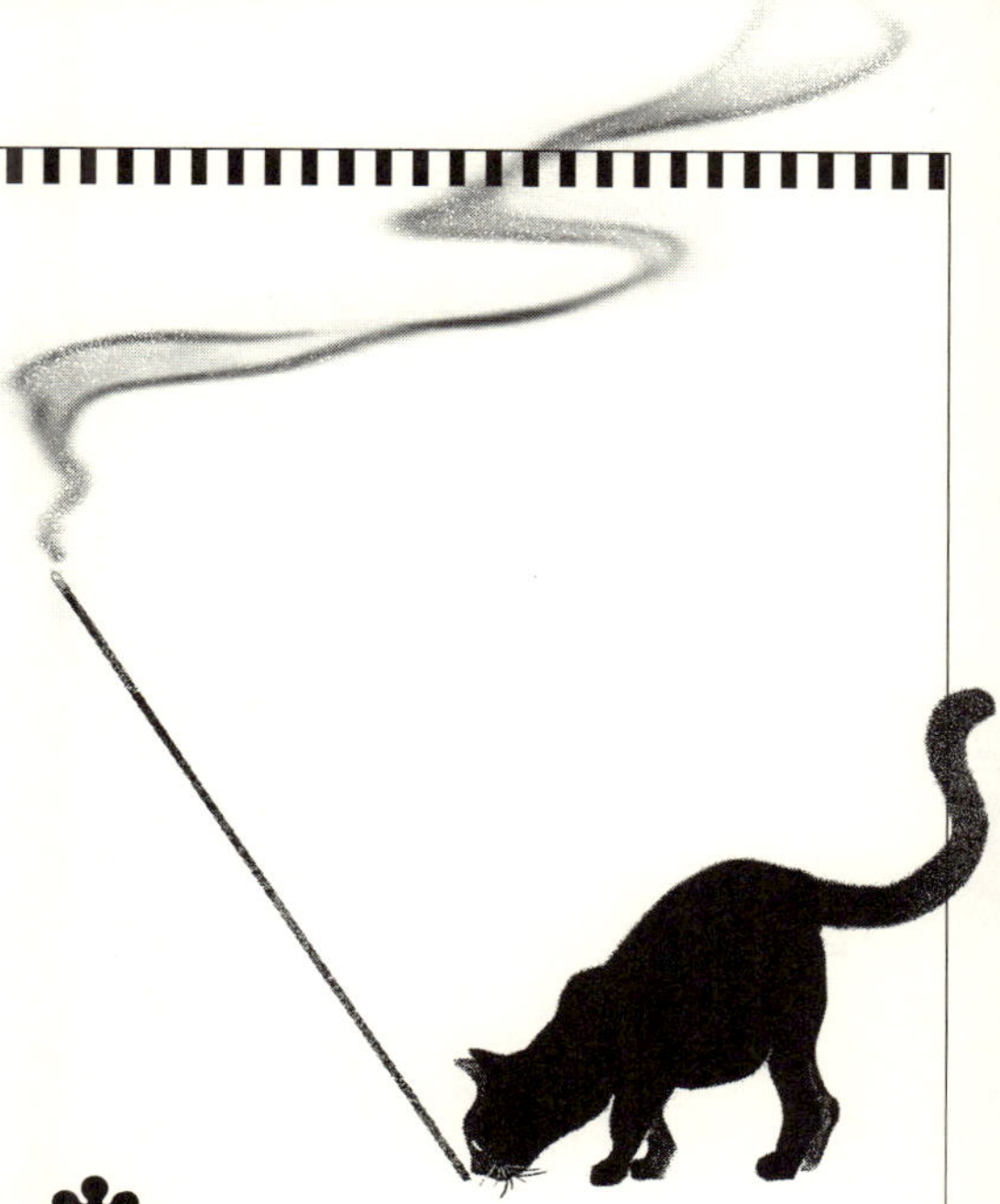

第2話

白い犬は想いの番人

1

「あのねえ、香乃《かの》ちゃん。おばあちゃんちょっとお願いがあるんだけど、聞いてくれる？」

と祖母三春《みはる》が両手を合わせてエヘッと小首をかしげつつ猫なで声で切り出したのは、ホットプレートを囲んでのお好み焼き大会が始まって間もなくのことだった。

焼けていく生地やキャベツがしゅうしゅうと音を立てる中でなら、わたしが抵抗せずに請《う》け合うと考えたのかもしれない。実際、わたしはお好み焼きの焼け具合を見守ることに気をとられていて「うん……何？」と答えた時もうわの空だった。

「あのね、ちょっと話が前後するんだけど、二カ月くらい前に、銀《ぎん》ちゃんのお友達だった方が亡くなったのね」

銀ちゃんとは、香司《こうし》であったわたしの祖父、咲楽銀二《さくらぎんじ》のことである。祖母と祖父はいつもお互いを「銀ちゃん」「ハルちゃん」と呼び合っていた。喧嘩《けんか》をする時も「なによ、銀ちゃんのアホんだら！」「なんだとハルちゃん、このタコ助！」という調子だった。

「蔵並啓太郎《くらなみけいたろう》さんっていって、鎌倉《かまくら》のあちこちで代々お店をいくつも経営してる、まあお金持ちの一族のおじいさんなんだけどね」

「蔵並啓太郎氏といえば、鎌倉市議や商工会の会頭《かいとう》も務めた名士ですよね。長谷《はせ》の大きいお屋敷《やしき》を、大仏を見に行った時に見かけたことがあります」

と物知りの雪弥《ゆきや》さんが口をはさんだ。しかしわたしは、さっきから雪弥さんがホットプレートに作り出している七つの小さなお好み焼き（ちょうど人さし指と親指で円を作った程度のサイズ）が気になって仕方ない。雪弥さんはその小さなお好み焼きのひとつにはサクラエビ、もうひとつには細切れチーズ、別のやつには薄切りソーセージ、というように箸《はし》をピンセットのごとくに操《あやつ》りながら七色の具材をのせていく。ちなみに七つのお好み焼きのフォルム、大きさは、恐ろしいほどに均一だ。独創《どくそう》的すぎる。でも七枚も同時に焼いたら、食べるのが大変なのじゃあるまいか。

「ていうわけなので香乃ちゃん、私の代わりに蔵並さんのお宅に行ってくれないかしら」

「うん、わかった…………へっ？」

レインボーお好み焼きに目を奪《うば》われながら、自分のお好み焼きをひっくり返したところで、わたしは正気に返った。香乃ちゃん？　代わりに？　行ってくれないかしら？

「行くって、どこに」

「やだ、今言ったじゃないの。長谷の蔵並さんのお宅」

「わたしが？　どうしてっ？」

「うっそ、そこ？　そこからなの？　つまり香乃ちゃん、ちっとも聞いてなかったの？」

「ご、ごめんなさい……」

「生前に銀二さんと親しくしていらした蔵並啓太郎さんという方が、二カ月ほど前に亡くなったんです。それで蔵並さんは、ご自分が所有していらした香木《こうぼく》を、三春さんに譲《ゆず》ると遺言《ゆいごん》されていたそうなんですよ」

雪弥さんの声はチェロのような中低音で、耳の奥にやわらかく沈む。「なるほど……」と頷《うなず》いてから、わたしはちゃぶ台の斜《なな》め前に座る祖母を見た。

「でも、なんでその人は、おばあちゃんに香木を遺《のこ》してくれたの？」

「本当は、銀ちゃんに遺したかったんでしょうけどね。生前に言ってたの、啓太郎さん。『香木は価値のわかる人間が持たなければただの木切れだ。俺が死んだら集めた香木は銀ちゃんにやるよ』って。でも銀ちゃんのほうが先に死んじゃったから、代わりに私に譲ってくれたんだと思うわ。でも、おばあちゃんとも仲良しだったわよ。啓太郎さんが主催《しゅさい》する香席《こうせき》でよく香元《こうもと》（香席で手前、進行をする人）を頼まれたりして」

「そっか……あの、香木って、どの程度の香木なの？」

「聞いて驚《おどろ》け、見て笑え、なんとあの伊達政宗《だてまさむね》が蒐集《しゅうしゅう》したという伊達家秘蔵《ひぞう》の香木！」

「ええっ！」

「……っていう触れこみで仙台《せんだい》の旧家に伝わっていたのを啓太郎さんがお金を積んで買い取ったものとか、あといろいろ。とにかく香木蒐集に情熱を燃やした人でね、そんなふうにどこかで香木を手に入れてきちゃ、よく銀ちゃんに鑑定《かんてい》させたものよ。私に遺してくれたものは、全部で四百万円くらいの評価額らしいわ」

香《こう》を作るほか、香全般の専門的な知識を持っていた祖父は、香木の鑑定依頼を受けることもよくあった。香道家《こうどう》の出身の祖母も、依頼された香木を実家に仲介して、鑑定や付銘《ふめい》(香木の分類や品質を明らかにして名前をつけること)を請《う》け負《お》ったりしている。

「でも、そんなに貴重な香木、親族でもないのにいただいてしまっていいの？」

「いいんじゃない？　本人がそう望んだんだもの。相続税だってちゃんと払うし。貴重だからこそありがたくお受けして、少しずつ、大事に使わせていただきましょ」

ほほえんだ祖母は、お好み焼きをホットプレートからお皿に移した。わたしはマヨネーズとソースで食べるけれど、祖母は醤油《しょうゆ》をかけるのが好きだ。雪弥さんは、と見るといつの間にかレインボーお好み焼きはきれいになくなり、今度は普通サイズのお好み焼きが製作されていた。ただし、サクラエビで顔を作っている。なにゆえ、へのへのもへじ……。

「それで、ここからが本題なんだけどね」

という祖母の声で、へのへのもへじ焼きに目を奪われていたわたしは正気に戻った。

「故人《こじん》の大切な財産の一部を譲っていただくわけだから、ご焼香《しょうこう》とご挨拶《あいさつ》も兼ねて、来週に蔵並さんのお宅で、啓太郎さんの長男に会うことになってたの。だけど昨日、昨日よ？　今度は啓太郎さんの次男っていう人からいきなり電話があって『来週は兄の都合が悪くなったから日曜日に来てほしい』って言うのよ」

「日曜日って、明日なのですが」

「ひどくない？　ひどいわよね？　しかも日曜日は講師《こうし》をやってる香道教室があるからどうしても無理だって答えても『日曜日以外はこちらも無理ですね、忙しいもので』ってなんかすごい上から目線な感じで言うのよ。ねえこれ腹が立つのは私の心が狭《せま》いからじゃなくてフツーよね⁉」

話すうちにどんどん荒ぶってゆく祖母を「フツーです」「フツーですとも」と雪弥さんと二人でなだめる。ヤケ酒のようにお茶をあおった祖母は、湯呑《ゆの》みをちゃぶ台に置くと、また両手を合わせながら猫なで声に戻ってわたしに言ったのだ。

「というわけでね、香乃ちゃん。明日、私の代わりに蔵並さんのお宅に行って、かるーくご挨拶して、香木を受けとってきてほしいのよ。お願い、ねっ？」

ねっ？　ってそんな笑顔で言われても！

「で、でも、くら、蔵並さんって、わたし、知らない人、そんな、ご挨拶とか……！」

「大丈夫、大丈夫よ。ご挨拶っていってもそんなに大層なものじゃなくていいから。香乃ちゃんはお行儀《ぎょうぎ》いいから、いつもどおりにやればいいのよ。……というかおばあちゃん、実はもう昨日の電話で『じゃあ孫をやりますから！』って言っちゃったの、テヘ」

くらっと眩暈《めまい》がした。明日？　会ったこともない人の、しかも話を聞くとかなり怖そうな人のお宅に、知らない人と口をきこうとすれば噛《か》みまくり、すぐに顔がまっ赤になる、こんなわたしがひとりで？　絶望ってこういう気持ち？

わたしはよほど情けない顔をしたに違いない（実際涙目《なみだめ》だった）、祖母は眉《まゆ》を八の字にすると、へのへのもへじ焼きをきれいな箸使いで食べていた雪弥さんに向き直った。

「どうしてこの話を今切り出したかっていうとね、悪いんだけど雪弥くん、明日、香乃と一緒に蔵並さんのお宅に行ってもらえないかしら。見てのとおり、この子ひとりじゃ心細いと思うから」

「僕は構いませんが、お店はどうします？」

「仕方ないから明日はお休み。約束は午後だから、あなたもゆっくり来て、蔵並さんのお宅の用がすんだら帰っていいわ。ごめんなさいね、出張手当は弾《はず》むから」

「水くさいことを。僕と三春さんの仲ではありませんか」

「うふふ、だめよ、香乃が見てるじゃない。あとでこっそり私の部屋へいらっしゃい」

「わかりました、窓に小石を当てて合図します」

ホットプレートをはさんで上演される祖母と雪弥さんの小芝居《こしばい》をながめながら、わたしはほっとため息をついた。雪弥さんがいてくれるなら、何とかなる気がする。

「ところで、明日のような場合には、何を着てうかがうべきなんでしょうね」

新たにホットプレートで焼いたお好み焼きに、かつお節をのせてふよふよと踊《おど》らせていた雪弥さんが、ふと思いついたように言った。あ、とわたしも同じく疑問に思った。

「わたしの正装っていうと……学校の制服？　でもなんかそれも変なような」

「それなら僕は、スーツですか。あれを着ると入社五年目くらいのサラリーマンに見えるらしくて嫌《いや》なんですが」

「あら、いつものアレでいいじゃないの」

いつものアレ？　そろって目をまるくしたわたしと雪弥さんに祖母はにっこり笑うと、ごはんを食べたら私が選んであげるわ、とお好み焼きを口に放りこんだ。

2

しかして翌日、わたしと雪弥《ゆきや》さんは、江ノ電《えのでん》の長谷《はせ》駅に降り立った。

日曜日であることに加え、四月中旬の今はちょうど鎌倉《かまくら》まつりの期間で、駅前は予想以上の混み具合だった。大仏さまで有名な高徳院《こうとくいん》へ通じるメインストリートは、左右の狭《せま》い歩道が渋滞《じゅうたい》寸前にぎっしりと人で埋《う》まっている。ちなみに駅前の踏切《ふみきり》をこえて左手に曲がれば観音《かんのん》さまで有名な長谷寺《はせでら》、そのすぐ近くに光則寺《こうそくじ》。ほかにも鎌倉文学館《かまくらぶんがくかん》や川端康成《かわばたやすなり》旧居、甘縄神明宮《あまなわしんめいぐう》など、長谷はとにかく観光ポイントが多い地域だ。

「少し遠回りになりますけど、裏道のほうを行きましょうか」

あまりの人の多さにわたしが硬直《こうちょく》していると、雪弥さんがそう言ってくれた。わたしはこくこくと頷《うなず》いて、雪弥さんと一緒に右手の道へそれた。人ごみはたくさんの人の香りがいっきに飛びこんできて、くらくらしてしまうのだ。

祖母から教えられた住所によると、蔵並《くらなみ》家は高徳院の裏手の住宅地にあるらしかった。雪弥さんが黒いスマホをとり出して、地図アプリで現在地と目的地を確認しながら、民家にはさまれた細い道を進んでいく。メインストリートに比べればずっと数は少ないが、裏《うら》路地《ろじ》にも思っていたより人の姿があった。進行方向からやって来る人や、追い抜いていく人たちが、雪弥さんとわたしにチラチラと視線を向けるのがわかった。

「……見られてますね」

「やはり目立つんでしょうかね、この恰好《かっこう》は」

わたしたちは祖母が言ったように「いつものアレ」――つまり雪弥さんは紺《こん》色のお召《め》しに象牙《ぞうげ》色の羽織《はおり》、わたしは霞地紋《かすみじもん》の若草《わかくさ》色の無地、という恰好だった。花月香房《かげつこうぼう》ではいつもこうなのだけれど、外に出ると洋服の人がほとんどで、どうにも浮いてしまうようだ。

「香乃《かの》ちゃんかわいい、雪弥くん恰好いい！　やっぱり日本人なら和装よね。さあ二人とも、その雄姿《ゆうし》で上から目線次男をぎゃふんと言わせてやってちょうだいな！」

と祖母は鼻息を荒くしてわたしたちを見送ったものだが、やっぱり制服のほうがよかったかな……、ともじもじ下を向いていると「Excuse me」と声をかけられた。

「――――?」

金髪《きんぱつ》と黒髪の異国の美女が二人、わたしと雪弥さんに駆けよってきた。どちらもデジカメを手にしている。言葉が速すぎてうまく聞きとれなかったが「take a picture」と言った気がした。なるほど写真を撮《と》ってほしいのだな、と察して「オ、オーケー」とカメラを受けとろうとすると、

「ノー」

とこれはわたしにもわかるひと言を発しながら金髪の美女がぷるぷると首をふった。なにゆえの「ノー」？　言語の壁を前にうろたえていると、雪弥さんが小さくふき出した。

「写真を撮ってほしい、ではなく、撮らせてほしいと言ったんですよ」

へ？　と間の抜けた声をもらすわたしの腕《うで》を引いて、雪弥さんは英語で二人に返事をしながら花が植えられた民家の前へ移動した。二人が「こっちこっち」と手招きしたのだ。そうか着物が珍しくて写真を撮りたいのだな、とここでやっとわたしは理解した。カメラを構えた彼女たちは「もっとくっついて」と手ぶりでわたしと雪弥さんに言う。いえ無理です、これ以上くっついたら、正常な顔色に戻れなくなってしまいます……！

赤面しきりのわたしとは反対に雪弥さんは涼やかな微笑を浮かべ、今度はわたしと二人を並べて写真を撮ってさしあげ（両側から腕をぎゅっとされてまた赤面した）、最後には通りすがりのおじいさんに四人の写真を撮ってもらうという手際のよさだった。

「Have a nice day」

きれいな発音で雪弥さんがかけた別れの言葉に、異国の美女たちは笑顔で手をふった。

「……雪弥さん、英語が達者《たっしゃ》でいらっしゃるんですね」

「達者というほどじゃありません。うちの学科には留学生が多いので、話す機会がそれなりにあるだけで。香乃さんこそ高等英語教育を受けている現役女子高生でしょうに」

「オーケーしか言えない現役女子高生で面目《めんぼく》ありません……ところで帰っていいですか」

「往生際《おうじょうぎわ》が悪いですよ。ほら、もうあそこに見えてきました」

蔵並邸は、雪弥さんが言っていたとおり、家というより「お屋敷《やしき》」という規模だった。

黒い鉄格子《てつごうし》の門の先には、花が群れ咲く庭園と、庭園のなかをゆるく蛇行《だこう》しながら続く石畳《いしだたみ》の道があり、花々の茂みや木々の枝葉のはるか向こうに、象牙色の洋館が見える。だめだ、何かもう次元が違う。わたしは回れ右をして帰りたくなったが、無情にも雪弥さんが煉瓦《れんが》造りの門柱についたベルを押してしまった。心の準備時間はなしですか⁉

『はいはーい。——あれ、着物のかわいい子とイケメン眼鏡だ。どちらさま？』

小さなスピーカーから聞こえたのは、予想外に若く、予想外にフレンドリーな男性の声だった。どこかにカメラがあるらしい。雪弥さんに「早くしゃべりなさい」というように顎《あご》を動かされ、わたしは冷や汗が出てくるのを感じつつインターホンに近づいた。

「さ、咲楽《さくら》香乃と申します……く、くら、蔵並啓太郎《けいたろう》さんのご遺品《いひん》を、祖母の三春《みはる》にお譲《ゆず》りくださるという、あの、お話でしたが、そぼ、祖母が、本日所用があってうかがえませんので、みょ、名代《みょうだい》として、まいりました」

『うーん、所用と名代ときたか。いいね、その渋いセンス。どうぞー』

小さな機械音がして、鉄格子の門が自動で開く。わたしと雪弥さんは顔を見合わせた。

「ずいぶん軽いタッチの御仁《ごじん》でしたね」

「次男さん、じゃないですよね？　ご長男にしては若いし……」

門から洋館までは、五十メートル近くありそうだった。鎌倉屈指《くっし》の観光地が目と鼻の先にあるというのに、花々に彩られた庭園は山奥の秘境のように静かだ。わたしの家ならたぶん洗面所で手を洗って台所で麦茶も飲めるくらいの距離を歩いて、やっと板チョコのような大きな樫《かし》のドアがそびえる玄関に着いた。

今日やり取りする相手が、さっきのインターホンの人だったらいいのにな。そう思いながらわたしは息をつめて、ドアの横にある呼び鈴を鳴らした。


「ああ、咲楽さんね。どうも」

というのが、応接間に通されたわたしと雪弥さんに対する蔵並正喜《まさき》氏の第一声だった。

呼び鈴を鳴らすと、ハウスキーパーとおぼしき女性がわたしたちをその応接間へ案内してくれた。その途中、わたしは乳白色《にゅうはくしょく》の大理石でできた床におののき、二階まで吹き抜けになった天井《てんじょう》に下がるシャンデリアに眩暈《めまい》を覚え、その吹き抜け部分を上っていく美しい手すりの螺旋《らせん》階段にときめいた。一方の雪弥さんは、この洋館に充満するセレブのオーラにみじんも動じた様子がなく、常の淡白《たんぱく》な顔つきですたすたと歩いていた。

「わざわざ足を運んでいただいてすみませんね」

蔵並啓太郎氏の次男、祖母と電話で話した相手でもある正喜氏は、三十代半《なか》ばから四十手前の年齢に見えた。スーツを着た体はふくよかで、動くとお腹がぽよんとゆれる。にこやかで愛想のいい人だったが、祖母から聞いていた前評判があるので、わたしは激しく緊張しながら挨拶《あいさつ》をした。

「本当は兄の直希《なおき》がお会いするはずだったんですがね、急な来客が入ってしまって。すみませんね、なにせ父が死んでからいろいろと忙しいんです」

「こ、こちらこそ、ご多忙《たぼう》のところにお時間をいただきまして、恐れ入ります……」

「はっはっは、電話でお話ししたおばあさんはお気が強そうだったが、お孫さんは礼儀《れいぎ》正しいな。さあ、こちらですよ。例の香木《こうぼく》は」

正喜氏は三人掛けのソファにわたしと雪弥さんを座らせ、自分は向かいのソファに体を沈めると、丈《たけ》の低いテーブルの端《はし》にあった紫色の風呂敷包《ふろしきづつ》みを、わたしの前に置いた。

包みの形状はお重箱《じゅうばこ》に似ていて、ただお重箱よりは少し大きい。「確認してください」と正喜氏が風呂敷の結び目をほどくと、小さな抽斗《ひきだし》が六杯《ぱい》ついた、桐《きり》の箱が姿を現した。

「ずいぶんと大げさな入れ物なんですがね」

「香簞笥《こうだんす》、という香《こう》のための入れ物です。香木は熱と紫外線と湿気によって劣化《れっか》してしまうので、香木を守るために、こうした箱に入れるんです。この香簞笥は桐ですが、桐は通気性がよくて、火にも強いので、香木の保存にとても向いています」

わたしの説明に正喜氏は「ほう、そうなんですか」とあからさまに意外そうな表情をした。こ、これでも一応香司《こうし》と香道師範《こうどうしはん》の孫なんです。

拝見《はいけん》します、とまずは一番左上の抽斗を開けた。抽斗はそのまま木箱になっていて、箱の蓋《ふた》に『佐曽羅《さそら》』と筆書きされていた。となりの抽斗を開けると、今度は『寸門多羅《すもんたら》』。

香木の、とくに沈香《じんこう》は、さらに香りの質によって六種類に分類されている。その六種類とは、伽羅《きゃら》、羅国《らこく》、真那賀《まなか》、真南蛮《まなばん》、寸門多羅、佐曽羅で、この六種類を『六国五味《りっこくごみ》』と表現する。啓太郎氏の香簞笥は、この六つの沈香に六つの抽斗をそれぞれ当てはめているようだった。もしかしたら特別に作らせた品なのかもしれない。香木はどれも竹皮紙《ちくひし》（竹の薄皮《うすかわ》を和紙《わし》で裏打ちしたもの）と和紙で二重につつんであり、啓太郎氏が香木をとても丁寧《ていねい》にあつかっていたことがうかがえた。

ただ最後の抽斗の『伽羅』の箱は、蓋に筆書きまでしてあるものの、中身は空《から》だった。伽羅は沈香の最上品であり、現在では手に入れることがかなり困難な稀少《きしょう》なものなので、内心「あ、空だ……」としょんぼりしていると、正喜氏に話しかけられた。

「その『伽羅』とかいうのは、一番高いものなんでしょう?」

「あ、はい、あの……一番高いと一概《いちがい》には言えないですが、高値はつきやすいです」

「そこに入っていた香木は、昔、盗みにあいましてね。そこだけ欠けているんですよ。まあご不満かもしれないが、ほかの香木も大した値段なので、我慢《がまん》してください」

「いえ不満なんてそんな……！」とあわてて首をぶんぶんふると「はっはっは」と正喜氏はまた笑い、それから何か意味ありげな目で、わたしを観察するようにながめた。

「お嬢《じょう》さんもかわいらしいが、おばあさんもおきれいな方なんじゃないですか？」

質問の意図がわからず、わたしはとまどった。

「……はい、あの、孫のわたしが言うのもなんですが」

「うん、やっぱりね。そうじゃないかと思ったんだ。こんなに高い物をぽんとさし上げるくらいだから、相当なんだろうね。親父は色好みというか、どうも女癖《おんなぐせ》が悪かったから」

言われたことの意味がわからなくて、二秒くらい思考が停止した。それから、心臓のあたりがざわっとした。遠まわしに祖母を侮辱《ぶじょく》されたのだとわかった。

「蔵並啓太郎さんは、生前、三春の夫の銀二《ぎんじ》と昵懇《じっこん》の間柄《あいだがら》だったとうかがっています。本来なら蔵並さんは、銀二にこれらの香木を譲られたかったのではないでしょうか。しかし銀二が先に他界したため、配偶者《はいぐうしゃ》の三春に遺贈《いぞう》されたのだと思いますが」

雪弥さんの言葉は澱《よど》みなく、静かすぎる声音には人をひるませる気配があった。実際に正喜氏はたじろいだように口をつぐみ、次に唇《くちびる》をゆがめて笑った。

「いや、別に変な意味で言ったんじゃないんだよ。ただ、これだけのものを赤の他人にやってしまうんだ、三春さんとやらは親父とずいぶん仲が良かったのだろうと思ってね」

「失礼ですが、香木がどのようにしてできるか、ご存じですか?」

突然の質問に正喜氏は面食《めんく》らったようで「え、いや……」と口ごもった。雪弥さんは、ちょっと背すじが寒くなるようなほほえみを浮かべた。

「香木とはいいますが、実際に香るのは木に沈着した樹脂《じゅし》の部分です。沈香樹《じんこうじゅ》が虫害などによって損傷《そんしょう》され、その傷に特定の細菌が繁殖《はんしょく》し、沈香樹が自分を守るために樹脂を分泌《ぴつ》する。そうしたごく稀《まれ》な条件のそろった沈香樹の、さらにごく一握《ひとにぎ》りが、百年単位の長い時間を経《へ》てやっと香木となるのです。広大なジャングルであっても香木の生成率は一パーセントにも満たないといわれます。蔵並さんは、香木のそういった価値をよくご存じだったのでしょう。だからこそ、赤の他人であってもその価値をよく知り、安易《あんい》に金に換えようなどとは考えず、香木を守ってくれる人間に託《たく》したのではないでしょうか」

立て板に水を流すがごとき雪弥さんの弁舌《べんぜつ》にぽかんとしていた正喜氏は、痛烈な皮肉を受けたことに気づいたようで、顔を赤黒くして雪弥さんをにらんだ。雪弥さんは挑戦的にもにっこりと笑みを返す。——岸田《きしだ》雪弥氏、「来るなら来い」って顔してます!

基本的に雪弥さんは礼儀正しい平和主義者だが、雪弥さんの内なるボーダーラインを侵《おか》した者には容赦《ようしゃ》がなくなるのだ。しかも今回は祖母のことなので、お怒りはかなり深い。ど、どうしよう。険悪《けんあく》な空気にわたしはあわてて、

「あのっ」

と口を開いた。思ったより大きな声が出て、二人の視線がわたしに向く。顔がすごく熱くて、きっとまっ赤に違いなかったが、勇気をふり絞《しぼ》って息を吸った。

「い、いま申し上げたとおり、香木は自然にしか作れない、宝石と同じです。とくに、これほど上質なものは、もうほぼ手に入りません。こんなに貴重なものを、お、お譲りいただいたご厚意《こうい》に恥《は》じないように、大切にあつかわせていただきます」

これでいいのかどうかわからなかったが、わたしは目を閉じて頭を下げた。

パチパチパチパチ、と音が聞こえた。——これは、拍手《はくしゅ》? 目を開けて拍手の聞こえたほうをふり向き、びっくりした。

「最近の若い子ってしっかりしてるんだなー。おにいさん感動しちゃったよ」

いつの間にか応接間のドアに手をかけて、若い男性が立っていた。しかもこの声。インターホンでわたしたちに応対してくれたあの男性だ。

歳《とし》は二十代半《なか》ばくらいだろうか。薄手のジャケットにジーンズとラフな服装で、中肉中背の体つきは瞬発力《しゅんぱつりょく》がすぐれていそうに見える。明るい引力をもった瞳《ひとみ》が印象的で、顎《あご》にはアクセサリーのように整《ととの》えたひげ。そして、数種類の香辛料《こうしんりょう》が混ざったような香りを、わたしは彼から感じた。

「正喜兄さん、こんな若者相手に大人げない真似《まね》すんなよ。親父の財産は親父のもんで、誰に譲ろうが親父の勝手。あんたにケチつける資格なんてないでしょ。だいたいあんた、遺産《いさん》はたっぷりもらったじゃん。ひと様の分まで欲しがるなよ」

「うるさい！　私は別に欲しがったわけじゃ——いや、それよりおまえ、なんでここにいるんだ！　どこから入った！」

「玄関だよ、それ以外どっから入れんの。あと正喜兄さんさ、会うたびにどんどん腹がでかくなってんだけど、今六カ月目くらい？　予定日いつ？」

「うるさいっ!!　響己《ひびき》おまえ、また何か盗みに来たんじゃないだろうな。今さら遺産が惜しくなったって無駄《むだ》だぞ！」

「——やめないか、正喜。響己もだ」

　それは決して大きくはない、けれど静かな威厳《いげん》を持った声だった。その声に正喜氏も、響己さんというらしい人も、ぴたりと口を閉じた。

　ドアの近くにいた響己さんの後ろから、仕立てのよいスリーピースのスーツを着た男性が入ってきた。四十歳ほどだろうか、ふくよかな正喜氏や、バランスのよい響己さんに比べ、こちらの男性はかなり背が高いにもかかわらず、禁欲《きんよく》的な僧侶《そうりょ》のように痩《や》せている。ひと目で大物とわかる静かな迫力を持った人で、わたしは最初ひるんでしまったが、わたしたちのほうを向いた彼の瞳は、驚《おどろ》くほど澄《す》んでいた。

「人前で何を言い合っている？　廊下《ろうか》まで聞こえていたぞ」

あの威勢《いせい》のよい正喜氏がものすごく居心地悪そうに身じろぎ、響己さんも明後日《あさって》の方向を見る。浅くため息をついた男性が、わたしと雪弥さんに近づいた。

「蔵並啓太郎の長男、直希です。ご足労いただいておきながら、遅れてしまい申し訳ない。しかも弟たちが、みっともないところをお見せしたようだ」

「い、いいえ、とんでもないです……」

立派《りっぱ》な大人の男性に驚くほど丁重《ていちょう》な態度をとられ、わたしは動転した。そこでとなりの雪弥さんが、床に置いた紙袋をカサリと言わせた。はっと大事なことを思い出す。

「あの、ご焼香《しょうこう》させていただいても、よろしいでしょうか。啓太郎さんの好物だったからと、これを祖母からあずかってまいりまして……」

「鳩《はと》サブレーですか。ええ、ひとりでひと箱たいらげてしまうほど好きでした」

かすかに直希氏が目もとを和《なご》ませた。そうすると目尻《めじり》にやさしいしわが寄る。それでわたしは直希氏が怖くなくなって、同時に、彼の香りを感じた。直希氏は、とても疲れているようだった。正喜氏の言うとおり、本当に忙しいのだろう。

「仏間《ぶつま》なら、俺が案内しようか」

響己さんが気さくにわたしたちに声をかけてくれた。そうしてくれるとありがたかったのだが、そこですかさず正喜氏が牙《きば》、ではなく八重歯《やえば》を剝《む》いた。

「おまえに好き勝手にこの家の中を歩かれたくないな。何をされるかわかったもんじゃない……っていやその前に！　だからなんでおまえがここにいるんだ！」

「やめろ、正喜。響己は私が呼んだんだ。エカテリーナを引き取ってもらうと、おまえにも話をしただろう。——そうだ響己、今日の餌《えさ》はやったんだが、どうも口をつけないんだ。おまえ、もう一度やってみてくれないか」

「あー、わかった」

「それと、親父がエカテリーナに買ってやった玩具《おもちゃ》の箱がある。エカテリーナのケージに置いてあるから、それも持っていってくれ。必ず、忘れないように」

「そう、ありがと」

「そして、用が済んだら早く帰ってくれ」

乾いた直希氏の声。この三兄弟には何かあるのだと察するのに、十分なひと言だった。

「わかってますよ、お兄さま」

唇の端を上げた響己さんは、くるっとわたしたちをふり返り、笑った。

「じゃあ行こうか、着物のかわいい子とイケメンくん」

「やーごめんね、気まずい思いさせちゃって」

そう言いながら歩く響己さんは、笑顔がとても魅力《みりよく》的だった。すんなりとこちらの懐《ふところ》に入ってしまうというか、ふしぎなほど初対面の気まずさを感じさせない人だ。

「そんなことないです。あの、間に入っていただいて、正直助かりました……」

「そ？　ならよかった。あ、こっちこっち」

仏間は二階にあるのだという。てっきり応接間のすぐそばにある螺旋階段から上るものと思ったが、響己さんは廊下を曲がった突き当たりにある階段を使った。これも大理石でできていて、両側の壁には、色あざやかな抽象画《ちようしようが》が一定の間隔《かんかく》をおいて飾られている。

響己さんは、蔵並家の三男で、二十六歳だと自己紹介してくれた。

「お兄さんたちと、かなり歳が離れているんですね」

「うん、兄貴たちは親父の本当の奥さんの子供だけど、俺は愛人の子供だから、できるまでにちょっと時間差があったんだよね」

響己さんは至ってこだわりのない口調で言ったが、わたしはびっくりしてとっさに、

「すみません」

と謝り、それから青くなった。すみませんって、何だろう。それではまるで聞いてはい

けないことみたいで、それではまるで、響己さんが生まれたのは悪いことのようだ。

きっと響己さんは嫌《いや》な気分になったに違いない。うつむいて手を握りしめていると、

「ふーむ」

とおもしろい声がした。顔を上げると、響己さんが顎のおしゃれヒゲをさわりながら、ヒョイと顔をよせてきたのでわたしは硬直した。ちょっと近すぎる距離からわたしをまじまじと見つめる響己さんの瞳は、紅茶《こうちゃ》みたいに色が淡《あわ》い。

「きみは、やさしい子だね。それに気にしやすくて、普段は人に合わせすぎたり、はっきり物が言えなかったりするけど、いざという時には、すごく肝《きも》が据《す》わって強くなる子だ」

「……やさ、しくないです。強くも、ないし」

「いや、やさしいし、強くもなれるよ。俺ね、客商売だから人を見る目は——うぐっ」

響己さんがおかしな声をあげたのは、突然割りこんだ白い手が響己さんの額《ひたい》をペシンと打ったからで、打ったのは無論というべきか、怖いほどの無表情の雪弥さんである。

「痛いなー、何すんの」

「失礼、額に蚊《か》がとまっていたので、血を吸われては一大事だとつい」

「蚊ってまだ四月だよ？　しかもなんか殺気を感じたよ？」

「それならあなたによほど恨みを持っている蚊だったのかもしれませんね」

なんだか怖いオーラを発してほほえむ雪弥さん。しかし響己さんはひるむこともなく、むしろ愉快《ゆかい》そうに瞳をきらめかせた。

「きみおもしろいなー。今度飲みに行こうよ」

「酒は飲めません。未成年なので」

「うっそ、未成年？」

「十九歳です」

「マジか」

「雪弥さんは大学二年生です」「一コ下くらいかと思ったー」「香乃さんは高校二年生です」「中学生だと思ってたー」とひとしきり階段の途中で騒いだあと、響己さんはわたしの肩にポンと手を置いた。

「あのね、多少の言い間違いや誤解《ごかい》は人間同士が生きてくための仕方ない誤差《ごさ》だし、どんな言葉でも相手が自分を想《おも》って言ってくれたことは、ちゃんと伝わるもんだよ。まあこれは受け売りだけど。とにかくきみの気持ちはちゃんと伝わったから気にすることないし、きみはもっとのびのび生きても大丈夫。正喜兄さんを見なよ、あの人なんて昔から失言《しつげん》も暴言《ぼうげん》も思うままに吐《は》いて自由に生きてるけど――って痛いな眼鏡くん」

痛がる響己さんの手をつねりながら、雪弥さんは意外そうに訊《たず》ねた。

「あなたも、こちらのお宅でみなさんと一緒に暮らしていたんですか？」

「そう、中学生の時にあれこれあって親父に引きとられてね。でも、当たり前だけどこの人たちとはそりが合わなくて、結局高校卒業したあと家を出たんだ。で、今は腰越《こしごえ》で洋食の店やってます。デートで腰越に来たら寄ってね、サービスするから。はいこれ名刺《めいし》」

おしゃれな文字で店名が記された名刺を受けとりつつ、なんてすがすがしい人なのだろうとわたしは感動した。それに洋食もおいしそう――っていやデート!?　動揺《どうよう》するわたしをよそに雪弥さんは「ではこの名刺の裏にサービスすると明記してください」「えー、しっかりしてんなぁきみ」と早くも響己さんと仲良しになっていた。

何度か廊下の角を曲がって仏間に到着した。畳敷《たたみじ》きの広い和室の奥に、見事な彫金《ちょうきん》の仏壇《ぶつだん》がある。部屋の大きな窓からは、美しい庭園を望むことができた。

「俺はちょっと用があるから、ゆっくり拝《おが》んで。そっちの襖《ふすま》から出るとすぐに階段で、下りればさっきの応接間だから」

響己さんは和室の入口で足をとめたままそう言うと、すぐに姿を消してしまった。わたしと雪弥さんは祖母からあずかってきた鳩サブレーを仏前に供《そな》え、お線香《せんこう》をあげて手を合わせた。遺影《いえい》の中の蔵並啓太郎氏は、直希氏よりも正喜氏よりも、響己さんと似ていた。

「おや……響己はどうしました」

響己さんの言ったとおり、仏間を出るとすぐ近くに美しい手すりの螺旋階段があって、わたしと雪弥さんはちょうど階下から上ってきた長男の直希氏と行き会った。さっき仏間へ上がってくる時には建物の端の直階段を使ったが、それだと少し遠回りだったようだ。

「響己さんなら、先ほど用があるとおっしゃってどこかへ行かれましたが」

「そうですか……無作法《ぶさほう》な弟で申し訳ない。たぶん先ほど私が言いつけた用のせいだと思います。父の飼っていた犬がいるんですが、おそらくそれに餌をやりに」

「犬……エカテリーナ、ですか？」

印象深い名前だったので、応接間での直希氏と響己さんの会話を覚えていた。犬と聞いたとたんわたしは胸がときめいて、どうもそれが顔に出てしまったらしい。「犬は好きですか？」と訊ねられたので、力をこめて頷くと、直希氏はくすりと吐息《といき》をこぼした。

「それなら、帰る前にどうぞ見ていってください。私はあまり詳しくないが、ロシアの犬なんだそうです。響己もまだ、つれていってはいないでしょうから」

「つれていく……？」

「ペットも財産の一部なので、私が父から相続《そうぞく》したんですが、正直手に余るので響己に引き取ってもらうことにしたんです。エカテリーナは、響己が中学生の時に父がもらってきたんですが、気難しいというのか、あまり人に馴《な》れない犬でね。父と響己以外にはどうにも懐かなかった。正喜などはずいぶん嫌われて、尻を嚙まれたこともあります」

　直希氏の話を聞きながら、わたしは彼の香りに気をとられていた。さっきも感じたけれど、この人は本当に疲れている。体に不調も出ているのではないだろうか。


「どうしました？」

直希氏に怪訝《けげん》そうに眉《まゆ》をよせられ、はっとした。じっと見てしまったのだ。「いえ、あの」とあわてると顔が熱くなった。

「あの、とても疲れていらっしゃるように、見えたので——わたしの家でも、祖父が他界した時、しばらくかなしむ暇《ひま》もないくらい大変でした。だから、きっとすごくお忙しいと思うんですが、もう少し、体を休めたほうが……」

声が尻すぼみになって、わたしはうつむいた。

「……突然、変なことを言ってすみません。さしでがましいとは思うんですが」

「そんなふうには、思っていません。だからあなたが謝ることもない」

わたしが顔を上げると、直希氏は澄んだ目を、やわらかく細めた。

「どんな言葉でも、相手が自分を想って言ってくれたことは伝わるものです。——気遣《きづか》っていただいて、どうもありがとう」

わたしは、ふしぎな気持ちで直希氏を見上げた。「何か？」と直希氏が訊ねる。

「いえ、響己さんも同じことを——どんな言葉でも、想って言ってくれたことは伝わるって、さっきわたしにそう言ってくれたので」

「……響己が?」

受け売りだけど、と響己さんは言っていた気がする。もしかするとあれは、かつて響己さんが直希氏にかけてもらった言葉だったのだろうか。

直希氏の香りが、急に変わった。体の奥底の古傷がうずくような、胸苦しい感覚。

それは、痛みに満ちた、後悔《こうかい》だった。

「響己さんに、何かご用がおありだったんですか?」

黙《だま》りこんでしまった直希氏を変に思ったのだろう、雪弥さんが声をかけた。それで直希氏はわれに返ったように「いいえ」とわたしと雪弥さんに目を戻した。

「用があったのは、響己ではなくあなた方です。まだ、時間は大丈夫ですか?」

用? 目をまるくするわたしと雪弥さんを、直希氏は「こちらに」とうながした。

美しい手すりの螺旋階段は、まだ上の階へ続いていた。もともとこの洋館は二階建てだったのだが、啓太郎氏の父、直希氏の祖父に当たる人が三階部分を増築したのだそうだ。

三階に向かう直希氏のあとに続きながら足もとを見下ろすと、竜のようにうねる螺旋階段と、一階の大理石の床がはるか下に見えて、その高さに少しくらっとした。

「この三階は父の趣味《しゅみ》の場で、ここで咲楽《さくら》銀二さんにもお会いしたことがあります」

三階は、一階や二階と比べて天井が低かった。鎌倉は景観保護のために建築物の規模に制限が設けられているので、そのためなのかもしれない。

直希氏は、啓太郎氏の書斎《しょさい》だったという部屋に入った。窓が多い部屋で、庭園や洋館を囲む木立《こだち》を望むことができ、とてもながめがいい。ドアの手前のほうには高級そうなソファセットがあり、部屋の奥には重厚な木製の机《つくえ》が置いてある。そして机の後ろに置いてある、クローゼットかと見紛《みまご》うような古めかしい大金庫が非常に目立っていた。

ただ。

「……正喜？　何をしてるんだ」

大きな金庫もさることながら、その金庫のダイヤルをかちゃかちゃといじっている正喜氏の巨体も、同様に目立っていた。直希氏に声をかけられた正喜氏は「ひゃ」と可愛《かわい》らしい声をあげてふり返ると、ぽよんとお腹をゆらしながら愛想《あいそ》笑いをした。

「なんだ兄貴《あにき》、下にいたんじゃなかったのか」

「今ここにいるんだから、そうだろう。おまえこそ、何をしていたんだ」

「いや、何だその、親父をしのぶ思い出の品がほしいなー、とね」

「金目の品の間違いじゃないんですか」

ぼそりとした雪弥さんのひと言だったが、正喜氏は聞き逃《のが》さなかったようだ。「きみはさっきから失礼だな」「申し訳ありません、根が正直で」とまたもや火花が散りそうになった二人をさえぎるように、直希氏が正喜氏の肩を叩《たた》いた。

「開けてくれたならちょうどいい。その、まん中の段の箱をとってくれ。その漆《うるし》の箱だ」

「え、これか？　何かいいもの入ってるのか？」

十五センチ四方ほどの大きさの黒漆の箱を受けとった直希氏は、わたしと雪弥さんをソファセットにうながした。そして蓋《ふた》を開けながら、

「これは咲楽三春さんへの遺贈の項目《こうもく》には入っていませんでしたが、よければ持っていってもらえませんか」

箱の中には、小ぶりな畳紙《たとうがみ》の包みがいくつか重ねて入れてあった。畳紙の表には『佐曽羅』『寸門陀羅』というように沈香の木所《きどころ》が墨書《すみが》きしてある。畳紙を開くと竹皮紙につつまれた香木のかけらがあり、同じ要領で包みにひとつずつ、小さな香木がおさめられていた。

「いえそんな、いただけません。もう十分なお品をいただきましたし……」

「香道に使うんですよね、これは。父のほかにそういった趣味を持っていたのは母でしたが、その母もしばらく前に他界しましたし、正直この家に置いていても持ち腐《ぐさ》れです。こ

ういうものは、価値のわかる人が持ったほうがいい」

「でも」とあわてて首を横にふるわたし以上に、強く異議《いぎ》を唱《とな》えた人がいた。

「兄貴、ちょっと来い」

低い声で言いながら直希氏の腕をつかんだ正喜氏は、金庫の横にあるドアを開けて足どり荒く入っていった。本がぎっしりつまった棚《たな》が見えたので、たぶん書庫なのだろう。

「なんであんたはそう欲がないんだ！　あれだってウン十万って評価だっただろ、それをタダで他人にくれてやるなんて！」

「私が持っていても活かせないものだからだ。それより声が大きい。あちらに聞こえる」

すみません、思いきり聞こえてます……！　わたしはあわあわしたが、雪弥さんは眼鏡のブリッジを押し上げながら、あきらかに耳をすましていた。

「昔からそうだよ、兄貴は。俺がほしいと言えば何でも譲って、親父が愛人の子供をつれてくれば面倒を見てやって、おふくろの泣き言にも一日中だって付き合って。あんたは仙人《せんにん》か？　できすぎだろ！　あっという間に早死にするぞ、そんなんじゃ！」

「正喜、もう少し離れてくれないか。腹が当たるから」

「しかも呆《あき》れたお人好しで！　知ってるんだぞ兄貴。あんた、自分の取り分から響己に金をやっただろ。あんなやつになんでそこまでしてやるんだ」

「――響己は受けとらなかったよ」

「当たり前だ！　あいつにやるくらいなら俺にくれ……っていや違う。もし放棄《ほうき》のことを気にしてるなら、そんな必要はないんだぞ。あいつがやったことを思えば、むしろあれくらい当然じゃないか。あいつは」

「正喜」

直希氏の鋭《するど》い声で会話はとぎれた。ドアの向こうから香る、正喜氏の腹立ち。そしてそれよりも強い、直希氏の後悔。彼は、あんなにも胸を痛めて、何を悔《く》いているのだろう。

「申し訳ない、お待たせしてしまって」

書庫から出てきた直希氏は、わたしと雪弥さんの向かいのソファに戻ると、何事もなかったかのように淡々《たんたん》と先ほどの話を再開した。

「もう一度言いますが、その香木は咲楽三春さんにお渡しください。正直、手もとにあっても私にはどうにもしようがないので」

「いえ、でも……」

「響己さんは、相続放棄をなさったんですか？」

水面《みなも》にしずくが落ちたように、直希氏の香りが波立った。

重厚な机に寄りかかって腕組みした正喜氏も、目をみはって雪弥さんを見ていた。静かに口を開いたのは、直希氏のほうだった。

「響己から聞いたんですか」

「いいえ。申し訳ありませんが、先ほどそちらの部屋で正喜さんが『放棄』とおっしゃったのが聞こえたもので」

「……それだけで？」

「初めにそうではないかと思ったのは、応接間に通していただいた時です。響己さんがいらした時に、正喜さんはこう言われました。『今さら遺産が惜しくなっても無駄だ』と。惜しくなるということは、響己さんは遺産を取得されていないという意味にとれます。あとは、エカテリーナという犬のことも」

「エカテリーナ？」

面食らった表情の直希氏に、雪弥さんは頷いた。

「おっしゃいましたよね。エカテリーナは啓太郎さんと響己さんにしか懐かない犬で、直希さんが相続はしたものの、響己さんに引きとってもらうことにした、と。ですがそれなら、初めから響己さんが愛犬を相続されるのが自然だと思います。そうしなかったのは、響己さんが相続人の資格を失っていたからではありませんか」

正喜氏はぽかんと雪弥さんを見ていた。たぶんわたしも似たり寄ったりの状態だった。

このお屋敷に来てからわたしと雪弥さんは常に一緒にいたから、ずっと同じものを見聞きしていたはずなのに、わたしはそんなことには思いもよらなかった。

「立ち入ったことと承知でうかがいますが、なぜ響己さんは相続の放棄を？」

「……きみの言うとおりそれは大変に立ち入ったことだ。なぜ知りたいのかな」

おそらく二十歳は年上の男性に、雪弥さんは臆《おく》することなく答えた。

「もし響己さんが、嫡出子《ちゃくしゅつし》でないためにお二人に不当な放棄を迫られたのなら、抗議《こうぎ》したいからです」

「さっきから本当に失礼だな、きみは」

正喜氏が眉を吊《つ》り上げ、わたしはその尖《とが》った声にびくりとした。「やめないか、正喜」と直希氏がたしなめても、正喜氏は雪弥さんをにらみつける。

「相続放棄は、響己が勝手に申し出たことだ。私も兄も、あいつに何も迫ってやしない。そもそもあいつは家を出ていってから、母の葬式《そうしき》と父の葬式にちょっと出たくらいで、あとは父の死に際にさえ顔を見せなかったんだ、迫るような暇《ひま》もなかったよ。まあ、顔を出せなくて当然だろうがな。まともな神経ならできないだろう」

「正喜、やめろ」

直希氏が声を強くしたが、正喜氏は威嚇《いかく》するように兄をにらみ返した。

「別にかばってやることもないだろう、あんな盗人《ぬすっと》」

――盗人？

「お嬢さん。おばあさんに渡す香木が、ひとつ欠けていただろう。何だったかな、えー」

「あ、きゃ、伽羅です」

「そう、伽羅。その一等高い香木がないのはね、響己が盗んだからなんだ。たぶん売って金にでも換えたんだろう」

わたしは信じられなかった。かろやかな笑顔で惜しみなく心を開いてくれたあの響己さんと、正喜氏の話の中の響己さんが、どうしても一致《いっち》しない。それは雪弥さんも同じだったのだろう。慎重《しんちょう》な口調で、正喜氏に問い返した。

「響己さんが盗んだというのは、確かなんですか」

「確かだよ。あいつもそれを認めた」

正喜氏の話によれば、それは十年前のことだという。

盗まれたという伽羅の香木を、亡き啓太郎氏はもっとも大事にしていたそうだ。それはあの桐の香簞笥に保存し、書斎の大金庫に厳重《げんじゅう》にしまっていた。

しかしある日、啓太郎氏が香木を愛《め》でようとすると、伽羅だけが忽然《こつぜん》と消えていた。もちろん大騒ぎになった。蔵並邸は警備《けいび》会社と契約《けいやく》しておりセキュリティも万全だ。ほかに盗まれたものも荒らされた場所もなく、外部の人間のしたこととは考えにくい。

「香木は金庫に保管されていたんですね。開錠《かいじょう》方法を響己さんは知っていたんですか」

「あまり大きな声じゃ言えないが、親父はどうもああいう金庫の数字とかが苦手でね、番号を書いたメモを机に入れていて、それは何となく家族の誰もが知っていた。だからあいつにもできただろう」

「それなら響己さんだけではなく、ご家族の全員が可能なはずです」

「まあそうだな。だけどね、見た者がいるんだよ。騒ぎになる前の夜に、響己がこそこそと親父の書斎から出てくるのを、この兄が見ているんだ」

なあ、兄貴。

正喜氏に強い視線で水を向けられた直希氏は、

「――ああ」

と呟《つぶや》くようにひと言だけ答え、それきり沈黙した。

人は、言葉を偽《いつわ》ることができる。あるいは姿も、表情も、時には自分の心さえも。

けれど自分を欺《あざむ》くことのできない人間は、偽りを口にしたとたん、うしろ暗さの香りを発する。善《よ》いこと、公正なこと、美しさや思いやりを重んじ、自分もそうありたいと努力している人であればあるほどに。

いったいどうして——直希氏から感じた香りに混乱していたわたしは、雪弥さんがこちらを見ていることに気がついた。

　まるで古代文字を解読しようとする学者みたいにわたしを見つめた雪弥さんは、次に手もとに視線を落とす直希氏に目を向け、最後に机に寄りかかった正喜氏を見た。

「先ほど、響己さんも認めたとおっしゃいましたが、本当に響己さんは自分がやったと言ったんですか」

「言った……というわけじゃない。俺たちに問いつめられたあいつは、ふてくされて黙りこんだ。昔からそうなんだよ、あいつは。叱《しか》られたり怒られたりすると、憎たらしくこっちをにらんで口をきかなくなる。だけど否定しないってことは、あいつがやったってことだろう。やっていないのにそう言わない人間がどこにいる？」

　ここまで話を聞いても、わたしにはやっぱり響己さんがそんなことをするとは思えなかった。けれど、そうだとしたらなぜ、響己さんは何も言わなかったのか。先ほど直希氏が垣間《かいま》見せた、うしろ暗さは何なのか。わからなくて、頭が痛くなってきた。

　となりで顎《あご》を引いて何かを考えこんでいた雪弥さんが、静かに口を開いた。

「もうひとつお聞きしたいんですが、階下からこの三階に上る手段は、あの螺旋階段のほかにもあるんでしょうか。たとえば一階と二階の間には普通の階段があると思いますが、あのようなものは」

正喜氏は「なんでそんなことを訊《き》くんだ」という顔をしつつ、律儀《りちぎ》に答えてくれた。

「いや、二階と三階の間にはあの螺旋階段しかない。この三階は私の祖父《じい》さんの代に増築したもので、螺旋階段だけ続きを作ったんだ」

「――そうですか」

しばらく思案するような間を空《あ》けたあと、雪弥さんが腰を上げたので、わたしもあわてて立ち上がった。わたしにわかるのは雪弥さんが何かを察知したということだけで、それが何なのかも、今の質問の意味もまるでわからない。断りきれずに香木のかけらが入った漆の箱を受けとり「ほ、本日はどうもありがとうございました」と頭を下げた。

その間、雪弥さんは立ったまま直希氏を見ていた。そして直希氏も、嵐のあとの海のような凪《な》いだ目で雪弥さんを見返していた。

けれど、結局二人が言葉をかわすことはなく、わたしたちは書斎を出た。

3

「香乃《かの》さん。響己《ひびき》さんがどこにいるか、わかりますか」

雪弥《ゆきや》さんがそう言ったのは、螺旋《らせん》階段を二階まで下りた時だった。わたしは頷《うなず》いた。

人はそれぞれ固有の体臭《たいしゅう》を持っている。それは感情の動きや体調の変化にともなって絶えずゆれ動いているけれど、たとえば祖母の幼《おさな》い頃の写真を見せてもらっても、どこかに現在と共通する面《おも》ざしがあるように、この人のにおいだという芯《しん》の部分は変わらない。

気持ちを集中させて、ゆっくりと深く息を吸いこむと、かすかだが響己さんの香りを感じた。それに料理人の彼には香辛料《こうしんりょう》の目立つにおいもくっついているので、追いかけるのはわりあい楽だった。


「お、着物の二人。やっほー」

わたしたちは玄関から外へ出て、鉄格子《てつごうし》の門と洋館の間にある、あの美しい庭園に入った。そしてしばらく歩くと（しばらく歩かなければならないほど広いのだ）大きな楡《にれ》の木の下で、一頭の白い大型犬とくつろいでいる響己さんを見つけた。

そのまっ白な犬は、とても特徴《とくちょう》的なほっそりとした体をしていた。脚《あし》が長く、腹からお尻《しり》にかけてのラインがきゅっと細くなっている。立ち上がればかなりの体高《たいこう》になるはずの大きな体に比べて、顔は小さく細長い。まるで貴族のように優雅《ゆうが》で美しい犬だ。

わたしがキュンとしたことは言うまでもないが、意外なことにわたしのとなりに立つ雪弥さんからも、ときめきの香りがふわっと漂《ただよ》った。雪弥さんは感情の変化が表れにくいのか普段はあまり香りを感じられないのに。雪弥さんはことさらに無表情をとり繕《つくろ》いつつ、ちら、ちら、と自分が着ている和服を気にしていた。

「雪弥さん。その着物、もう少し暖かくなったらクリーニングに出そうかなってこの前おばあちゃんが言ってたので、多少汚れがついたとしても大丈夫だと思います」

「なんですか、藪《やぶ》から棒《ぼう》に」

「それにあのエカテリーナさん、とても上品そうだから、近づいてなでさせてもらっても、むやみに飛びついて毛をくっつけたりはしないんじゃないかと思うんです」

「わかりません。犬というのは愛情が満タンにつまったミサイルのような生き物で」

「じゃあわたし、行きますね」

「え」

我慢《がまん》できずにわたしは早足で歩き出した。優雅な白い犬は、木陰《こかげ》に座りこんだ響己さんの膝《ひざ》に顎《あご》をのせて寝そべっていたが、わたしが近づくと頭をもたげた。

もうかなりの高齢なのだろう。瞳《ひとみ》はうっすらと白い膜《まく》がかかったように濁《にご》り、けれども底のない深さを湛《たた》えていて、自分の真価を見定められているような気持ちになる。少しの警戒《けいかい》と、好奇心《こうきしん》、そしてそれらをつつみこむ高貴な静けさ。そんな香りを白い犬——エカテリーナから感じた。

「こんにちは」

　ゆっくりとしゃがみこんで、そっと右手をさしのべると、エカテリーナはわたしの手に鼻をよせた。そして何度か角度を変えてにおいを確かめたあと、

「少しばかり、なでてもよろしいわ」

　という感じに、すり、と顎をわたしの手のひらにふれさせた。わたしは女王様にお声をかけていただいた庭師のように感激して、ふさふさの顎の下をなでさせてもらった。片膝を抱えた響己さんから、驚《おどろ》いた香りが散った。

「すごいな。こいつちょっと気難しくて、知らない人だと警戒しちゃうんだけど」

「きっとわたしのあふれるような尊敬《そんけい》の念《ねん》が伝わったのではないかと」

「尊敬？　はは、おもしろいこと言うね、きみ」

　犬とおしゃべりがしたい、と小さな頃わたしは思っていた。実を言えば、今でも思っている。訊《き》いてみたいのだ、すぐれた嗅覚《きゅうかく》を讃《たた》えられる彼らに。

　あなたたちには、人それぞれの香りがわかる？　わたしと同じに、人の気持ちの香りを感じることはある？　わたしは時々とても怖くなってしまう。本当はこんなこと全部わたしの妄想《もうそう》で、わたしがおかしいだけなんじゃないかと。

「香乃さんばかりずるい……」

こちらも我慢しきれなくなったのか、近づいてきた雪弥さんが、ぼそりと言った。ずるいと言われても困ってしまう。

わたしがちょっと横に移動して場所を空けると、雪弥さんは長着《ながぎ》の裾《すそ》が地面につかないように押さえながら、エカテリーナの前に膝を折った。まるで騎士《きし》が女王様にご挨拶《あいさつ》するようにうやうやしく。

するとエカテリーナが立ち上がって、雪弥さんの顎をぺろりと舐《な》めた。ゆるやかに尻尾《しっぽ》をふるエカテリーナからは、うれしそうな香り。あきらかにわたしより歓迎《かんげい》されている。

何やら負けた気分のわたしのとなりで、雪弥さんはほほえんで犬の頭をなでた。

「今日はどうしたんだエカテリーナ、俺だけが好きなんだと思ってたのにショックだ」

「きっと若い男のほうがいいんでしょう。ボルゾイですね」

ボルゾイ？　首をかしげるわたしに、雪弥さんは説明してくれた。この特徴的なすらりとした肢体《したい》の持ち主エカテリーナは、ボルゾイという犬種で、帝政ロシアで王侯《おうこう》貴族にのみ飼育がゆるされた高貴な猟犬《りょうけん》なのだという。

「詳しいね眼鏡くん」

「昔、うちでも飼っていたんです」

わたしは本当に、息を忘れるくらい驚いた。

雪弥さんは、自分のことをほとんど話さない。家族の話を一切《いっさい》しない。でも今、本当にわずかだけれど、自分の過去に関することを口にした。たぶん鎌倉《かまくら》のどこかにあるはずの雪弥さんの実家で、昔、エカテリーナとそっくりな犬と暮らしていたことを。自分がそんな発言をしたことにすら気づいていないような笑顔で。

「エカテリーナという名前は、ロシアの女帝からとったんですか？」

「そう。こいつ、子犬の頃から気位《きぐらい》の高そうな顔してたからさ」

では、わたしが抱いた女王様という印象も間違いではなかったのだ。エカテリーナは、やっぱり響己さんに頭をなでられた時、一番うれしい香りをふわふわ漂わせた。

「今日、エカテリーナをつれていくんですか？」

訊《たず》ねたわたしに「兄貴《あにき》から聞いたの？」と眉《まゆ》を上げてから、響己さんは笑った。

「うん、やっとね。ほんとはもっと早く迎えに来たかったんだけど、俺ずっとアパート暮らしだったからさ。こいつのこと置いてやれるほどのスペースがなかったんだ。でもこの前やっと一軒家《いっけんや》が手に入ったから――ここに比べたらかなり狭《せま》いけど、我慢しろよな、エカテリーナ。ちっちゃいけど庭もあるからさ」

エカテリーナの顔をぐにぐにとマッサージする響己さんからはあふれるくらい愛情深い香りがして、わたしは少し涙《なみだ》ぐんでしまった。わたしは、こういう香りに弱いのだ。エカテリーナのために家を探すほど、彼は愛犬を大切に思っているのだろう。

「さて。散歩もしたし、そろそろ行こうか、女王様」

響己さんが腰の土を払い落としながら立ち上がったその時、

「十年前の香木《こうぼく》の盗難の話を、正喜《まさき》さんから聞きました」

エカテリーナの雪のように白い背をなでながら、雪弥さんが静かに言った。

風が楡《にれ》の大木の枝葉をゆらし、潮騒《しおさい》にも似た葉ずれの音が、頭上からおだやかに降ってくる。わたしは息をのんだ。雪弥さんは、何を言い出すのだろう。

動きをとめていた響己さんが、唇《くちびる》の端《はし》を小さく上げた。

「そっか。ごめんね、みっともない話聞かせて」

「啓太郎《けいたろう》さんの金庫に入れられていた伽羅《きゃら》をあなたは持ち出し、売り払った。啓太郎さんの書斎《しょさい》から周囲を気にしながら出てくるあなたを、直希《なおき》さんが目撃《もくげき》した」

淡々《たんたん》と言葉を並べながら雪弥さんは立ち上がり、正面から響己さんを見つめた。

「でも、盗んだのはあなたではありませんよね」

クゥン、とエカテリーナが小さく鳴きながら、響己さんの手の甲《こう》を鼻先でつついた。目を大きくしたまま動かない響己さんを「どうなさったの?」と心配するように。

「……俺じゃないって、なんで？」

「あなたには啓太郎さんの書斎から香木を盗み出すことができないと、僕には思えるからです。十年も前のことですし、僕は完全な部外者ですから、これから話すことに確証《かくしょう》はありません。間違っていたら謝ります」

響己さんを見据《みす》えたまま、雪弥さんは中低音の声で言った。

「響己さん、あなたは高所恐怖症ではないですか？」

――――高所恐怖症？

わたしの目に映る限り、響己さんはほとんど表面上に反応を見せなかった。けれど、彼の香りは胸をつかれたような動揺《どうよう》を示し、あたりに散った。

「違和感《いわかん》を覚えたのは、あなたが僕たちを仏間《ぶつま》へ案内してくれた時です。あの螺旋階段を使ったほうが仏間にはずっと近いのに、あなたはわざわざ回り道になる直階段を使った」

あ、とわたしも思い出した。お焼香《しょうこう》をすませて仏間を出た時、すぐそばに螺旋階段があるのを見て、雪弥さんほどの違和感は覚えなかったが、ふしぎな気分にはなったのだ。

「高所恐怖症の人は、単純に高度を恐れるというより、足もとに空間があり、そこから落下するというイメージを抱いてしまうために恐怖を感じるのだそうです。そういう人にとっては、一階からの高さがありありと視認できてしまう螺旋階段は恐ろしいでしょうね」

「……あっちの階段を使ったのは、きみらにあそこに掛かってる絵を見せたかったからかもよ？　俺、あの絵好きなんだよね。意味はわかんないけど色がきれいで」

「そうですね、僕もあの絵は好きだと思いました。先ほども言いましたが、これはただの推測《すいそく》で、あなたが違うと言うならそれまでの話です。──どうですか？」

響己さんは唇を引き結び、黙った。沈黙は十秒ほども続いたと思う。やがて彼は、顔をしかめるのに近い笑みを浮かべた。

「きみの苗字《みょうじ》聞いてなかったけど、もしかして金田一《きんだいち》？」

「残念ながら江戸川《えどがわ》でもなく、岸田《きしだ》です。いつからなんですか？」

「幼稚園《ようちえん》の時にジャングルジムから落ちて、頭を何針も縫《ぬ》って、それから。……誰にもバレたことなかったんだけどなぁ。かっこ悪いよね。電球交換するだけで冷や汗が出るし、スカイツリーにもサグラダ・ファミリアにも一生行けそうにないし」

やはり、雪弥さんの言うとおりだったのだ。わたしは驚いて響己さんを見つめた。

そして、急にわかった。雪弥さんが何を言おうとしているのか。

「でも、それだと響己さんは三階には……」

「そう、事件があった十年前にはすでに響己さんは高所恐怖症だった。三階にある啓太郎さんの書斎には、あの螺旋階段しか移動手段がない。しかし響己さんには螺旋階段が使えない。よって響己さんは三階の書斎に出入りすることができない。もちろん、我慢をすれば螺旋階段を使えないこともないかもしれませんが、やはり僕は、あなたがやったのではないと思う。あなたには盗みなんて似合わない」

どうですか？

雪弥さんの問いかけに、響己さんは小さな吐息《といき》を返した。それで十分だった。

「正喜さんが、あなたは疑いをかけられても否定しなかったとおっしゃっていました。なぜ、自分ではないと言わなかったんですか」

「さあ、もうよく覚えてない。十年も前のことだからさ。……でも、たぶん、どうでもいいって思ったんだよ」

キュー、と鼻を鳴らして、エカテリーナがまた響己さんの手の甲を舐める。愛犬にほほえみかけた彼は、慈《いつく》しみ深い手つきで喉《のど》をさすってやる。

「中学の時に引き取られてきたけど、俺はどうやってもここの本当の家族にはなれないんだってすぐにわかったし、兄貴たちや義母《かあ》さんが俺をうとましく思ってもそれは無理もない話だし、俺の親はもう親父《おやじ》ひとりだけだったけど、その親父が俺の言い分なんて何も聞かずに怒鳴《どな》りつけた時、もう全部どうでもいいって思ったんだろうね。あの頃の俺、ナイーブな高校生だったから」

最後はまた冗談《じょうだん》めかして響己さんは笑う。そういう彼から漂う香りは、かなしみを含んではいても、恨《うら》みがましさはなく、雨上がりの空のような清明さにくるまれている。強い人なのだ、この人は。深い傷を自力で癒《いや》し、心の透明《とうめい》さを守ってきた。けれど心うたれる一方で、わたしは暗い気持ちになった。やはり啓太郎氏の香木を盗んだのが響己さんでなかったのなら、つまりあの人は。

「あなたが書斎から出てくるのを見たという直希さんの証言は、事実《うそ》ではなかったということになります。これは直希さんが何かを勘違《かんちが》いしたか、あるいは嘘《うそ》をついたか、二通りが考えられると思いますが——当時このお宅に住んでいたのは、あなたと直希さん、正喜さん、啓太郎さんと」

「義母《はは》。兄貴たちの母親」

「そうなると、直希さんの勘違いというのは考えにくい。誰かを見間違えるにしても、みなさんは二十歳近くあなたとは歳《とし》が離れていたでしょうし、お義母《かあ》様に至っては性別も違う。第三者の侵入については、正喜さんがかなりの自信を持って否定しました。——そうするとやはり、直希さんは嘘をついた」

わたしは響己さんを目撃《もくげき》したと口にした時の、直希さんの香りを思い出した。うしろ暗さと、苦しいほどの後悔《こうかい》。

「嘘をついた理由として考えられるのはまず、直希さん自身が香木を盗み、その罪をあなたに着せた」

「ないよ、それは」

響己さんの声は鋭《するど》いほどだった。それから彼は、目をふせた。

「あの人は、盗みとかする人間じゃない。なんていうか、清廉潔白《せいれんけっぱく》なんだよ。ぱっと見はとっつきにくいけどお人好しで、嘘はつかないし約束は必ず守る。誰かを馬鹿《ばか》にしたり騙《だま》したりも絶対にしない。親父も兄貴も義母さんも、みんなあの人を信頼してた。――愛人の子供でもきちんと弟あつかいして世話を焼いてくれるような、そういう人なんだ」

だから、と苦しげな香りをさせながら響己さんは続けた。

「盗みとかそういうことじゃなくて、俺が目障《めざわ》りだったんだと思うよ。やっぱり愛人の子供なんて本当は嫌《いや》で、だから――」

ああ、とわたしは胸が痛くなった。疑いをかけられた時に響己さんが否定しなかったのは、そんなふうに思っていたからでもあったのだ。面倒を見てくれたお兄さん、きっと響己さんも心をゆるしていた人が、突然身に覚えのない罪で自分を告発し、手ひどく突き放された響己さんはもう、違うという声さえ出なかったのだ。

「矛盾《むじゅん》してませんか」

しかし岸田雪弥氏は、センチメンタルをくしゃっとまるめてゴミ箱に捨てるようにクールだった。響己さんもわたしも、目を点にした。

「直希さんは清廉潔白な人格者で、あなたのことも弟としてあつかい、世話を焼いてくれていた。にもかかわらず、直希さんはある日突然に心変わりし、あなたを陥《おとしい》れるために香木の盗難事件を演出したというんですか？」

「……や、だから、それまで我慢して俺と付き合ってたけど限界になった、とかさ」

「いまいち弱いですね」

もう俺どうしたらいい？　という顔を響己さんがわたしに向けた。「すみません、すみません」とわたしは頭を下げた。

「ただ、香木の盗難が金銭《きんせん》目的ではなく、あなたを陥れるために行われたことではないかという考えは、僕も同じです。正喜さんはあなたが金を目当てに香木を盗んだと思いこんでいましたし、それが当時のみなさんの見解《けんかい》だったんでしょうが、このお宅の資産を考えれば、なにも窃盗《せっとう》というリスクの高い手段をとらなくても金の調達はできると思う」

そこで雪弥さんは息をつき「ここからは、推測というより想像です。そのつもりで聞いてください」と静かに前置きした。

「香木を盗んだのは、直希さんではないと思います。別の人物が、金庫に厳重《げんじゅう》にしまわれていた伽羅《きゃら》を盗み出した。なぜならそれは、啓太郎さんがもっとも大事にしていたものだからです。情熱をかたむけて蒐集《しゅうしゅう》した大切なコレクションが盗まれれば、当然啓太郎さんはショックを受け、犯人に対して激しい怒りを抱く。その怒りをあなたに誘導《ゆうどう》することこそが、『その人物』の目的だった」

そして実際、響己さんは啓太郎氏から激しい叱責《しっせき》を受けた。彼の言い分を聞いてもらうこともできないほどに。

「啓太郎さんが香木の盗難に気づく。騒ぎになる。第三者侵入の可能性は低い、では家族の中の誰かがやったことだ――そういう話になる。直希さんは何らかの理由でそれが誰であるかに気づいたか、実際にその誰かが書斎から出てくる姿を見たのかもしれません。あるいは、響己さん、あなたのせいにしてほしいと『その人物』に頼まれたか。いずれにせよ直希さんは、あなたに疑いを向けることにした。『その人物』を、かばうために」

わたしはいつの間にか胸を押さえていた。鼓動《こどう》が不穏《ふおん》に加速を続けて、苦しくて。『その人物』が誰なのか、ゆっくりと、脳裏《のうり》に姿を結びはじめていて。

「では『その人物』とは誰か。直希さんと、香木の正当な所有者である啓太郎さんは除外します。正喜さんも、よほどの演技上手でないのなら、あの言動を見ると違うと思う。そうすると、残るは」

「もういい」

さえぎった響己さんの声は硬く、かすれていた。そして彼は口もとを覆《おお》い、沈黙《ちんもく》する。

すべては想像だ。わたしはその人の名さえ知らない。ただ何度か、蔵並家の兄弟がその人の存在を口にするのを聞いただけで。

その人は、啓太郎氏に自分以外の女性がいると知った時、きっとひどくショックを受け傷ついただろう。そしてその女性の子供である響己さんが引きとられてきた時、形容しがたい思いを味わったかもしれない。

もしもその人が、苦しみのあまりに罪を犯《おか》し、そのことを直希氏が知ったとしたら、おそらく彼は何をしてでも彼女を守ろうとしただろう。たとえ、誠実で公正な自分の心に背《そむ》くことになろうとも。そして疑いをかけられた響己さんは、この美しい洋館を去った。

風が吹き、また楡の葉ずれの音が降る。

そうであったかもしれない、今ではもう確かめようもないかなしみを、弔《とむら》うように。

4

長い沈黙《ちんもく》のあと、口を開いたのは雪弥《ゆきや》さんだった。

「もう一度言いますが、今の話は推測《すいそく》というより想像で、香木《こうぼく》を盗んだのが本当のところ誰だったのか、何が目的だったのか、もう確かめようがありません。ですが、あなたが香木を盗んだという誤解《ごかい》は、まだ解《と》くことができると思います」

雪弥さんはきっとその誤解を解きたくて、十年前の真相《しんそう》を突きとめようとしたのだろう。たぶんわたしがそうであるように、雪弥さんもこの人のことを好きになったから。

響己《ひびき》さんは遠い目で木立《こだち》の向こうの洋館をながめていた。そして唇《くちびる》を開き、

「いや、もういいよ」

意外なくらいに、からりとした声で言った。

「盗人《ぬすっと》呼ばわりされたままでいいと言うんですか」

「ん、いいや。もう十年そうだったんだからさ、あと十年や二十年や五十年くらい、そのままでもどうってことないよ。そもそも俺、もうそんなに気にしてなかったし」

「でも……っ」

それでは響己さんの名誉《めいよ》はどうなるのだろう。傷ついた気持ちは？　わたしが言い募《つの》ろうとするのをさえぎるように、響己さんは笑った。強く、まぶしい笑顔。

「俺は今、かなりしあわせに暮らしてる。十年前のことは確かに不愉快《ふゆかい》だったよ。でもたぶんあれも、今の俺になるには必要だったんだ。だからいい。もう、いいんだ」

響己さんはわたしに、それから雪弥さんに、やさしい目でほほえみかけた。

「本当に思ってもみなかった。十年もたってから、あれは俺がやったんじゃないって誰かが言ってくれるなんて。しかも着物のかわいい子とイケメン眼鏡、二人もさ。俺はそれで十分だよ。――ありがとう」

響己さんはそれから「よーし、行くか！」と景気づけのように元気な声をあげ、エカテリーナの首にリードをつけた。まだ釈然《しゃくぜん》としないものがあったけれど、わたしと雪弥さんも、門へ向かう彼のあとに何となく続いた。

このあとのことは我ながら、なかなかのナイスアシストだったのではと思う。もちろん一番の功労者《こうろうしゃ》はエカテリーナで、わたしはその付け足しのようなものなのだけれど。

エカテリーナが行動を起こしたのは、あの立派《りっぱ》な黒い鉄格子《てつごうし》の門が見えてきた時だ。まず彼女は突然足を踏《ふ》んばって、リードを持つ響己さんに抵抗した。「どうしたんだよ」と響己さんがとまどいながらリードを引こうとすると、

「おん！」

とそれは威厳《いげん》に満ちた、花火のようにお腹《なか》に響く鳴き声をあげた。わたしもびっくり、雪弥さんもびっくり、そして誰よりも響己さんが衝撃《しょうげき》を受けていた。

「俺に吠《ほ》えたことなんてなかったのに……」

おん！　おん！　と吠え続けながらエカテリーナはリードを引っぱる。その彼女からわたしは香りを感じた。もどかしさと、何かの決然とした意志。

「あの、どこかに行きたいんじゃないでしょうか」

エカテリーナはたぶん響己さんをどこかへつれていきたいのだ。わたしの言葉に響己さんは眉《まゆ》をよせながらも、リードを引く手をゆるめた。とたんにエカテリーナは早足で、しかし女王の名にふさわしい威厳はたもったまま、象牙《ぞうげ》色の洋館へわたしたちを導いた。

エカテリーナがまっすぐに向かったのは洋館の一階の端《はし》にある広い部屋だった。あまり物がなくこざっぱりしていて、窓辺にびっくりするほど大きな銀色のケージがある。そこは元の響己さんの部屋、かつエカテリーナの寝床《ねどこ》なのだそうだ。

「あー……エカテリーナ。言いにくいんだけど、今からおまえは別の家に行くんだよ。まあここよりかなり狭《せま》いけど、海も見えるし、日当たりもいいし、隠居《いんきょ》したと思って……」

響己さんが見当違いの説得を試《こころ》みるなか、エカテリーナはリードを引きずったまま窓辺のケージに入り「おん！」とまたひと声吠えた。ずり、ずり、と鼻先で何かを押し出す。

それは、一片が三十センチメートルほどの、立派な木製の箱だった。

「そこの者、ぼさっとしてないでこれをお持ち」

と命《めい》じるかのような鋭《するど》い香りをさせながらエカテリーナがわたしに顔を向けたので、わたしは背すじを反《そ》らして「し、失礼します」と銀色のケージに体を半分だけ入れた。蓋《ふた》つきの木製の箱は、引っぱり出してみるとなかなか重かった。

「あー、親父《おやじ》が買ってやった玩具箱《おもちゃばこ》とかいうやつ。そういえば持ってけって言われたな」

響己さんが目をまるくしながら、箱を受けとろうと両手をさし出す。けれどわたしは渡せなかった。箱から漂《ただよ》う、そのかぐわしい香りに気がついたからだ。

もちろん木製の箱は厚い蓋によって閉ざされていたから、雪弥さんや響己さんにはわからなかっただろう。けれどわたしには感じられたし、それが何の香りかもわかった。これでも香舗《こうほ》の孫なのだ。でも、まさか、なぜこんなところから――

「……すみません、この箱、開けてみてもいいでしょうか」

「え？　うん、いいけど」

箱の中には、骨やボールの形をした木製の玩具が入っており、あちこちに歯形がついていた。けれど箱のすみに、ちょうどわたしの手ほどの長さと幅の、和紙《わし》の包みが入っていた。木製の玩具の中でそれだけがあきらかに異質で、わたしはそっと指先で和紙の包みを開いた。和紙の下には、さらに竹皮紙《ちくひし》。もうこの時には「まさか」はほとんど確信に変わっていて、心臓の音が加速した。

そして竹皮紙の包みを開くと、思っていたとおりのものが姿を現し、くらっとした。

「……雪弥さん」

「はい？　どうしました」

「……らです……」

「すみません、よく聞こえなかったのでもう一度お願いします」

「――これ、伽羅《きゃら》ですっ！」

　めったにとり乱すことのない雪弥さんの眼鏡の奥の目が大きくひらかれた。「か、かいでみてください」とわたしが両手でさし出した二重の包みの中に、雪弥さんが鼻をよせる。そこまで近づけば、雪弥さんにもかすかな芳香《ほうこう》がわかるはずだ。しばらくして体を起こした雪弥さんは、頰《ほお》を硬くしていた。

「……香りますね。僕には木所《きどころ》まで判別できませんけど、間違いないんですか」

「この前、おばあちゃんに伽羅を聞かせてもらったばかりなので、たぶん……」

「こんなに大きいものは初めて見た……」

「というか、どうしてこんなところにポンと……」

「え、何なの？　何の話なの？　俺のこと仲間はずれにしないでよ」

　わたしは玩具箱を雪弥さんに持ってもらい、和紙と竹皮紙の包みを慎重《しんちょう》に持ち上げた。響己さんの前で、素手《すで》で触れないよう、さらに慎重《しんちょう》に包み紙を左右に分ける。

そして、ひと塊《かたまり》の木切れが姿を現す。流木《りゅうぼく》のようにごつごつとした質感で、大きさはわたしの指先から手首くらいまでの長さ、そして貫禄《かんろく》のある横幅と厚みを持っている。色は黒っぽく、ずしりと持ち重りがする。たっぷりとつまった樹脂《じゅし》の重さだ。

「これは、香木《こうぼく》です。きちんと鑑定《かんてい》をしていないので確実ではないんですが、伽羅という種類である可能性があります」

「香木？　ああ……親父のかな」

「伽羅は香木の最上品で、今だと、一グラム二万円から五万円ほどです。――だから、これが本当に伽羅だとしたら、数百万円から一千万円近くの値がつくと思います」

響己さんはわたしを見つめて沈黙《ちんもく》した。というより、絶句していた。

「……え、なんでそんなもんが、ここに入ってんの？」

わたしもそれが知りたい。こんな大物の香木、それも伽羅が、犬の玩具箱にポンと入れてあった。その信じがたさに、あらためて眩暈《めまい》がした。

「親父ってそんなもんをエカテリーナにガリガリさせてたってこと⁉　頭おかしいんじゃね⁉」「でっでも歯形はついてないので！　セーフ！」「そういう問題⁉」と心を乱すわたしと響己さんをよそに、ひとりだけ黙《もく》していた雪弥さんが、口を開いた。

「この伽羅は、もしかすると、十年前に盗まれたものではないんでしょうか」

え、と意表をつかれてから、わたしは思い出した。

啓太郎《けいたろう》氏がわたしの祖母に遺《のこ》した香箪笥《こうだんす》で、ひとつだけ欠けていた『伽羅』。そう、十年前に忽然《こつぜん》と消えてしまった香木も伽羅だった。

「伽羅は、いくつも集められる代物ではありません。たぶん、としか言えませんが」

「……でも、もしそうだとしたら、どうして」

どうして、紛失《ふんしつ》したはずの香木が、玩具箱に入っていたのか。

いつの間にか、エカテリーナがわたしのそばに立っていた。今は亡き洋館の主《あるじ》に愛されていた、誇《ほこ》り高く美しい犬。うっすらと白くなった瞳《ひとみ》が、彼女が発する香りが、何かをわたしに訴《うった》えかけていた。エカテリーナ。啓太郎氏が買った玩具箱。そこに入れてあった香木。ふいにそれらの破片《はへん》がつながり、その物語が、わたしの中に広がった。

「……啓太郎さんの、響己さんへのメッセージじゃないんでしょうか」

響己さんがわたしのほうを向き、眉《まゆ》をよせる。そういえば、遺影《いえい》の啓太郎氏と響己さんは、面立《おもだ》ちがよく似ていた。

「響己さんがおうちを出たあと、啓太郎さんは何かのきっかけで、真相を知ったのかもしれない。響己さんは犯人じゃなかったとわかって、なくなった香木も戻ってきたんです」

和紙につつまれた香木を、響己さんにさし出す。とまどいながら、彼は受けとる。

「そして啓太郎さんは亡くなる前に、エカテリーナの玩具箱にその香木を入れておいた。エカテリーナは啓太郎さんと響己さんにしか懐《なつ》かなかったんですよね？　それなら、啓太郎さんが亡くなったら、きっと響己さんがエカテリーナを引きとるはずだって考えると思います。この玩具箱も、エカテリーナと一緒に響己さんの手に渡る。だから、きっとメッセージをこめてこの伽羅を入れたんです。『全部わかった、すまなかった』って」

響己さんの瞳がゆらいで、彼の香りも同じようにゆらいだ。信じられない、まさかそんな、あるはずない、でも。

「……わかんないじゃん、そんな。親父が、どう思ってたかなんて」

「あなたは、どうであってほしいですか」

眉をよせる響己さんに、雪弥さんは落ち着いた声で続ける。

「あなたの言うとおり、啓太郎さんが亡くなった今、本当のことはもうわからない。だから、あなたの好きなように考えたらいいと思います。あなたがこれから生きていくために一番いいように」

響己さんの唇が小さく震え、彼は香木の包みを手にしたまま、うつむく。

エカテリーナが優雅《ゆうが》な足どりで歩き、響己さんの前におすわりをした。待ちくたびれてしまいましてよ。そんなふうに、白い尻尾《しっぽ》をふりながら。

吐息《といき》をこぼして笑った響己さんは、膝《ひざ》を折ってエカテリーナを抱きしめ、白い犬のふさふさの首に顔をうずめた。

*

太陽の光がうっすらと夕方の色をおびはじめる頃、わたしと雪弥さんは洋館を出た。

庭園の木々と花々をゆらす風は、かすかに初夏の香りを含んでいる。次の季節には、この庭にはどんな花が咲くのだろう。きっと何であっても、美しいものだろう。

響己さんは、例の伽羅を持って直希氏に会いに行った。もう相続人《そうぞくにん》の資格がない自分が受けとるわけにはいかないし、相続税の申告からもれていれば問題になるから、と。

ただ、と雪弥さんはわたしと二人だけになった時に話した。

「ただ直希さんは、玩具箱に入っていた伽羅のことを知っていたかもしれません。言ってましたよね、響己さんに。玩具箱を『必ず忘れないように』持っていけ、と」

「へ？　……そう、だったかも？」

「啓太郎さんが亡くなったあと、遺産《いさん》相続のために屋敷《やしき》中の財産を調べたと思いますし、もし直希さんが知っていたら、あの伽羅を響己さんが持ち帰っても差し支えないように、きちんと手続きしているかもしれない。まあ、本当のところはわかりませんが」

そう、わたしたちは蔵並《くらなみ》家にほんの少し関わっただけで、本当のところは知らずに終わるだろう。でもわたしは、雪弥さんの言うとおり、直希氏は玩具箱にしのばせてあった伽羅のことを知っていたのではないかと思う。そして知っていたら、それが問題なく響己さんの手に渡るように、すでに手を打っているだろう、と。

なぜなら、わたしたちにためらいなく響己さんを「弟」と言った彼も、この十年、心を痛めていたはずだから。ずっと、響己さんにつぐないたいと思っていたはずだから。

わたしと雪弥さんはぽつぽつとそんなことを話しながら、庭園の中の石畳《いしだたみ》の道を歩き、鉄格子の門の前に来たところで、その女性に出会った。

「うんしょ」

と鉄格子をよじのぼろうとしていた女性は、二十代半《なか》ばといった若さで、夏の花みたいに明るい生気をまとった人だった。きっと不審《ふしん》な表情をしていたに違いないわたしと雪弥さんに気づくと、鉄格子に足をかけたまま「エヘ」と照れ笑いした。

「あの、ここのおうちの人？　響己って知ってる？」

「あ、響己さんなら今……」

「――ナナ！　何やってんだ降りろ！　ゆっくり！」

大きな声にふり返ると、エカテリーナと一緒に響己さんが、すごい形相《ぎょうそう》で走ってきた。

「危ないだろバカ！　落ちたらどうすんだよ！」

「はー、響己さんは過保護《かほご》で困りますなぁ。あ、きみがエカテリーナ？　聞いてたとおりの美人だなー。響己の奥さんだよ、これからよろしく」

なんと、響己さんの奥さんっ？

「人の話聞いてんのかよ」と顔をしかめていた響己さんは、それからわたしと雪弥さんに向き直ると、おだやかに笑った。

「追いついてよかった。もう一回ちゃんとお礼言いたくて。色々ありがとう、ほんとに」

いえいえ、とあわてながらわたしは気づいた。エカテリーナのリードを持つのとは反対の響己さんの手に、和紙の包み。胸がじわりとした。響己さんがこれを持ってきたということは、やっぱり雪弥さんの言うとおり、直希氏は――

「あ、みてみて。かいでる」

響己さんの奥さんの笑い声に、みんながふり向く。エカテリーナが奥さんのお腹に鼻をくっつけて、クンクンとやっているのだ。わたしも、女性から漂う香りに気づいた。彼女自身の香りと、ミルクみたいな甘いにおい。あ、と思った。そうかこの人――

「しかしこの大きい子、うちのちっちゃくてボロい車に乗れるかね」

「悪かったな、ちっちゃくてボロくて。後部座席に乗れるだろ。……じゃあ俺たち行くから、二人も元気で」

道路の端に停《と》めた軽自動車のドアを開けながら、響己さんが笑って手をふった。雪弥さんは会釈《えしゃく》を返し、今度はわたしの番だ。ためらったけれど、どうしても言いたかった。

「響己さんもお元気で。あと――おめでとうございます」

響己さんの目が大きくなった。なんで、というように。

でも、こだわらない彼は、すぐに破顔《はがん》した。

「ありがと！　デートの時には絶対寄ってよ、サービスじゃなくてごちそうするから！」

響己さんと奥さんとエカテリーナを乗せた自動車が走り出してから、わたしと雪弥さんも反対方向の道へ歩き出した。すぐに、雪弥さんがふしぎそうに訊《たず》ねてきた。

「さっきのおめでとうって、何のことですか」

「赤ちゃんがいると思います、響己さんの奥さん。妊婦《にんぷ》さんって体から香りが二つするんです。妹を妊娠《にんしん》した時、母もそうだったし」

雪弥さんは意表をつかれたようだったが「ああ」とすぐに思い当たったように呟《つぶや》いた。

「一軒家《いっけんや》を手に入れたのは、それもあったんでしょうか。犬のためにずいぶんがんばる人だと思っていましたが」

愛する人と、エカテリーナ、そしてこれから生まれてくるこどもと一緒に、新しい家で暮らす響己さんを想像する。自分はしあわせだ、と彼は言った。本当にそうなのだろう。そしてこれからも、しあわせに暮らしていくのだろう。あの人はきっと、どんな苦難にあっても、誰かを恨《うら》むのではなく自分の力で希望をさがし、それを手につかむだろうから。

日曜日の夕方近く、長谷《はせ》の中心地はまだまだ混んでいて、人ごみに硬直《こうちょく》したわたしは、また雪弥さんにうながされて裏路地《うらろじ》に入った。象牙色の洋館にいた時間は二時間に満たなかったが、なんだかもっと長い時間を過ごした気分だった。今日に起きたさまざまなことをぼんやりと思い返していると、雪弥さんが前ぶれもなく言った。

「初めて聞きました、妹さんの話」

「へ？」

「三春《みはる》さんとの話なんかから妹さんがいることは知っていましたけど、香乃さんの口から聞いたのは初めてです」

馬鹿《ばか》なことに、わたしは雪弥さんにそう言われて初めて、自分の話をしていないのはわたしも同じなのだと気がついた。

親に嫌われていることや、わたしと違って親に愛される妹のこと。そういうことを知られるのが恥《は》ずかしくて、みじめに思われたくなくて、わたしは、言えなかったのだ。

「……二つ下で、美人なんです。わたしと違って。明るいし。わたしと違って」

「その『わたしと違って』は、妹さんの枕詞《まくらことば》なんですか。鎌倉といえば『星月夜《ほしづきよ》』みたいなものですか」

雪弥さんが吐息で笑う。笑ってくれたので、引きつれるような気持ちがやわらぐ。

わたしも、こんなふうに訊ねてもいいのだろうか。嫌《いや》がられは、しないだろうか。

でもわたしも、知りたいのだ。今となりを歩いているこの人のことを。

「……犬の名前は、何ていうんですか？」

民家の庭の花に目をやっていた雪弥さんが、こちらを見る。エカテリーナとよく似た犬と雪弥さんが時間を過ごした家がどこにあるのかさえ、わたしは知らない。

かなり長く沈黙が続いて、やっぱり訊《き》いたらまずかったのかなとわたしが涙目《なみだめ》になりはじめた頃、ぼそりと声が返った。

「ココア」

わたしはつい、まじまじと雪弥さんを見てしまった。

「その名前は、あの、雪弥さんがつけたんですか？」

「耳の毛の色が、ココアみたいだったんです。エカテリーナと違ってオスでしたけど」

「へえ……かわいらしい名前をつけるんですね」

「なぜ笑いをかみ殺しているかのようなおかしな顔をするんですか」

おかしいというよりは、ココアなんて名前をつける雪弥さんがかわいくて、教えてくれたことがうれしくて、浮かれてしまったのだけれど。こらえきれずに笑い出すと、ちらりと横目でにらまれた。

「――あの日は、ココアが死んだばかりで、家に帰りたくなかったんです。たったひとりの友達だったから」

『あの日』がいつか、訊く必要なんてなかった。はっきりと覚えているから。きっと一生忘れることなどないから。

あの日、黒いランドセルを背負《せお》った痩《や》せっぽちの男の子は、友達のいなくなってしまった家に帰りたくなくて、学校の帰り道に遠回りをしたのかもしれない。

やがて男の子は、暖簾《のれん》に『香《こう》』と書かれた店の前を通りかかり、野良猫《のらねこ》に遊んでもらっている女の子に気づく。その子も鎌倉に来たばかりでやはり友達がいないのだけれど、まだ男の子はそれを知らない。そして男の子は、こう訊ねられるだろう。

――どうして、そんなにかなしいの？

長谷駅に近づいてきた頃に、チロチロリン、とわたしの和装バッグの中で電子音が鳴った。ＬＡＮＤのメッセージの通知音だ。スマホを出してみると、祖母からだった。

『雪弥くん帰っちゃった⁉　生徒さんからおすそ分けで黒毛和牛のステーキ肉を三枚もらったんだけど、雪弥くんまだいるなら帰らせないで！　帰っちゃったら呼び戻して！』

わたしは無言で雪弥さんにスマホの画面を向けた。メッセージを読んだ雪弥さんは、少し困ったような顔をした。

「いえしかし、今日は働いていないので、ごはんまでごちそうになるのは……」

「水くさいことを。わたしとおばあちゃんと雪弥さんの仲じゃありませんか」

なんだかとたんにやる気が出てきて、わたしはまだとまどい顔の雪弥さんを駅にうながした。家に帰る前にスーパーに寄って、野菜を買おう。雪弥さんは千切りが異常にうまいのでサラダの担当、わたしは簡単な付け合せとお味噌汁《みそしる》を作りながら、祖母を待とう。

この人が、まだあの日のまま、誰にも見せない心の深くにかなしみとさびしさを隠していることを知っている。

でも、たとえばアルバイトのある土曜日と日曜日に、わたしや祖母とごはんを食べる時間が、この人にとって少しでもなぐさめになるといい。わたしたちは家族でも何でもないけれど、あの古くて大きな家を、自分の家のように心地よく感じてくれたらいい。

だってわたしたちは、あなたのことが大好きなのだから。

第3話
恋しいひと

1

その女性は、空がまどろんでいるような薄曇《うすぐも》りの土曜日にやって来た。

鎌倉《かまくら》まつりも終わり、四月も後半の頃。鶴岡八幡宮《つるがおかはちまんぐう》と朝比奈切通《あさひなきりどお》しを結ぶ金沢《かなざわ》街道に面した花月香房《かげつこうぼう》は、通りから少し奥まったところに、ひっそりと建っている。車をぎりぎり二台停《と》められる店の前のスペースをほうきで掃《は》いていると、杉本寺《すぎもとでら》や報国寺《ほうこくじ》、浄妙寺《じょうみょうじ》などをめざす観光客の人たちが、申し訳なくなるほど狭《せま》い歩道を進んでいき、ときおり白地に『香《こう》』の一字を墨書《すみが》きした暖簾《のれん》を、おや、というように見てくれる。

その日、祖母はカルチャースクールの講師《こうし》に招かれて不在だった。午前中にお客様が集中し、昼にぽっかりと凪《な》ぎの時間が来たので雪弥《ゆきや》さんにお昼に出てもらったら、二秒後に戻ってきて「牛もようの猫が」と言う。わたしも外に出てみると、確かに牛のような白黒柄《がら》の太った猫が店の前の日なたで気持ちよさそうにまるくなっていたが「これブチって言いませんか?」とわたしが指摘《してき》すると、雪弥さんは「ブ、チ?」と外国人のようにくり返した。雪弥さんは博識《はくしき》なわりに、たまに変なことを知らない。

とにかくそんな平和な昼下がりの、わたしがひとり店に戻ってから間もなくに、彼女は来店した。ついと暖簾を右手で上げながら、ひと息に白木《しらき》の引き戸を開けて入ってきた彼女の姿を、わたしはいまだに覚えている。まるで決闘《けっとう》に来たかのような迫力があった。決闘などという印象を抱いたのは、彼女の切りこむように強いまなざしと、彼女から感じた敵意の香りのせいだろう。

「いらっしゃいませ」

勘定台《かんじょうだい》の内側からおじぎをしたわたしに、彼女はかるく顎《あご》を引いて応《こた》え、店内をゆっくりと回りはじめた。知的なボブカットの黒い髪。黒のスキニーパンツに、白のブラウス、黒のカーディガン。ものすごくシンプルなコーディネートが、とても恰好《かっこう》いい人だ。年齢は雪弥さんとそれほど変わらないように見えた。

匂《にお》い袋《ぶくろ》や和小物の棚《たな》、香炉《こうろ》や香立《こうた》てを並べた棚、スティックタイプやコーンタイプなど形も色もさまざまなお香《こう》を並べた棚——初めて来店したお客様がよくそうするように、彼女も陳列棚《ちんれつだな》を奥から順にながめていった。時々、わたしは棚ごしに彼女と目が合った。強い視線。そして、時間がたつごとに色濃くなる敵意の香り。

「これ、お願いします」

やがて彼女は、棚から無造作《むぞうさ》にとった練《ね》り香水を勘定台に置いた。練り香水は、油脂《ゆし》に香料をまぜた固形の香水だ。花月香房でとり扱っている練り香水は、蒔絵風《まきえふう》のデザインの円《まる》い器《うつわ》に入れてあり、金木犀《きんもくせい》や柚子《ゆず》など、和の香りをイメージしている。彼女が選んだのは、金木犀の香りだった。

わたしは代金を受けとり、練り香水を薄紙の小袋につつんだ。近くで見た彼女はきれいな人で、それも何となくコーヒーにはミルクも砂糖《さとう》も入れなさそうなビターな美人だった。彼女は、作業するわたしをじっと見ていた。実際にはわたしは手もとを見ていたので、彼女がわたしを見ていたかどうかなんてわかるはずはないのだが、それでもじっと見られている気がした。わたしは冷や汗が滲《にじ》むような心地で、やっぱり、と思うしかなかった。

この人の敵意は、わたしに向けられたものだ。

いったいどうして？　お得意様の顔はだいたい覚えているけれど、この人については記憶がなかった。けれどわたしが覚えていないだけで、わたしはこの人に何かしたのだろうか？　自分でも気づかないうちに、わたしはまた何か、このおかしな体質のせいで人を傷つけてしまったのだろうか。

「おま、お待たせ、いたしました」と動揺《どうよう》のためにいつもに増して噛《か》みながら、わたしが勘定台を出て練り香水の包みをさし出すと、彼女は「ありがとう」と受けとった。

最後に彼女は射抜《いぬ》くような目でわたしを真《ま》っ向《こう》から見据《みす》え、店を出ていった。

わたしは物事を引きずるたちなので、それからも二、三日は、あの人は誰なんだろう、わたしは何をしたんだろうとくよくよしていた。それでも五月の大型連休がすぎ、五月半《なか》ばの中間試験と模試《もし》でばたばたするうちに、彼女のことは忘れていた。

そして、五月が終わろうとする木曜日に、わたしは再び彼女とまみえることとなる。

その木曜日の数日前、正確にいえば土曜日の朝九時半頃、わたしは三角屋根が特徴《とくちょう》の鎌倉駅の前をうろうろしていた。駅前の書店で参考書と祖母に頼まれたファッション雑誌を買った帰りで、何となく、あくまでも何となく駅に行ってみる気になり、するとそろそろ横須賀線《よこすかせん》の電車が到着するらしいので、どこまでも何となく、それを待ってみた。

やがて乗客が改札を抜けてきて、いっきに構内に人があふれる。邪魔《じゃま》にならないように柱のかげに身をひそめ、わたしは人々の顔に目を凝《こ》らした。……いない。次の電車であったか、無念《むねん》、とため息をついたところで、

「何かの任務の最中ですか？」

「ひゃあ！」

心臓がとまりそうな心地で背後をふり返ると、わたしの驚《おどろ》きぶりに逆に驚かされましたという表情の雪弥《ゆきや》さんが立っていた。グラデーションボーダーのニットに黒いジーンズ。雪弥さんの私服はいつもシンプルだけれど、サイズがきちんと合っているのとスタイルが

いいのとで、何を着ても並以上に似合う。

「え、今、でん、なん」

「今の電車の前のやつに乗ってきたんですが、買いたい本があったのでそこの書店に寄ったんです。そうしたら香乃《かの》さんが入ってきて、僕に気づかず出ていったあとになぜか駅のほうへ行くので、何だろうと思って観察していました」

「ずっと黙《だま》って見てたんですか⁉」

「挙動《きょどう》がおもしろくて、つい」

書店を出てからの自分の行いをすべて、しかもよりによって雪弥さんに見られていたと思うと、例の顔の困った機能が最大出力で発動した。わたしは顔をうつむけて若宮大路《わかみやおおじ》のほうへ歩き出した。雪弥さんもとなりに並ぶが、こちらは脚《あし》が長いためにゆうゆうと歩を進めても、さかさかと早歩きするわたしと速度が変わらない。

「任務はもう終わりなんですか？」

「……おかげさまで遂行《すいこう》しました」

「それはお疲れさまでした。ところでさっきの『ひゃあ』というの、とてもよかったのでもう一回やってみてもらえませんか」

「へっ、変なこと言う人はついてこないでください！」

「そうですか、残念です。ちなみに僕は花月香房というところへ行くんですが、そちらはどちらへ？」

本日の岸田《きしだ》雪弥氏は、朝から意地悪《いじわる》スマイルが全開だ。黙《だま》りこんだわたしがますます足を速めると、となりの人が吐息《といき》で笑ったのがわかった。ここはひとつにらんでおかなければいけないぞと顔を向けた時、あれ、と気づいた。

「眼鏡、変えたんですね」

指摘《してき》したとたんに雪弥さんは気まずそうになり、指先で眼鏡のブリッジにふれた。

「……わかりますか？　似たようなデザインにしたんですが」

「前の眼鏡は、つる？　のところが木でできてましたよね」

金属アレルギーがあるらしい雪弥さんは、先週までこめかみに当たる部分が木製になった黒いメタルフレームの眼鏡をかけていた。今かけているものもほぼ外見は変わらないのだが、つるの部分が深い青のプラスチックでできている。

「大学で眼鏡を壊《こわ》して失くして仕方ないから買ったんです」

「要点がまとめられすぎて逆にわからないのですが、いったい何が……」

「サークルでプレゼンの準備をしていた時に、同級生に機材をぶつけられてレンズが割れたんですが、フレームは無事だったのであとでレンズを交換《こうかん》しようと思って机《つくえ》に置いていたら、なぜか消えてしまって買いかえるはめになりました」

横浜《よこはま》の大学に通う雪弥さんは『投資サークル』なるものに所属している。「簡単に言うと経済やお金について勉強したり話し合ったりする集まり」なのだそうだ。そこで発生した眼鏡紛失《ふんしつ》事件はかなり不本意な出来事だったらしく、普段はあまり香りを感じない雪弥さんから、かすかに苦々《にがにが》しい香りが漂《ただよ》った。

「新しい眼鏡も、お似合いですよ」

「それはどうもありがとうございます」

「でもこれを機に、コンタクトにしてみてもよかったのでは?」

「そうしたいのも山々でしたが、あの薄いプラスチック材が眼球上で割れたり曲がったりしたらと思うと、どうしても二の足を踏《ふ》むんです」

「眼鏡も、もっと思いきったデザインに挑戦《ちょうせん》してみてもよかったのでは」

「眼鏡屋のおにいさんに赤とんぼみたいな色の眼鏡を試着させられて『すごくいいよ、明るく見えるよ～』と言われたのが気にさわったのでこれに即決しました」

赤とんぼみたいな色の眼鏡をかけた雪弥さんを想像して頬《ほお》をゆるめると「想像するのはやめてください」となぜか見抜かれて横目でにらまれた。

若宮大路を北へ進むと、やがて鶴岡八幡宮前の巨大な鳥居《とりい》にたどり着く。宝石のような美しい新緑につつまれた境内《けいだい》はすでに観光客でいっぱいで、朱塗りの舞殿《まいどの》、そして大石段の頂上におごそかにそびえる本宮へと、人々が長い石畳《いしだたみ》を進んでいく。この八幡宮の鳥居の東にのびる道が金沢街道の入口で、花月香房にはこの通りを歩いて二十分前後で到着する。

「そういえば雪弥さん、来週の木曜日の午後って、どうしてますか？」

ふと思い立って訊《たず》ねると、雪弥さんは、新しい眼鏡の奥で目をまるくした。

「木曜日、ですか。その日は講義が終わったあと、三時くらいからサークルに顔を出したら、ほかのところへ出かけますが」

「なるほど。ありがとうございます」

「どうしてですか」

「いえ、何となく」

何となくということはないだろうと雪弥さんが眉をひそめるが、笑ってごまかした。思いどおりにいくかどうか、まだまったくわからない話なのだ。

そして問題の木曜日、わたしは例の彼女とまみえたうえ、雪弥さんのことで多大なる衝撃《しょうげき》を受けることになるのだが、この時はまだ知る由《よし》もなかった。

2

わたしは現在、七里ケ浜《しちりがはま》にある県立高校に通っている。中学までは自宅から近いこともあって、私立の女子校に通っていたのだが、思うところあってこの進路を選んだ。

学校へはまず鎌倉《かまくら》駅から江ノ電《えのでん》に乗り、相模湾《さがみわん》に臨《のぞ》む駅で降りたら、丘の上の学校まで徒歩で向かう。中学までのわたしはおかしな体質のためにバスや電車が苦手でずっと避《さ》けていたが、この生活のおかげで少しは慣《な》れることができた。まだ苦手なのは変わらないけれど、人の香りとの向き合い方が少しずつつかめてきたのは、よかったと思っている。

そしてもうひとつ、今の進路を選んだことで得た宝物が彼女だ。

「香乃《かの》ちゃん、わたし昨日は緊張《きんちょう》しちゃって、二時くらいまで仏さまを彫《ほ》っちゃったよ」

バスの中でこんなことをぼそぼそと話すのは、高校一年から同じクラスでわたしの運命の友、チヨちゃんである。チヨちゃんは本名を松木八千代《まつきやちよ》といい、おうちは材木座《ざいもくざ》で『松木仏具店《ぶつぐてん》』を営《いとな》んでいる。仏像彫《ぶつぞう》りはチヨちゃんの趣味《しゅみ》、というよりもっと本気で求道しているライフワークで「清らかな無の心もちになれるの」とチヨちゃんは言う。

「二時？　チヨちゃん、眠かったら寝ても大丈夫だよ。着いたら起こすから」

「ううん、大丈夫。今はもっと緊張してるから眠くないの。それにわたし、香乃ちゃんをひとりだけ厳しい俗世《ぞくせ》に残して眠るようなことは、絶対、しない」

「チヨちゃん……」

「香乃ちゃん……」

わたしと手をとり合うチヨちゃんは、眉《まゆ》にかかる前髪《まえがみ》を切りそろえ、サイドの髪は両耳の後ろに結《ゆ》っている。「注目もされず、邪魔《じゃま》にもされず、そういう地味女子にわたしはなりたい」と真顔で語るチヨちゃんは、うさぎっぽい顔だちの奥ゆかしい女の子だ。ちなみにわたしは中学からの習慣《しゅうかん》で、制服を着る時の髪はいつも三つ編《あ》みにしている。

わたしとチヨちゃん、そして同学年の生徒たち三十名弱を乗せたバスは、やがて横浜の市街に入った。運転席のすぐ後ろに座っていた引率《いんそつ》の先生が、大学に着いてからのスケジュールを確認しはじめると、おしゃべりの声が小さくなる。

キャンパスツアー、というものがわたしの通う高校では行われている。

二年生に進級すると、いよいよ翌年の大学受験が視野《しや》に入ってくる。その準備として、先生方がピックアップした近隣《きんりん》の大学から自分の興味のあるところを選び、実際に見学に行って雰囲気《ふんいき》をつかもうというのが、このツアーの目的だ。ちなみに選択肢《せんたくし》に用意された大学にはわたしたちの学校のOBやOGがいて、構内でのガイドを務めてくれる。

五月最後の木曜日。午後の授業時間を当てて行われるキャンパスツアーで、わたしとチヨちゃんが選択したのは、横浜《よこはま》の中心地に建つ国立大学だ。難関大学としても知られていて、広大な敷地《しきち》面積は東京ドーム十個分もあるという（わたしは東京ドームに行ったことがないのでいつもこの例えがぴんとこない）。

そして、もう言うまでもないかもしれないが、この大学の経済学部国際経済学科には、岸田雪弥《きしだゆきや》氏が在籍《ざいせき》しておられる。

「香乃ちゃんの彼氏の」

「彼氏じゃないよ⁉」

「彼氏じゃない雪弥さんって、今日大学にいるの？　大学生って、大学に行かないでインドに行ったり、大学に行かないで合コンばっかりしたり、大学に行かないでごろごろしながら手塚治虫《てづかおさむ》全集を読みふけったりするものでしょ……？」

「チヨちゃんのお兄さんってそうなんだ……？　雪弥さんは、先週訊《き》いたら、講義のあとに三時くらいからサークルに行くって言ってた」

駐車場に入った大きなバスが、ゆっくりとバックを始めた。わたしとチヨちゃんのおしゃべりは、同級生たちのにぎやかな話し声に埋《う》もれている。

わたしは緊張しやすい性格から声が小さくなりがちで、よく「えっ？」と訊き返されたり「ごめん、もう一回言って」と言われたりして落ちこむのだが、高校入学後まもなくにクラスで行われた自己紹介の時、チヨちゃんの震える小さな声を聞いて、確信した。わたしたちはきっと、いろいろなことがわかり合える。勇気を出して十分休みの時、チヨちゃんの席へ行こうとすると、同時にチヨちゃんも立ち上がり、わたしのほうへ歩いてきた。もはやわたしたちに言葉は必要なく、はにかんで笑い合い、運命の友になった。

「三時くらいだと、ちょうど自由見学の時間だね。じゃあサークル見学に行けば、きっと雪弥さんに会えるよ」

「う、うん……ねえチヨちゃん、今さらなんだけど、もしかして見学に行くとかずうずうしいかな？　そういうの、迷惑になるんじゃ……」

「え、もしかして香乃ちゃん、雪弥さんにキャンパスツアーのこと話してないの？」

「……それは、あの、びっくりさせたいなっていう下心がありまして……」

「びっくりさせたい下心から黙《だま》ってて、それで土壇場《どたんば》で弱気になるって、香乃ちゃん、本末転倒《ほんまつてんとう》だよ……」

小声でしゃべりながら、わたしとチヨちゃんは停車したバスの通路に並んだ。前方の席にいた生徒からバスを降りていく。わたしの前に立ったチヨちゃんが、うさぎのようなつぶらな瞳《ひとみ》でふり向いた。チヨちゃんはわたしより、ピンポン玉一個分くらい背が低い。

「行こう、香乃ちゃん。わたしも一緒だから、勇気出して」

「チヨちゃん……」

「わたしだって雪弥さん、見たいもん。香乃ちゃん、頭がよくて礼儀《れいぎ》正しいとか、一重《ひとえ》まぶたの和風美男とか、散々言っておいて写真も持ってないなんて、それはないよ。見ず知らずの男の人に会うなんて、考えただけで緊張して眠れなかったけど……」

「あ、二時まで仏さま彫っちゃったのって、それで……？　キャンパスツアーのせいで緊張してたんじゃなくて？」

そのような内緒話《ないしょ》をしながらわたしとチヨちゃんはバスを降り、先生の指示に従って、大学の中央部にある五階建ての白い建物に入った。

約三十名の高校生を迎えてくれたのは、五名の学生さんだった。性別や学年はまちまちだけれど、全員わたしたちの学校の卒業生だ。初めに白い長机《ながづくえ》が整然《せいぜん》と並んだ大教室に案内され、三十分ほどの大学紹介のＤＶＤを見せてもらった。これが高校であればきっとほとんどを先生方が行うのに、すべてを学生でやっているのが恰好《かっこう》よかった。

学生さんたちが自分の大学生活のエピソードを交えつつ案内してくれる構内は、新鮮《しんせん》な驚《おどろ》きがいっぱいだった。とにかく広大で、自由で、学ぶための環境と材料が惜しみなく用意されていて、その気になれば何だってできそうだった。

わたしは、まだ将来の目標や自分のやりたいことがまったくわからない。ただ、親に借りるお金をなるべく少なくしたいから国公立大学、そして祖母をひとりにしたくないから鎌倉から通えるところ、という二つの条件で、この大学を進学先の候補《こうほ》に入れているだけだった。でも自分の目で見て歩くうち、こんな場所の一員になれたら、わたしでも少しは自分の人生の手がかりを見つけられるんじゃないかと気持ちが高揚《こうよう》した。

「入れたらいいなぁ……」

同じようなことを考えていたみたいで、となりを歩くチヨちゃんがぽそっと言った。

「チヨちゃん、経営学部に入りたいんだっけ？」

「うん。お兄ちゃんはあてにならないから、わたしが松木仏具店を守らないと」

「えらいな、チヨちゃん。わたしまだ全然そういう目標とかわかんなくて……ていうか、その前に本当に勉強がんばらないと、偏差値《へんさち》届かないし……」

「やめてよ香乃ちゃん、せっかく高鳴ってた胸の鼓動《こどう》が台無しだよ……」

学生さんのガイドに従って、次は図書館へと移動しながら、ふと考えた。

この大学のどこかにいるあの人が、たとえば将来の夢や未来への不安を口にするのを、わたしは一度も聞いたことがない。あの人は、自分のことをほとんど語らないから。

あの人は何を思ってこの大学で学び、何を求めて、生きているのだろう。

3

学生さんの迷惑になるので授業の見学はできないものの、各学部の珍しい研究施設《しせつ》や実験施設まで見せてもらい「へー」「わー」と感動の声をあげているうちに、あっという間に九十分がたった。

ひと通りの見学が終了したあとは、一時間の自由見学になった。学校でお弁当を食べたあとなのに学食に走っていく男子もいれば、大学生協《せいきょう》で買い物をする女子も、ガイドの学生さんに申し出て特別に研究室を見せてもらう子たちもいる。わたしやチヨちゃんのようにサークルの見学を希望する生徒も何人かいた。

「あの、投資サークルを見学したいんですが、ど、どこで活動してますか？」

人見知り指数が並よりも高いわたしとチヨちゃんは、やさしげな女子学生さんに訊《たず》ねてみた。彼女は「え、渋い趣味《しゅみ》だね」とわたしとチヨちゃんをまじまじと見てから、

「ちょっとー、高橋《たかはし》くーん」

と別の学生ガイドを呼んだ。「はーい」と駆けよってきたのは、中肉中背で童顔《どうがん》の男性

だった。投資サークルに所属する二年生で、高橋健太郎《けんたろう》さんというらしい。くりっと大きな目といい、呼び声に反応してパッと駆けよってくる様子といい、

「子犬みたい……」

となりでぼそっと呟《つぶや》いたチヨちゃんに、うんうんとわたしも頷《うなず》いた。

「えっ、投資サークルに興味あるの⁉　ほんとっ？」

女子学生さんからわたしたちを紹介された高橋さんは、まぶしいばかりに無邪気《むじゃき》な笑顔で喜び、そしてなぜかわたしとチヨちゃんと握手《あくしゅ》をした。なんというか、かわいい人だ。

「うちのサークルに高校生の子が見学に来てくれるの、初めてだなー。ほらそんなにメジャーな分野じゃないから。二人とも投資のこととか詳しいの？」

「あ、いえ……あのすみません、詳しくはないんですけど、知り合いの人がいて。あの、岸田雪弥《きしだゆきや》さん、というんですけど」

歩きながらわたしは、ちょっと待て、と思った。知人に会いたいので見学しに行くなんて、考えてみれば失礼ではないだろうか。高橋さんは気を悪くしたかもしれない。

けれどふり返った高橋さんは、こぼれおちそうな目をさらにまんまるく見開いていて、わたしは思わず「落っこちますよ？」と両手を出しそうになった。

「岸田雪弥？　国際経済学科二年の？　きみ、ゆっきーの知り合いなの⁉」

ゆっきー⁉

「え、ほんとっ？　おれ、ゆっきーの友達だよ！　同じ学科で、もう親友レベル！」

高橋さんは「ほらほら」とスマホに保存してある写真を見せてくれた。飲み会だろうか、グラスの並んだテーブルを前に、Vサインで笑う高橋さんと、高橋さんに肩を組まれて眉《み》間《けん》に深いしわを刻んだ雪弥さんが写っている。「ほら」と高橋さんが次の写真にスライドさせると、今度は雪弥さんが高橋さんの顔面を右手でわしづかみにしている。

「アイアンクロー……！」

お兄さんの影響《えいきょう》でプロレスの技に詳しいチヨちゃんが、長怖《いふ》をこめてささやいた。

「ゆっきーは飲み会にほとんど出ない幻《まぼろし》のレアキャラで、写真持ってるのおれだけなんだよ」と自慢《じまん》げに話す雪弥さんの親友（？）高橋さんは、学食で財布《さいふ》を忘れてべそをかいていた時に雪弥さんが三割の利子つきでお金を貸してくれて仲良くなったことや、単位を落としそうになるたびに雪弥さんが胸ぐらをつかみながら救ってくれたことなどを、部室に向かいながら話してくれた。「胸ぐら……？」とチヨちゃんが怪訝《けげん》そうに呟いていた。

その部室は、サークル棟と呼ばれている古い三階建ての建物にあった。正面玄関から入ると、吹奏楽《すいそうがく》部のトランペットの音や正体不明の地響《じひび》きが聞こえた。廊下《ろうか》は雑然《ざつぜん》として、積《つ》み上げられた段ボール箱から地球儀《ちきゅうぎ》や奇抜《きばつ》な衣装がのぞいていたりした。

「あ、十和子《とわこ》さーん」

投資サークルの部室は三階の左手の突き当たりにあるという。わたしたちが階段をのぼりきると、ちょうど部室から長身の女性が出てきて、高橋さんがぶんぶんと手をふった。

「なに高橋、その子たちどうしたの？　高校生？」

高らかにヒールを鳴らして近づいてくる女性の顔を見た時、わたしは息がとまった。

知的なボブカット。黒いVネックのニットにジーンズの服装は以前と同じにごくシンプルで、甘さのない美しい顔の、とくに力の強い目が人を惹《ひ》きつける。

――あの人だ。

「今日、おれの母校の子たちがキャンパスツアーに来るって話したでしょ？　それでこの子たち、うちのサークル見学したいそうで」

「へー、女の子でめずらしい。うれしいな」

顔をほころばせながら、わたしと目が合った彼女は、表情はほとんど変えなかった。

でも彼女の香りは、はっきりと激しい動揺《どうよう》を示した。突然頬《ほお》を叩《たた》かれでもしたように。

どうすればいいのか、息をのむわたしに、彼女は快活《かいかつ》に笑った。

「はじめまして、連城《れんじょう》十和子です。一応サークルの代表」

完璧《かんぺき》な笑顔に二秒間硬直《こうちょく》したあと、わたしは「は、はじめまして……」と頭を下げた。

こちらもぎくしゃくと挨拶《あいさつ》したチヨちゃんは「リア充オーラ、怖い……」と消え入るような声でささやいた。

「それで、どんなとこが見学したい？　株とかFXとか、興味ある分野ってある？」

「あっ、その……」

「こっちの香乃ちゃん、ゆっきーの知り合いなんです。それで会いに来たらしくて」

「あー……そういうことね」

十和子さんのほほえみにやんわりと失望が混じった時、わたしは全身が火傷《やけど》したみたいに熱くなった。知識も探究心もなく、不純《ふじゅん》な動機でここに来た自分が恥《は》ずかしかった。

「岸田ならさっき来たとこだよ。なんかすごい殺気漂わせながら、あんたのポートフォリオにらんでたけど」

「え」

「――高橋。そこにいるのか」

それはチェロの音色にも似た、なめらかな中低音の声だった。ただし、わたしがいつも聞いている声とは違って、低音の弦《げん》をゆっくりと弓で擦《こす》るような不穏《ふおん》な響きだ。

「入れ」

ドアの向こうの見えない人物が命《めい》じると、怖い先生に当てられた生徒みたいに硬直した高橋さんは、そろそろと部屋に入った。ドアが閉まるまでの一瞬《いっしゅん》、わたしにはデスクトップパソコンの前で、長い脚《あし》を組むその人の姿が見えた。

カチカチ、とマウスをクリックする音のあと、再び見えない人物の声。

「高橋、これは何だ」

「それはぼくの金融《きんゆう》資産一覧すなわちポートフォリオです」

「ちゃんとカタカナで言えるようになったな、えらいぞ。だが今訊ねたのはそういうことじゃない。おまえがこの一覧の企業を選ぶに至ったのはなぜなのか、それによって今どういう状況になっているのか、おまえはその状況を把握《はあく》しているのかということだ」

「今のひと言にそこまで深い意味がっ」

「投資において必ず守れと教えたことが二つあるはずだ。大きな声で言ってみろ」

「ひとつ、投資の前に企業の徹底《てってい》研究！　ふたつ、投資したら損切《そんぎ》りの徹底実行！」

「わかっていながらなぜおまえはそれが実行できない？　このマイナスだらけのパフォーマンスは何事だ。そこに正座して理由を述べろ愚《おろ》か者」

雰囲気《ふんいき》が剣呑《けんのん》だということ以外まるで話がわからないわたしとチヨちゃんに、十和子さんが簡単な説明をしてくれた。

「今ね、サークルの中でペアを組んで、日本株の運用をしてるんだ。っていっても仮想資金を使ったバーチャルトレードだけど。なるべく安く買ったものをなるべく高く売って、それで一定期間にどれだけプラスのリターンを出せるか、競争するわけ」

そして高橋さんとドアの向こうの見えざる人物はペアを組んでおり、高橋さんの成績不振《ふしん》を見えざる人物は叱《しか》っているということらしい。つん、とチヨちゃんがわたしの制服の袖《そで》を引っぱった。

「あのさ、香乃ちゃん……今しゃべってる怖い人は、雪弥さんじゃ、ないよね……?」

わたしが口ごもる間にも、見えざる人物はますます凄《すご》みを増して高橋さんを罵倒《ばとう》する。

「それは、もうちょっと待ったら株価が回復するんじゃないかなー、って思って……」

「その理屈《りくつ》で言うなら株の買い増しをしなければおかしい。だがおまえがそうしなかったのは、もっと下がる可能性を感じたからだろう。だったらそこで切れ。バカハシ、いや高橋、その頭につまっているものは何だ?」

「えっ? ……愛と勇気?」

「今すぐ前世から出直してこい。おまえも一応は霊長類《れいちょうるい》ヒト科だから、その頭には地上の生命の中でもとりわけすぐれた脳という記憶装置があるはずだ。少しはそれを活用しろ。おまえのマイナスのせいで、俺のプラスリターンも結局差し引きでゼロになっている。おまえはそろそろ、俺がどれだけ腹を立てているか知るべきだ」

「ひいっ、申し訳ありません申し訳ありません申し訳ありません……！」

「申し訳ありませんで事がすめば、世の中には警察機構《きこう》も国際司法裁判所も国際投資紛争《ふんそう》解決センターも必要ない」

「おゆるしをおゆるしをおゆるしを……！」

「そんな生ぬるい姿勢だから、俺の眼鏡を壊《こわ》したうえに紛失《ふんしつ》したりするんじゃないのか」

「あれはほんとに机《つくえ》に置いといたんだけど、なんでか気づいたらなくなっちゃって！」

「言い訳はいらない。眼鏡の行方《ゆくえ》は別としても、俺にスクリーンをぶつけてレンズにひびを入れたのはまぎれもなくおまえだ。あの眼鏡はテンプルが気に入っていたのに」

「弁償《べんしょう》します弁償したいです弁償させてくださいお願いします……！」

「おまえは俺がすでに新しい眼鏡をかけているのが目に入らないのか。第一おまえは人の傷ついた心が金で贖《あがな》えると思うのか」

もう何だかすごいことになっている。十和子さんが「あーあー……」と見かねたようにドアを開いた。

「そのへんにしといてやったら？」

窓にブラインドが取りつけられた室内には長テーブルが置かれ、数台のデスクトップパソコンが配置されていた。部屋の奥には、アイボリーのソファも置いてある。

窓際に、床にひれ伏《ふ》した高橋さんの背中。そしてキャスター付きの椅子《いす》で黒のパンツをはいた長い脚を組み、永久凍土《えいきゅうとうど》のような視線で高橋さんを見下ろすその人がいて、目も上げずに十和子さんに答えた。

「用ならあとにしてください。いま調教中です」

「へえ？　いいのかな、かわいいお客さんが来てるんだけど」

そこでやっとその人は眉《まゆ》をひそめながら顔を上げて、わたしと目が合った。

まず眼鏡の奥の目をまんまるくしてから、見間違いかと疑うように眉根《まゆね》をよせ、最終的にはやっぱりわたしだと認識して、

「香乃さん……？」

雪弥さんは、子供みたいにきょとんとした。


「どうして、ここに」

まだ驚きが抜けない雪弥さんの足もとで、高橋さんがひょいと体を起こした。

「ほら、おれの母校の子たちが、キャンパスツアーっていうので大学の見学に来るって前に話したじゃん、ゆっきー」

「その呼び方はやめろと何万回言えば理解するんだ。……キャンパスツアー？」

聞いてませんよ、というように雪弥さんが眉をひそめてわたしを見る。言ってませんので、とわたしは顔をそらした。

と、その時、部室のドアが勢いよく開いた。

「やっほー、みんな元気ー？」

砂糖菓子《さとうがし》みたいに甘い声と一緒に入ってきたのは、とてもスタイルのいい女性だった。ふんわりと巻いた長い髪も、シフォンのチュニックにスカートの服装も、十和子さんとは対照的にフェミニンな人だ。彼女はわたしとチヨちゃんに気づくと、マッチ棒《ぼう》が軽く三本はのりそうな上向きの睫毛《まつげ》をぱちぱちさせて、

「何この女子高生？　いや違う、中学生？」

と遠慮《えんりょ》なく人さし指を向けてきた。ユカリさん、というらしいその女性は、十和子さんがキャンパスツアーで大学を訪問した高校生だとわたしたちのことを説明すると「へー」と指先のささくれを気にしながら相槌《あいづち》を打った。

「じゃあ、せっかくだから軽くサークル説明とかしようか。あ、ジュースか何か買ってきたほうがいいかな。ちょっと行ってくる」

十和子さんが動こうとすると「いいです」と手で制しながら雪弥さんが立ち上がった。

「飲みもの、適当でいいですか。ほしいものがあったら言ってください」

「え、いやいいって。私代表だし……」

「代表は威厳《いげん》をもって座っていてください」

その瞬間《しゅんかん》、ふわっと十和子さんから立ちのぼった香りに、わたしはどきりとした。

この人は、雪弥さんのことを――

「やだ岸田くん、かっこいい～。あたし、コーヒー味の豆乳がいいなー」

少し芝居《しばい》がかったしゃべり方で、あけっぴろげにリクエストしたユカリさんは、

「そこの高校生たちは何がいいの？」

とわたしとチヨちゃんのほうをふり返り、不可解《ふかかい》な反応を示した。

わたしたち、というより、おそらくはわたしを正面から見た瞬間、ぎくりとしたように頬を硬くしたのだ。そして彼女の香りは表情よりも正直に、動揺《どうよう》を表した。

――この人は、わたしを知っている？

混乱した。わたしに対して、まるでさっきの十和子さんと同じような反応をするユカリさん。でもわたしは十和子さんのことなら知っていたが、ユカリさんとは本当に今が初対面のはずだ。それなのにどうして、わたしを見て驚いたりするのだろう。

「何でも好きなもの頼んじゃいなよ。岸田くん、この前製薬会社の株を売り抜けてお金持ちだから、何おねだりしても大丈夫。ねっ？」

何かをごまかすような明るさで、ユカリさんが両腕《りょううで》を雪弥さんの左腕にからめた。

「わ」とチヨちゃんが声をもらした。雪弥さんは、静かな動作でユカリさんの手を払った。

「人にさわられるの、苦手なので。やめてください」

冷たいと感じるほどの声音だった。「やだクール、しびれるー」と笑うユカリさんには
とり合わず、雪弥さんはわたしとチヨちゃんのほうを向いて、

「二人は、何か飲みたいものはないですか？」

「……わたしは、何でもいいです」

「えっと、じゃあわたしは、わたしに似合うと思う飲みものを、お願いします」

カリスマ美容師にカットをお願いする時のようなことを言うチヨちゃんを、雪弥さんは
珍しい生きもののようにしげしげとながめて「やってみます」と頷《うなず》いた。

「あ、じゃあ二人とも、こっちに座って」

十和子さんが、気さくな笑顔で部屋の奥のソファへわたしたちをうながした。十和子さ
んとユカリさんは、キャスター付きの椅子を引いてきて腰かける。そこで、財布を持って
ドアを開けた雪弥さんが、何か思い出したようにふり返った。

「十和子さん」

どうしてだろう。

高橋さんもそう呼んでいたし、わたしも頭の中ではそう呼んでいた。雪弥さんは祖母やわたしのことだって下の名前で呼ぶのだから、先輩の十和子さんもそうであったって何もおかしくないのに、なぜだかすごく、どきっとした。

「頼まれたレポート、共有フォルダに保存しておきました」

「え、もう？　早いな。ありがと」

「じゃあ行ってきます」

「あ、ゆっきー、おれも行く！」

「なんでおまえまで」

雪弥さんと高橋さんが出ていくと、女子大学生二人と女子高生二人が残った部屋には、ぽっかりと沈黙《ちんもく》が落ちた。ソファの向かいで、明るい声を出したのはユカリさんだった。

「えっと、こっちが香乃ちゃんで、そっちがチヨちゃんだよね？　ねえさっき高橋くんから聞いたんだけど、香乃ちゃんって岸田くんの知り合いなんだって？」

「あ……はい。あの、うちは鎌倉《かまくら》の香舗《こうほ》なんですが」

「コウホ？」

「お香《こう》とか、香木《こうぼく》とか、日本の香りにまつわるものを売るお店です。雪弥さんには、去年からアルバイトをしてもらっています」

「え、去年？　なんかもっと前からの知り合いみたいに見えたけどなー」

どんどん前に押してくるようなユカリさんの訊《き》き方に、わたしはたじろいだ。さぐるような彼女の香りと、そこにかすかに混じっている反発のようなものにも。

「……いえ、あの、知り合いになったのは、もっと前からです。小学校の、時に」

「小学校？　え、すごい長いんだ。小学生の岸田くんってなんか想像つかなーい。ねえ、もしかして二人って付き合ってるの？」

「付きっ――いえ、ちが、違います、そういうのじゃ……っ」

「やめなよユカリ、そんなに根掘り葉掘り訊くの」

十和子さんが眉根をよせてたしなめた。かすかに立ちのぼる不快《ふかい》げな香り。ユカリさんが、パール入りのグロスでつやつやと光る唇《くちびる》を尖《とが》らせる。

「根掘り葉掘りなんて訊いてないもん。運用報告書でいえばまだ一ページ目くらいのことしか訊いてないもん」

「困ってるでしょ、香乃ちゃんが。あんたはもうちょっと空気を読むこと覚えなよ」

「読んでるよ？　ただ岸田くんってすごい秘密主義だから、よく知ってる人に聞いてみたいだけ。十和子だって聞きたくない？　それとも元カレにはもう興味なし？」

元カレ……？

わたしと目が合った十和子さんは、斜《なな》め下に視線を落とした。代わりにユカリさんが、アーモンド形の大きな目をさらにぱっちりと開いてわたしを見た。

「あれ、岸田くんから聞いてない？　十和子と岸田くん、最近まで付き合ってたんだよ。十和子が振っちゃったけど」

「ユカリ」

十和子さんの声は、恐ろしく低かった。

「それ以上余計なこと言ったら、怒る」

「え、余計なこと？　なんで？」

なんだか、十和子さんの声もユカリさんの声も遠くから響くように聞こえる。おかしいな、と思ったところでわたしは、眉を八の字にしたチヨちゃんがこちらをのぞきこんでいることに気がついた。まるで「大丈夫？」と問いかけるみたいに。大丈夫、とわたしは頷く。だって本当に何でもないから。ただ少し、驚いただけで。

雪弥さんが誰かと付き合ってたなんて、知らなかったから、驚いた、だけで。

「付き合ってたっていっても、ほんのちょっとなの。半年かそこら」

どうして十和子さんは、わたしにそんなことを言うのだろう。どうして、そんな今にも「ごめんね」と言い出しそうな口調で、表情で。よくわからなくて、何だかいろいろなことがわからなくて、わたしは「いえ……」なんて意味のないことしか呟《つぶや》けない。

女ばかりが四人いる空間に、また沈黙が降りた。いやに息苦しい。そういえばどうしてここにいるんだっけ、とわからなくなってくる。

「イッタ！」

やっぱり今度も、沈黙を破ったのはユカリさんだった。どこかほっとしたように「どうしたの」と訊ねる十和子さんに、ユカリさんは大げさに右手の人さし指を上げてみせた。

「ささくれ引っぱったら血出たー！　やだ痛いー！」

「あーあもう……ユカリ、その癖《くせ》やめなよ。小さい傷でも化膿《かのう》したりするんだから」

「だって無意識にやっちゃってるんだもん。ねえ十和子、絆創膏《ばんそうこう》ちょうだい」

立ち上がったユカリさんは、長テーブルの端《はし》に置いてあった、ポーチに手をのばした。黒と紫のシックなポーチだった。ユカリさんがそれにふれようとした瞬間、

「だめッ！」

十和子さんが強く鋭《するど》い声をあげた。わたしとチヨちゃんは思わず体をすくませたし、ユカリさんもびくりと動きをとめて、目を大きくした。十和子さん自身、自分の大きな声にたじろいだようで、心もとなく瞳《ひとみ》をゆらしていた。

「……絆創膏、今日持ってきてないんだ。ごめん」

「や、別にそんな謝ることじゃ……」

「あの、絆創膏なら、わたし、あります」

チヨちゃんが膝《ひざ》に置いていた通学鞄《かばん》から自分のポーチ（愛らしいお地蔵《じぞう》さまのストラップがついている）をとり出し、絆創膏を一枚ユカリさんにさし出した。「ありがとー！」と感激するユカリさんをよそに、十和子さんが自分のポーチをとり上げてドアへ向かった。

「ごめん、ちょっとお手洗い」

「あ！　わたしもいいですか！　ごめん香乃ちゃん、ちょっと行ってくるね……」

ポーチを手にしたままチヨちゃんがあわてて十和子さんのあとに続いた。ずっと我慢《がまん》していたのかもしれない。わたしと一緒に残されたユカリさんは、しばらくチヨちゃんからもらった絆創膏をもてあそんでいたが、

「あたしもこれ、おトイレで貼《は》ってくるねー」

とぎこちない笑顔で言って部屋を出ていった。絆創膏はトイレに行かなくても貼れると思うけれど、わたしと二人だけになるのが気まずかったのだろう。

ひとりきりになると、どうしてここにいるのかいよいよわからなくなって、頭がぼうっとした。窓辺の陽だまりの部分にだけ、微生物《びせいぶつ》のように空気中を漂《ただよ》う埃《ほこり》が見えた。パソコンのハードディスクが、カリカリとねずみが何かを齧《かじ》っているみたいな音を立てていた。

やがて、遠くから話し声と足音が聞こえてきた。

「あれ、香乃ちゃんだけ？　ほかのみんなは？」

部室に入ってきた高橋さんが、目をまるくした。続いて入ってきた雪弥さんは生協のビニール袋をさげていて、うっすらと紙パックの色や形が透《す》けて見えた。

「お友達の分は、これでいいでしょうか」

雪弥さんは袋からバナナミルクをとり出して、わたしに渡した。確かにクリーム色の紙パックに入ったバナナミルクは、チヨちゃんに似合う。

それから雪弥さんは、当たり前のように抹茶《まっちゃ》ミルクをわたしにくれた。わたしが飲みものを買う時はいつも抹茶ミルクだと知っているから。わたしも知っている。雪弥さんは甘いジュース類が苦手で、いつも砂糖の入っていない紅茶《こうちゃ》を飲む。

でもわたしが知っているのはそんなことだけで、肝心《かんじん》なことは何も知らない。たとえば雪弥さんの本心も、好きな人も。当たり前だ。それを雪弥さんが打ち明けるとすれば特別な人に対してで、わたしはただのアルバイトをしている店の孫にすぎないのだから。

「キャンパスツアーのこと、言っておいてもらえたらよかったのに」

「……すみません」

十和子さんが置いたキャスター付きの椅子に腰かけながら、雪弥さんが眉をよせた。

「別に謝る必要はありませんよ。——どうかしました?」

「どうもしません。……突然来て、ごめんなさい」

わたしは、ずっと。

自分の体質がおかしなものだと自覚した小さな頃からずっと、わたしは自分の仲間を、わたしと同じように香りを感じられる人を求めていた。

「香乃さん?」

でも、よかった。そんな人がいなくてよかった。

たった今もわたしが発し続ける、こんなに澱《よど》んだ嫌《いや》なにおいを、知られずにすむ。

「あ、戻った? じゃ、みんなでジュースでも飲みながらちょっと話そう」

十和子さんと、ユカリさんと、チヨちゃんは、三人一緒に帰ってきた。十和子さんは黒と紫のポーチを壁際のラックに置いていた自分のバッグにしまい、チヨちゃんはお地蔵さまのストラップがゆれるポーチを持ったまま「お待たせ香乃ちゃん」と小走りにわたしが座るソファへ戻ってきた。チヨちゃんが通学鞄にポーチをしまうのを見届けてから、わたしは立ち上がってチヨちゃんの手を握った。ぱちくりするチヨちゃん。

「香乃ちゃん?」

「そろそろ行こう、チヨちゃん」

「え、もう行く？　集合時間ならまだ大丈夫だと思うけど……」

わたしは引きとめようとする高橋さんのほうをふり向き、

「いいんです」

とだけ答えた。高橋さんはなぜかたじろいだ様子で「そ、そう？」と小首をかしげた。

わたしはチヨちゃんと手をつないだまま、その場の大学生四人に頭を下げた。

「お忙しいところにお時間をとっていただき、ありがとうございました。失礼します」

「あ、し、失礼します……」

「あ、ちょっと待って二人とも！　集合場所まで案内……」

「道は覚えているので大丈夫です。お気遣《きづか》い、ありがとうございます」

再びたじろいだ高橋さんにもう一度頭を下げて、投資サークルの部室を出た。早足のわたしが引っぱるので、チヨちゃんは小走りだった。外に出ると夏の気配をはらんだ風と日射しが押しよせて、ぎちぎちにはりつめていた何かが、ふっとゆるんだ。

集合場所の駐車場へ向かっていると、くいくい、とチヨちゃんがつないだ手を引いた。

「香乃ちゃん、大丈夫……？」

チヨちゃんの声は細くてやわらかい子猫の鳴き声のようで、急に鼻の奥がツンとした。みっともない。

勝手に不機嫌になって、嫌な態度をとって、みんなをとまどわせて。ショックとか、そんなの間違ってるのに。わたしは、傷つくような立場にすらないのに。

だけど、胸が痛くてたまらなかった。


その日の夕方、鎌倉の家に着いてスマホを見ると、雪弥さんから着信が入っていた。

わたしはかけ直さなかった。

4

祖母に「気分悪いの？」と心配されながら登校した翌朝は、でたらめに青く空が晴れていた。江ノ電《えのでん》の窓から見た相模湾《さがみわん》では、何人ものサーファーがうねる海に挑《いど》んでいた。

四時間目までの授業をうわの空で過ごしてしまい、お昼休み。教室のかたすみでチヨちゃんと机《つくえ》をくっつけてお弁当を食べていると、向かい側で唐揚《からあ》げを箸《はし》でつまみながらチヨちゃんが「香乃《かの》ちゃん、元気ないね」とぽつり言った。

「やっぱり、アイアンクローが必殺技のイニシャルYのことが……」

「チヨちゃん、いいよ、普通に名前言って」

「あの、大丈夫だよ。十和子《とわこ》さんと雪弥《ゆきや》さんは付き合ってたかもしれないけど、十和子さんが振ったって、香乃ちゃんも聞いたじゃない」

うん、と頷《うなず》いたけれど、たぶんわたしが沈んでいる原因は、もっと別のことだった。

わたしは、自惚《うぬぼ》れていたのだ。自分は雪弥さんの中で、多少は特別な位置にいるのではないかと。まったくおこがましいけれどそう思いこんでいて、だけど昨日、雪弥さんが女性として誰かを好きになる時、その対象にわたしは入っていないし、雪弥さんにとってわたしは重要な事柄を打ち明ける相手ではないんだと知ってしまった。気づいた、と言ったほうが正しいのかもしれないが、わたしはそれが、ショックだったのだ。

味がよくわからないままお昼ごはんをすませて、教室の近くの水飲み場で歯みがきをした。「えっ」とチヨちゃんが声をあげたのは、その時だった。

「どうしたの？」

チヨちゃんは、リップクリームでも出そうとしたのかもしれない。あの愛らしいお地蔵《じぞう》さまのストラップをつけたポーチを開けたまま、固まっていた。

「何か、入ってる……」

「何か？　って何？」

チヨちゃんは、ポーチの中から、それをとり出した。

「何これ……？　なんでわたしのポーチに……？」

それは、すみれ色のハンカチだった。何か細長いものを、ハンカチでつつんである。

チヨちゃんが、こわごわと指先でつまんでハンカチを開く。その時ふっと、甘い人工香料の香りがわたしの鼻をかすめた。あ、と思った。これは、知っている。

そうだ、金木犀《きんもくせい》を模《も》した、この香りは――

「何これ……？」

ハンカチを開いたチヨちゃんが、さらに途方《とほう》にくれたように呟《つぶや》いた。

ハンカチにつつまれていたのは、黒いメタルフレームの眼鏡だった。一見ごくシンプルだが、つるの部分だけがなめらかな木製になっている。そして、左のレンズにひび割れ。

ひと目でわかった。

それは、雪弥さんが大学で失くしたと話していた眼鏡だった。


チヨちゃんはかなり混乱していたし、初めはわたしにもわけがわからなかった。だっていったいどういう理由で、雪弥さんのなくなった眼鏡がチヨちゃんのポーチから出てくるのだろう？　まるでマジックだ。

けれど、割れた眼鏡を二人ではさんで頭を抱えるうち、はっとわたしは思い出した。

「チヨちゃん、このポーチを最後に開けたのっていつ？」

「え？　えっと……あ、昨日大学でサークル見学して、トイレに行った時。あの……わたし今その……生理だから」

「トイレでポーチを開けた時には、眼鏡は入ってなかったんだよね」

「うん。入ってたら、びっくりだよ」

「ちなみにポーチって、個室に持って入った？」

「ううん……借りておいて文句言うのもなんだけど、あそこのトイレかなり古くて、個室の中にポーチとか置ける場所がなかったんだ。十和子さんって人もポーチは洗面台のところに置いてたから、わたしも、同じように置いて個室に入った」

トイレに入るまでチヨちゃんのポーチはずっと鞄《かばん》の中にあり、トイレから帰ったあとも鞄にしまわれ、そのままだった。雪弥さんの眼鏡がチヨちゃんのポーチに移動するとしたら、やはりチヨちゃんがポーチを手放し、トイレに入っていた時間が一番あやしい。

では眼鏡がチヨちゃんのポーチに入ったのがトイレの中での短時間だとして、その眼鏡はどこから、どこから移動してきたのか？

それについては、わたしは予想がついていた。今もまだはっきりと思い出せる、だめ、という彼女の鋭《するど》い声。そして眼鏡をつつんでいたハンカチから漂《ただよ》う、金木犀の香り。

ただ、眼鏡はひとりでに動いてポーチの中に忍《しの》びこんだりはしない。誰かの手がそれを行ったはずだ。ではそれは、誰なのか？

「ねえ、チヨちゃん。個室に入ったのは十和子さんとチヨちゃんのどっちが先で、出てきたのはどっちが先だったか、覚えてる？」

チヨちゃんは面食《めんく》らったように、ぱちぱちとまばたきした。

「えっと……個室に入る時は、十和子さんもわたしも同じくらいだった。出たのは、わたしが先だった。あ、関係ないかもしれないけど、わたしが個室から出たら、ユカリさんがいたの。絆創膏《ばんそうこう》がうまく貼《は》れないって言うから貼ってあげた。貼ってあげてる途中で、十和子さんが出てきて、年下の子にそんなことしてもらって、とかって注意してたよ」

「チヨちゃん、完璧《かんぺき》だよ」

「え？　えへへ……やめてよ香乃ちゃん」

「あと、トイレに十和子さんとユカリさん以外の人って、誰かいた？」

「ううん。トイレに入った時はほかに誰もいなかったし、ユカリさん以外に入ってきた人もいなかったよ。誰か入ってくれば、ドアが開く音でわかるから」

それなら、やっぱり雪弥さんの眼鏡がチヨちゃんのポーチに入っていたからくりは、わたしの予想のとおりかもしれない。それ以外には、考えにくいのだ。

——でも。

真相の輪郭《りんかく》が見えたとして、では、これからどうすればいいのだろう。この眼鏡は、誰の手に返すべきなのだろう。雪弥さん？　それともあの人？　そもそも、これはわたしが関わっていいことなのだろうか。わたしなんて、何の関係もない、ただの部外者なのに。

「香乃ちゃん、何かわかったんだ？」

チヨちゃんが顔を近づけて、下からこちらをのぞきこんだ。

「……わかったと、思うけど。でもそれ、理由にはならないよね」

「理由？」

「わかったからって、じゃあ部外者が関わっていいってことに、ならないよね」

チヨちゃんは、つぶらな瞳《ひとみ》でじっとわたしを見た。

「香乃ちゃん、関わりたいんだね。部外者なの、嫌《いや》なんだ」

わたしはうつむく。

そう、わたしは、あの人に関わっていたいのだ。一番近しい人間でありたかったのだ。けれどそうではなかったから、かなしくて、ショックだった。

「そんなに雪弥さんが好き？　確かに礼儀《れいぎ》正しかったけどかなりの毒舌《どくぜつ》クールだよ？」

「……わたしやおばあちゃんの前では結構猫かぶってるんだろうなってわかってたから」

「高橋《たかはし》さんのことなんて罵倒《ばとう》してたよ？」

「あれは複雑な親愛表現なの。雪弥さんって気難しい自覚があるから、高橋さんみたいな素直な人のこと好きなくせにコンプレックスもあっていじめちゃうの」

「ユカリさんのことふり払った時なんて氷の王子さまだったよ？」

「自分の意見をはっきり表現できるっていいことだと思う」

「香乃ちゃん、わたし、香乃ちゃんの愛の深さにちょっと引いてる……」

「こんなのまだ本気じゃないよ、だって九歳の時からだもん……」

チヨちゃんは小さくて温かな手で、わたしの手を握った。

上向けたわたしの手に、はい、というようにハンカチにくるまれた眼鏡をのせる。

「香乃ちゃんのこと決めるのは香乃ちゃんだけど、後悔《こうかい》はしちゃだめだよ。それで、もし泣いて帰ってきたら、駅まで迎えに行ってあげるよ」

運命の友の友情に、わたしは泣きそうになりながら笑ってしまった。そしてその時に、もう一度、あそこへ行くことを決めた。

5

いきなり押しかけても目的の人がいないかもしれない、とわたしが気づいたのは、まったく馬鹿《ばか》なことに、大学へ向かうバスに乗りこんでしまってからだった。

横須賀線《よこすかせん》で横浜《よこはま》へ移動しながらスマホで調べると、横浜駅から大学構内に乗り入れのバスが出ていたので、ぎりぎりそれに飛び乗ったのだ。でも——サークルって毎日やっているものなんだろうか？　たとえサークルがあったとしても、あの人がいるとは限らないのではないだろうか？　しまった、どうしてこうなの、と狼狽《ろうばい》する間にバスは大学の中央部に停車《ていしや》し、わたしはびくびくしながら古びた三階建てのサークル棟をめざした。

学生さんたちの訝《いぶか》しげな視線を感じ、制服のまま来てしまったことを激しく後悔《こうかい》する。それに衝動《しようどう》的にここまで来てしまったが、もしや個人で大学を訪《おとず》れる場合は、何か手続きが必要だったのではないだろうか？　やっちゃった、やっちゃいました、と涙目《なみだめ》でうろうろしていたその時、まるで天から遣《つか》わされたかのように、その人が現れた。

「あれ、香乃《かの》ちゃんだ？　やあやあ、どうしたのこんなとこで？」

通りの向こうから歩いてきたのは童顔《どうがん》の高橋《たかはし》さんで、知っている人（昨日知り合ったばかりだけど）に会えた安堵《あんど》でわたしはまた泣きそうになった。「なになに、泣いちゃダメだよ。チョコ食べる？」と高橋さんはあわてて持っていた生協《せいきょう》のビニール袋から一口チョコを出して、わたしにくれた。

「ゆっきーなら今日は大学来てないよ？　ゆっきー、一年生からずっとインターンシップやっててさ、今日は朝からそっちの会社に……てかあの人、平日は朝から夜まで講義とインターンで埋《う》まってて、家でも勉強とか投資とかいろいろやってるみたいだし、その隙間《すきま》でサークルやって、土日祝日はほとんどバイトで、ゆっきーほんといつ寝てんの？　サイボーグなの？　体大丈夫なの？　っておれいつも心配で……あれ、話ズレた？　うん、えっと、今日はゆっきー来てないよ？」

「いえあの、雪弥《ゆきや》さんじゃなくて……十和子《とわこ》さんとユカリさんに、渡すものがあって」

「あ、ユカリさんと十和子さんならいる。おれ、渡しとこうか？」

ふるふるとわたしが無言で首を横にふると、高橋さんは小首をかしげつつも「じゃ行こうか」と手招きしてくれた。訪問の手続きについては「大丈夫だよ、たぶん！」とのことだった。わたしはこんなにも力強く「たぶん！」という人に初めてお会いした。

「あれ？　なんで？　もうキャンパスツアーは終わりだよね？」

ユカリさんと会ったのは、投資サークルの部室へ向かう途中の階段だった。爪《つめ》がきれいなピンクのグラデーションに塗《ぬ》られた人さし指をわたしに向け、彼女は首をかしげた。

わたしは、鞄《かばん》からすみれ色のハンカチの包みをとり出した。

すっと彼女の顔から表情が消えて、視線がひんやりと鋭《するど》くなった。ねえ、と声だけは甘いままユカリさんは高橋さんに話しかけた。

「高橋くん、あたしおにぎり食べたくなっちゃったから、買ってきてくんないかな」

「えっ⁉　だってさっきサンドイッチって」

「うん、さっきはサンドイッチだったんだけど、待ってる間におにぎりになっちゃった。筋子《すじこ》とツナマヨがいいな」

ええー……、と力なく呟《つぶや》きながら高橋さんはとぼとぼ階段を下りていく。

十分に彼が離れてから、ユカリさんは上段からわたしを見下ろし、にこりとした。

「で、そのハンカチ、何？」

「中に、眼鏡がつつんであります。チヨちゃんのポーチに、いつの間にかこれが入っていました。わたしは、入れたのはあなただと思っています」

ユカリさんは笑みを崩《くず》さず、香りもぴくりともゆらさないまま、

「続けてみて」

と鼓膜《こまく》が蕩《とろ》けるような甘い声で言った。

「チヨちゃんが昨日ここでトイレを借りて、ポーチを開けた時には、まだこれは入っていませんでした。そして今日学校でポーチを開けたら、これが入っていた。だから昨日ここのトイレで、これは入れられたのだと思います。チヨちゃんとほぼ同時に個室に入って、チヨちゃんよりもあとに出てきた十和子さんには、それはできません。チヨちゃんと十和子さんがトイレに入った時、ほかには誰もいなくて、あとから入ってきたのもユカリさんだけだったと聞きました。そうなると、あなたにしかできません」

「うん、筋は通ってるね。でもさ、どうしてここのトイレで入れられたって決めちゃってるの？　チヨちゃんだっけ、あの子の家だとか学校だとかで、誰かがいたずらしたり間違えて入れちゃった可能性だってあると思うんだけど？」

「少し前に、サークルの部室で雪弥さんの眼鏡が紛失《ふんしつ》しました。ご存じですよね？　この眼鏡は、その行方《ゆくえ》不明になった雪弥さんの眼鏡です。わたしは雪弥さんと会う機会が多いですし、この眼鏡はつるが木でできていて特徴《とくちょう》的だったので、よく覚えています。

部室で雪弥さんの眼鏡が消えたのは、単なる紛失ではなく、誰かに持ち去られたのだと思います。持ち去ることができるのは、部室にいたサークルの関係者。サークル関係者の手にあった雪弥さんの眼鏡が、昨日まで面識《めんしき》もなかったチヨちゃんの家やわたしたちの学校でポーチに入れられるとは、考えられません。そうするとこれが入れられたのは、やはり大学のトイレで、それが可能だったのは、ユカリさんだけです」

　落ち着いて見えるように努力していたけれど、内心は緊張《きんちょう》で胸が痛いくらいで、ハンカチの包みをのせる手のひらに汗が滲《にじ》んだ。

　ユカリさんは腕を抱いて階段の手すりに寄りかかり、下段に立つわたしをながめていた。途中、知り合いらしき男性が下から階段を上がってきて、ユカリさんは画面が切り替わるように笑顔になって挨拶《あいさつ》をした。そして彼が行きすぎると、薄《うす》いカミソリのような笑みを浮かべて、わたしを見下ろした。

「ふーん、見くびってたな。地味なおっとりした子だと思ってたのに、あなた意外と賢いんだね。うん、そう。それはあたしがチヨちゃんのポーチに入れたの。びっくりさせてごめんね、ちょっとしたいたずらのつもりだったんだ」

　にこりとしながら、ユカリさんはわたしに向かって手を出した。

「その眼鏡は岸田《きしだ》くんに謝って返しとくから、ちょうだい」

「なくなった雪弥さんの眼鏡は、ユカリさんが持っていたということですか？」

「そうだよ。岸田くんがあんまりつれないから、ちょっと困らせてやりたかったの」

「それは、違います。雪弥さんの眼鏡を隠し持っていたのは、あなたではありません」

　乾いた地面に水が吸いこまれるように、ユカリさんの笑みが消えた。

「何言ってるの？　あたしだよ？」

「雪弥さんの眼鏡は、このハンカチで丁寧《ていねい》につつんでありました。雪弥さんの眼鏡を隠した人が、眼鏡に傷がつかないように、自分のハンカチでこうしたのだと思います」

「そうだよ、あたしが自分のハンカチで」

「このハンカチは、あなたのものではありません。わたしは、持ち主が誰か知っています」

ユカリさんが眉《まゆ》をひそめた。香りは、当惑と警戒《けいかい》を表している。

「知ってるって、どういうこと？　根拠《こんきょ》は？」

「……それはなんというか、企業秘密、的な」

「何それ。あなた企業なの？　じゃあ資本金いくら？　前期のＲＯＡとＲＯＥは？」

怖い顔をしたユカリさんの追及を、わたしは亀のように縮こまって何とか耐え抜いた。

「理由は、言えません。でもわたしは知っているんです。このハンカチは、あの人のものです。本人に確認すれば、わかると思います」

ユカリさんは、鋭い目でわたしを見据《みす》えたまま押し黙《だま》った。そう、確認すれば、たぶん彼女は否定しないだろう。彼女をかばっているユカリさんも、それがわかっているのだ。

「――で？　そんな壊《こわ》れた眼鏡、わざわざ持ってきたあなたは、どうしたいの？　あの子に文句つけたり責めに来たっていうなら、帰って。ここ通さないから」

「文句なんて、ないです。責めるつもりも。ただ、話したいことがあります」

そう、訊《き》きたいことと、聞きたいことが。たとえば四月の終わりの薄曇《うすぐも》りの日のこと。あの日わたしに突きつけられた香りの意味。

「ユカリさん。昨日、わたしを見て驚《おどろ》いてましたよね。わたしとユカリさんは、昨日初めてお会いしたはずなのに。そういうことも、あの人から聞きたいんです。それは」

本当は隠しておきたい自分の気持ちを、言葉にして人に見せようとすると、胸がぎゅっとする。無意識に手に力がこもって、すみれ色のハンカチごしに、眼鏡の華奢《きゃしゃ》な骨組みを感じた。なんだか傷つきやすい小鳥をにぎっているみたいだ。ひそかにこの眼鏡をハンカチにつつんだあの人も、こんな心もとない気持ちになったのだろうか。

「それはきっと、雪弥さんにも関係あることだから。雪弥さんのこと、知りたいんです」

長い沈黙《ちんもく》のあと、盛大なため息が上の段から降ってきた。ユカリさんは、ものすごいしかめ面《つら》で階段の手すりに寄りかかっていた。

「やめてよね、そういう直球勝負。あたし、あなたみたいな素直な女の子って、ほんとに嫌《いや》。なんか胃袋の中がかゆくなるんだよね。でも掻《か》けないし」

「えっ、す、すみません……」

「女って演じて隠してなんぼじゃないの？　あーかゆい、やだやだ」

と言いつつユカリさんは、わたしの脇をすり抜けて階段を下りていく。それが彼女の返事なのだと、遅れて気がついた。

ユカリさん、と呼びかけると、五段下で彼女は足をとめ、しかめ面のままふり返る。

「あの、ひとつわからないことがあって。どうしてこの眼鏡を、チヨちゃんのポーチに入れたりしたんですか？　なんでそんな……ややこしいことを」

「どうしてあなたに教えなきゃいけないわけ？」

「……すみません、単に知りたくて質問しました……」

「だから、さっきも言ったじゃん。あたし嫌いなの、かゆいの、そういう素直さ」

もうどうしたらいいかわからず身を縮めていると、またユカリさんのため息。

「十和子はね、小学校の頃からずっと、あたしの小姑《こじゅうと》なの。まじめで、賢くて、お堅くて口うるさくて。ずっとそうだったし、これからもそうじゃなきゃだめ。いつまでも前の男を引きずってぐずぐずしてるなんて、あたしの小姑には似合わないの」

それだけ言うと、今度こそふり返らずに、ユカリさんは階段を下りていった。

サークル棟三階の左手の突き当たり。そのドアの前に立っても、わたしはしばらく動けなかった。ユカリさんとのやり取りも気力を使ったが、これから彼女と一対一で向き合うのだと考えると、息苦しいほど緊張した。でも、ただ突っ立っていては何のためにここまで来たのかわからない。勇気を振り絞《しぼ》ってノックすると「はい？」と声が返った。

「あれ、どうしたの？」

グレーのカジュアルジャケットを着た十和子さんは、わたしを見るとパソコンを操作《そうさ》する手をとめて、ユカリさんと同じように目をしばたたかせた。

わたしは挨拶のあと、ユカリさんにしたのと同じことをした。

わたしが手にのせたすみれ色のハンカチを見ると、十和子さんは頬《ほお》の線を硬くした。しばらく顎《あご》を引いて沈黙したあと、深いため息をつきながらわたしを見上げた。

「だめだ、全然わかんないや。なんであなたがこれを持ってるの？」

「これはチヨちゃん……昨日、わたしと一緒にいた女の子のポーチに入っていました」

「ああ、うん、覚えてる。あの子のポーチ、変わったストラップがついてたね」

うわの空で言いながら十和子さんはまたしばらく考えこみ、やがてさっきよりも深々と息を吐《は》いた。

「ユカリか……」

十和子さんから立ちのぼった香りは、腹立ちや怒りではなく、たとえば妹のいたずらに慣《な》れたお姉さんがまたかと嘆息《たんそく》するような、そんな感じのものだった。

わたしは彼女に、すみれ色のハンカチをさし出した。

静かな動作で受けとった十和子さんは、それを左手にのせ、指先でハンカチを開く。

左のレンズにひびが走った、黒いメタルフレームの眼鏡。

「十和子さんが、この雪弥さんの眼鏡を持っていたんですね。自分のポーチに入れて」

「いいよ、はっきり『盗んだ』って言って。やっぱり、昨日のあれかな。ユカリが絆創膏《ばんそうこう》をとろうとした時に、私が変に反応しちゃったから」

おそらくそうだろう。毅然《きぜん》と落ち着いた彼女が、ユカリさんがポーチにふれようとした瞬間《しゅんかん》、だめと声を荒らげた。あの時わたしはとても驚いたし、きっとユカリさんもそれで十和子さんのポーチの中身に疑問を抱いたのだと思う。

その後、十和子さんとチヨちゃんがトイレへ行き、ユカリさんも遅れてあとに続いた。そこでユカリさんは、目にしたはずだ。洗面台に置かれた十和子さんの黒と紫のポーチ。チヨちゃんの話では、個室の中にポーチを置けそうなスペースがなかったから、二人とも荷物を洗面台に置いていた。

十和子さんは個室に入っている。無防備なポーチ。好奇心《こうきしん》か、もっと別の気持ちからかはわからないが、とにかく彼女は十和子さんのポーチを開け、そしてすみれ色のハンカチに大切にくるまれた、雪弥さんの眼鏡を見つけた。

「しっかし、なんで人のポーチに入れたりするかな……ユカリとは小学校から一緒なんだけど、時々あの子、ほんとに『何それ？』っていういたずらするんだよね」

十和子さんに甘えるようにいたずらをする小さなユカリさんは、自然に想像できた。ただ今回のことは、いたずらではなかっただろうけれど。

ひそかに雪弥さんの眼鏡を隠し持っていた十和子さんの気持ちを知り、ユカリさんは、それ以上この眼鏡を十和子さんに持たせておきたくないと考えた。

ただ、一枚ドアを隔《へだ》てたすぐそこには十和子さんとチヨちゃんがいるから、物音が立つような派手《はで》なことはできなかったはずだ。服のポケットなどに入れて気づかれないように持ち帰り、あとで捨ててしまうこともできたと思うが、そうしなかったのは、隠し持つことができるような場所が昨日の彼女の服にはなかったのかもしれない。あるいは、そういう手段をとる時間もなくチヨちゃんが個室から出てきてしまった可能性もある。とにかく彼女は、おそらくはとっさに、十和子さんのポーチからチヨちゃんのポーチにこの眼鏡を移しかえたのだ。十和子には似合わない――きっと、さっき話していたその想《おも》いから。

「それでさ、訊いていい？」

ぽつりと言葉をこぼす十和子さんは、指先でそっと、ひび割れた眼鏡のリムをなぞる。まるで傷ついた小鳥の体をなでるみたいに。

「確かにこれを盗んだのは私なんだけど、どうして私だってわかったの？」

わたしは、一拍《いっぱく》だけためらって、正直に答えた。

「香りがしたんです、ハンカチから」

「香り？」

「金木犀《きんもくせい》の、練《ね》り香水の香りです。四月の終わりの頃、買っていかれましたよね。鎌倉《かまくら》の花月香房《かげつこうぼう》という店で」

キャスター付きの椅子《いす》にもたれながら、十和子さんはじわりと苦い笑みを浮かべた。

「一カ月も前のことだし、お客の顔なんていちいち覚えてないと思ったんだけどな」

「もちろんお客さんすべてを覚えているわけじゃないです。ただ十和子さんは、印象的だったので」

「なんで？　態度が悪かったから？」

「練り香水を買う時、すごく無造作《むぞうさ》にとって、レジまで持ってきたからです。普通ああいう香水を買う時は、いろいろと香りを確かめて好みのものを買うと思うんですが、十和子さんは、何でもいい、という感じだったから」

「ああ、うん。実際あの時は何でもよかったから。でも買ってみたら意外に好きな香りで使ってたんだ。……それにしてもこのハンカチ、香りなんてする？　私はわかんないよ？

確かに練り香水も一緒にポーチに入れてたけど、ケースに入ってるしさ」

「その、わたしは人より少し鼻がきいて……あの、わたしも訊いていいですか」

鼻にハンカチを近づけてクンクンしていた十和子さんが、わたしを見上げる。次に何を問われるのか、すでにわかっているような静かな目で。

ずいぶん前に一度店に来ただけの彼女のことを覚えていた理由は、もうひとつ。あの時の彼女が、強烈な敵意の香りをわたしに向けてきたからだ。

「あの時、あなたが花月香房に来たのは、なぜだったんですか？」

十和子さんは、無言で眼鏡をハンカチでつつみ直し、それをどうしようか思案するようにながめたあと、カジュアルジャケットのサイドポケットに入れた。

「時間、まだ大丈夫？　私、いろいろ語っちゃうと思うけど」

「大丈夫です」

もしかしたらそれは、優柔不断《ゆうじゅうふだん》で気の弱いわたしが、これまでの人生で一番きっぱり答えた「大丈夫」だったかもしれない。

6

人が来るかもしれないから場所を変えよう、という十和子《とわこ》さんの提案で移動することになった。途中で生協《せいきょう》のビニール袋を持った高橋《たかはし》さんと会って「ユカリさん知りませんか⁉　おにぎり買ってきたのにいないんです！」とすがりつくように訊《たず》ねられたが、申し訳のないことにわたしも十和子さんも知らなかった。やけになって自分でおにぎりを食べ出した高橋さんに「ちょっとラウンジ行ってくる」と十和子さんが言った。

そのラウンジは、サークル棟のとなりに建つ学生会館の一階にあった。広い空間に木製の椅子《いす》と丸テーブルがゆったりと置かれている。百人は楽に収容できそうだったが、夕方五時半をまわる今は、学生さんの姿もまばらだった。

わたしを窓際の席に座らせた十和子さんは、紙コップ入りのホットコーヒーを買ってきてくれた。わたしの印象どおり、十和子さんはコーヒーをブラックで飲む人だった。わたしも負けじとブラックのままコーヒーをあおったが、内心苦くて泣きそうだった。

「岸田《きしだ》ってさ」

ふいに話し出した十和子さんは「あ、私、最初のほうから語っちゃうつもりだから、あなたの質問の答えってかなりあとになるけどいい？」と一時停止してわたしに確認した。

さばさばしているようでわりと気にしいな彼女に、不覚にも若干《じゃっかん》、キュンとした。

「岸田って、入部してきた一年生の頃から、ほかの学生と違ってたの。一年生って長い受験勉強から解放されて、ものすごく自由な時間を手に入れて、はじけちゃったりゆるみきってるのが多いんだけど、岸田は、なんていうか──ものすごく落ち着いてた。最近まで高校生だったなんて信じられないくらい大人びて、隙《すき》がなくて、簡単には人を近づけない感じで、なにこいつ、って気になってた」

言葉を切った十和子さんは、コーヒーをひと口飲む。わたしは、雪弥《ゆきや》さんの入学式の日のことを思い出していた。

(回らないお寿司だ)に行った。お祝いをしなくちゃと祖母がはりきって、三人でお寿司《すし》屋さんかと言い出して、祖母は泣きそうな顔で喜んだ。その時に雪弥さんが花月香房《かげつこうぼう》でアルバイトはできませんあの時は、祖父が他界してからまだ一年もたっていなくて、わたしと祖母の二人だけでは、あの店にいるのはさびしすぎた。

「あいつがサイボーグって呼ばれてるの、知ってる？」

「サイボーグ……？　あ、そういえば高橋さんが、さっきそんなこと」

「うん、とにかくすごいんだよあいつ。講義をとれるだけ詰《つ》めこんで、時間が空《あ》くとほかの学部の講義まで聴いてる。教授たちの研究室にもしょっちゅう出入りしてるし、そのうちインターンまで始めて、それもめためたに忙しい証券関係の会社ばっかりで朝から夜まで動きっぱなし。家でも投資やってお金貯《た》めてるみたいだし。

私が岸田と会うのはサークルの時くらいだったけど、そこでも、ものすごく勉強してるのがわかるんだよね。うちのサークルは毎年ビジネスコンテストに参加してるんだけど、あいつ一年生の時にひとりだけ入賞しちゃったんだよ。とにかく頭が切れるし、あれだけ動いても疲れた顔しないし、むしろいつも無表情だから、ついたあだ名がサイボーグ」

ふっと吐息《といき》でほほえむ十和子さんから、甘苦しいような香りが散る。わたしも胸が苦しくなって、苦いコーヒーをひと口飲んだ。

「私けっこう金融《きんゆう》マニアで、岸田とはよくそういう話をしてた。相当ニッチな話をしてもあいつなら平気だから、楽しくて。うーん長いな……で、まあどうも気になるようになっちゃって、付き合ってほしいって言ったんだけど、あいつなんて答えたと思う？」

「えっ？　……な、なんて答えたんですか」

「『はあ』って言ったの。それで十秒くらい黙りこんで『よろしくお願いします』って。しかも微妙《びみょう》に語尾《ごび》が疑問形だったし。ほんと今思い出しても何じゃそりゃって感じで
——ああ、いいよそんな顔しなくて。どうせすぐに別れるから」

正直、雪弥さんのそういう話を聞くのはだいぶ苦しくて「そんな顔」をしていたらしい

わたしに、十和子さんは笑った。青い水みたいに、かなしげに透《す》きとおった笑顔。無理もない、と思った。雪弥さんがこの人と付き合おうと考えても、それは、無理もなかった。

「岸田って、頭の出来も顔の出来もいいから最初はモテるんだけど、しばらくするとみんな離れてくんだよね。あいつのバリアってものすごいし、ちょっと入れてもらえたとしても、次には自分のことなんて一ミリも見てないってわかっちゃうから。でも私だけは違うって、今思うとほんと馬鹿《ばか》みたいだけど、そう思ってたの。私だけにはあいつも心をゆるしてくれる、私だけはあいつのことをわかってあげられる。そんなの思い上がりで、結局私もあいつのバリアのまわりをうろうろしてるだけなんだって、付き合いはじめてそんなにしないうちにわかったけど」

そこでまた言葉を切り、十和子さんはぬるくなった黒い液体を飲む。二人が付き合っていた時間は半年ほどだと、確か十和子さんは言っていた。わたしにはその半年間がどういうものなのか、何も想像がつかない。ただ、いま十和子さんの内ではその数カ月が一日を一秒に凝縮《ぎょうしゅく》しながらよみがえっているのだとは、彼女の遠いまなざしからわかった。

「ただ、付き合ったことでわかったことはほかにもあって、それはあいつが見た目ほど余裕のあるやつじゃないってこと。むしろものすごく焦《あせ》って一人前になろうとしてて、ほとんど無茶してるみたいな生活もそのせいだっていうこと。あいつは、どうしてなのか自分だけの力で生きていかなきゃいけないと思ってる。もっと私を頼って、これじゃ付き合ってる意味がないっていくら言っても、あいつは宇宙人の言葉でも聞いてるみたいに困った顔するの。なんか、誰かに甘えるってことを全然知らないで育ったみたいに。どうしてかはわかんないけどね。私が知ってるのは、父親がいないってことくらいで」

わたしは、心臓に杭《くい》をうちこまれたような衝撃《しょうげき》をこらえるだけで精いっぱいだった。

父親がいない。

雪弥さんは、固くしまいこんだ自分の物語のひとかけらを、この人には明かしたのだ。

「――それで、だから、雪弥さんと別れたんですか……？」

動揺《どうよう》を押し殺すのに必死で、声が自分のものではないみたいにかすれた。

紙コップをゆらした十和子さんは、対面のわたしに目を戻し、唇《くちびる》の端《はし》を吊《つ》り上げた。

「ここでやっと、あなたの出番」

で、出番？　目が点になるわたしに、十和子さんは挑《いど》むような笑みで続きを話した。

「それくらいじゃ別れる気にはならなかったよ。だって『私だけは』なんて思っちゃう女だからね、私。むしろこいつに自分はひとりじゃないって教えてやらなくちゃ、とか今思い出すと穴に入りたくなるようなこと考えてあいつにぶつかってたよ。でもね、事件が起きたの。四月の私の誕生日に。さて何が起きたと思う？」

いえ、どう答えろと⁉　狼狽《ろうばい》するわたしに、十和子さんは凶暴《きょうぼう》な感じに笑った。

「付き合いはじめて最初の彼女の誕生日。しかもその日は土曜日で講義もない。もう私は二人であれこれできるもんだと思いこんでたけどね、あいつは言ったの。『土日は鎌倉《かまくら》でバイトがあるのですみませんが付き合えません』。ねえ、現役女子高生の咲楽香乃《さくらかの》ちゃん。これを聞いて、あなたどう思う？」

「……………………ちょ、ちょっと、いかがなものかと」

「だよね。よかった、私の気持ちわかってもらえて。彼女の誕生日蹴《け》っとばして行くバイトって、どんだけすごい仕事なのよ、どんだけ時給高いのよって散々嚙《か》みついたけど、あいつは結局行っちゃったよ。鎌倉の花月香房に」

「そ、それで怒って雪弥さんと別れ……⁉」

「いいや、まだよ。『私だけは』なんて思ってる女だからね、ものすごく腹は立ったけどまだそんなことは考えてなかった。でもね、しばらくたってから、ユカリに言われたんだ。『岸田くんがバイトしてるお香《こう》屋さんには中学生くらいの女の子がいる。すごく仲良さそうにしてた。ふた股《また》かけてんじゃないの？』って。誕生日蹴っとばし事件のこと、私かなりユカリに愚痴《ぐち》ったから、それで岸田のバイト先を見に行ったらしいんだよね」

　だからユカリさんは、初対面にもかかわらず、わたしを知っていたのだ。

たぶんわたしは、顔から血の気が引いていたと思う。十和子さんは八重歯《やえば》を剝《む》いて、そうよ、というように笑みを深めた。

「そんなの聞いたら、黙《だま》ってられないよね。行ったよ、私。鎌倉まで」

「ちがっ、違いますよ⁉　ふた股とか、雪弥さん、ちが、そんなこと……！」

「わかってる。それはあとで岸田に散々追及したから。――ただとにかくあの日、自分でもわけがわかんないくらい頭ぐるぐるしながら、私は鎌倉に行ったの。そこで、あなたと岸田が一緒にいるのを見た」

ふっとわたしに届いた十和子さんの香り。怒りでもなく、かなしみでもない、激しい嵐がすぎさったあとの夜のように、ただただ、静かな。

「古くて大きい、いい雰囲気《ふんいき》のお店だね、あなたのおうち。あそこだけ時間がのんびり、ゆるやかに流れてるみたい。あの日、店の前で、あなたと岸田は猫と遊んでた。二人して和服なんか着て、牛みたいなブチの猫の頭とか背中をなでて笑ってた。私ね、あんなにゆるんだ岸田の顔、初めて見たよ。私はいつもさわったら弾《はじ》かれそうな顔してる岸田しか知らない。あんなのんきに笑って猫なでる岸田なんて、知らなかった」

そして十和子さんは、雪弥さんがお昼のために外へ出たあと、入れ違いに白い暖簾《のれん》をくぐったのだろうか。香りにまつわる品々を見るふりをしながら店の中を歩き、ほしくもない練り香水を持って、わたしの前に立ったのだろうか。

「その次の週、無理やり時間を作らせて、岸田の部屋に行った。岸田もあなたと同じこと言ったよ。あそこの家の人たちには本当にお世話になったから力になりたいんだってことも。だけど私にとって、あの日見たことは、ある意味ふた股よりもひどかった。だから訊《き》いたの、あなたのこと。あの子ってあんたの何なの、あの子のことどう思ってるの、って。

——聞きたい？　岸田がなんて答えたか」

そう訊《たず》ねた十和子さんは、決して友好的ではなかった。わたしを見据《みす》える目は射抜《いぬ》くような鋭《するど》さで、わたしは、時間が逆流して花月香房の勘定台《かんじょうだい》ごしに彼女ににらまれているような錯覚《さっかく》に襲《おそ》われた。

彼女は最初からそれをわたしに聞かせるつもりだったのだろうか。それとも、言葉は口にしなくとも誘惑《ゆうわく》にあらがいきれなかったわたしの心を見透《みす》かしたのだろうか。

「言葉につまることなんてないあいつが、かなり長く黙りこんで、やっとぽつんと言った。『しあわせになってほしいと思ってます』って」

もういい、と言いたかった。でも、喉《のど》が渇《かわ》いて、声が出ない。

「わけわかんないよ。訊く前よりずっとわかんなくなっちゃって、だから、私とどっちがいいの？　もし私と別れたらあの子と付き合うの？　って訊いた。そしたら、あいつ」

淡々《たんたん》としていた彼女の語尾《ごび》が急にかすれた。同時に彼女の香りも波立った。乱れかけた感情を立て直すように、彼女はゆっくりと息を吐《は》いた。

「なんか、ほんと初めて見るってくらい途方《とほう》にくれた顔をして、できない、って言うの。『自分なんかじゃ、ちゃんと大事にできないと思うから、できない』って」

何の音も、何の思考も、何の感覚もない空白に、一瞬《いっしゅん》、放りこまれた。

ゆっくりとあたりのざわめきが戻ってきても、膝《ひざ》の上に置いた手の感覚が戻ってきても、わたしがわたしという形をとり戻しても、身動きひとつできなかった。

何、それ。

「何それ」

わたしの心をなぞるように、十和子さんが言う。唇はほころんでいる。あらゆる感情に翻弄《ほんろう》されて、精も根《こん》も尽き果てた最後に、じわりと浮かぶようなほほえみ。

「それ聞いたらもう、無理だよね。だって、じゃあ何？　私は大事にできなくていいの？　あいつがそういうつもりで言ったんじゃないのはわかるけど、突きつめちゃえばそういうことだもん。だから、そこでおしまい」

恋にやぶれる、という表現が、ふいに頭に浮かんだ。もし本当に恋に勝ち負けがあるとしたら、この話をわたしに聞かせた彼女は、きっとこう言いたかったのだ。

――私は負けた。でも、負けたのは私だけじゃない。

「……でも、まだ雪弥さんのこと、好きなんですよね。だから、眼鏡を」

なぜ切りつけられると、切り返さずにはいられないのだろう。そんなことは言うまでもないし、言う必要もないのに、それがきっと彼女のふれられたくないことだからわたしは蒸《む》し返して、そうしたあとにひどく自分が嫌《いや》になった。そんなわたしに、十和子さんはそれまでの鋭さが嘘《うそ》のように、透きとおったほほえみを返した。

「うん。今だけじゃなくて、たぶん一生、忘れない。それくらい好きだった」

そして彼女の視線はなぜか、わたしをすり抜けた後方、ラウンジの入口のほうへ流れ、まるで誰かに合図するように小さく手を上げる。何だろうとふり返ったわたしは、最初、見間違えかと思った。

どうして――

「でも、もう彼女にはならなくていい。あいつは面倒くさすぎるし、あいつを自分のものにしようとする限り、私もちゃんとあいつを大事にできないから。サークルの先輩と後輩に戻って、それでいいよ。ありがとう。あなたが今日あれを持ってきてくれたから、そう決められた。――よっ、インターンはもう終わり?」

十和子さんが頬杖《ほおづえ》をついたまま、唇の端をあげて見上げると、

「今日は、早めに上がらせてもらいました」

とテーブルの横に立った雪弥さんは、少し息を切らしながら言った。

今日の雪弥さんは、青いストライプのワイシャツに紺《こん》色のネクタイを締《し》めていた。左腕にはスーツの上着もかけている。わたしはそういう恰好《かっこう》の雪弥さんを見たのが初めてで、たった今までかなり深刻《しんこく》な心境でいたというのに、くらっとしてしまった。

「ていうかどうしたの？　大学に何か用？」

「いえ、高橋《たかはし》に用があって電話したら、香乃さんが来ていると聞いたので……」

と言いながら雪弥さんはわたしに顔を向けて、眉間《みけん》にしわを刻んだ。

「香乃さん、もう六時すぎてますけど、三春《みはる》さんにはちゃんと帰りが遅くなるって連絡したんですか？」

「へ？　あ……」

「してないんですね。今すぐしなさい」

眉を吊《つ》り上げられて、わたしはあわてて制服のスカートから水色のスマホをとり出した。

すると二十分くらい前に祖母から『香乃ちゃん、今日は帰り遅いの？』というＬＡＮＤのメッセージが入っていた。ついでに雪弥さんからの着信も。十和子さんと話しこんでいて気づかなかったのだ。祖母に返信を打とうとすると「電話にしなさい」と雪弥さんが怖い声で言うので、わたしはその迫力におののきながらラウンジのすみへ移動し、祖母に今横浜の大学にいることを説明して、なるべく早く帰ると約束した。おずおずと窓際のテーブルに戻ると、座る暇《ひま》もなく雪弥さんのお説教が始まった。

「だめじゃないですか。無断で帰りが遅くなったりしたら、何かあったんじゃないかと三春さんが心配するでしょう。報告、連絡、相談は人間関係の基本ですよ。だいたい、大学に何の用だったんですか？　キャンパスツアーは終わりでしょう？」

「ゆ、雪弥さんには関係ないです。わたしにもいろいろあるんです」

「反抗期《はんこうき》ですか？　昨日からずいぶん突っかかりますね」

「突っかかってなんかないですっ。ただ雪弥さんが変なこと言うからっ」

「僕が何を言ったと」

「あーあーやめやめ！　もういいって、ごちそうさま」

十和子さんがうんざりした口調で言いながらパンパンと手を叩《たた》いて、わたしも雪弥さんも口を閉じた。ばつが悪くてどちらも、そろっと目をそらす。

「岸田、香乃ちゃん送ってってあげなよ。そろそろ駅行きのバスが来るでしょ。それ逃《のが》すと次は一時間後だから、急いだほうがいい」

「はい」

「あとさ」

「はい？」

「あんた、ほんとにスーツ着ると『そろそろ入社五年目、脂《あぶら》ものってきてこの前チーフに抜擢《ばってき》されました』みたいになるよね、ぶははっ」

もう我慢《がまん》できないやというように十和子さんが指さして大笑いし、雪弥さんはむっつりと黙りこむ。まだお腹《なか》を押さえて笑いながら十和子さんは立ち上がり、

「はいこれ」

と雪弥さんの胸にこぶしを突き出した。突然のパンチを食らった雪弥さんは少しよろけて、こぶしを開いた十和子さんからそれを受けとると、目を大きくする。

「これ……」

「ごめんね。でも私もわりと泣いたから、これでチャラってことで」

じゃ。十和子さんはヒールの音を鳴らしながら、颯爽《さっそう》とラウンジを出ていく。

レンズがひび割れた眼鏡を手にのせて、雪弥さんはきょとんと見送っていた。

＊

大丈夫です、ひとりで帰れます、といくら固辞《こじ》しても雪弥さんは聞く耳を持たず、大学の中央部にあるバス停までついてきた。そして、もう大丈夫です、ひとりで乗れます、といくらわたしが言っても雪弥さんはその場を動かず、

「今の香乃さんは信用がないので、だめです」

などと冷ややかな顔と冷ややかな声で言う始末だった。わたしは、たぶん初めて、雪弥さんを憎たらしいと思った。

「信用がないって、どっちがですか」

言ってしまった。脈が速くなったが、撤回《てっかい》はしなかった。雪弥さんが眉をひそめた。

「どういう意味ですか？」

「か……彼女の誕生日、ほっぽり出すって、ひどいですよ。だめじゃないですか」

いつもより早口でしゃべるわたしからは、じわじわと、嫌なにおいがする。

わたしは別に十和子さんのためにこう言っているのではない。非の打ちどころがない雪弥さんの、それが唯一《ゆいいつ》の攻めどころだから、突いているだけだ。実際には雪弥さんが十和

子さんの誕生日をちゃんと祝っていたら、もっと嫌な気分になるくせに。

「……大学まで何をしに来たのかと思ったら、そんな話を聞いていたんですか」

バス停が面する道路のほうを向いた雪弥さんは、表情がなかった。夕闇《ゆうやみ》の中、ただでさえ白くて体温の低そうな横顔が、そうして感情を隠してしまうと作り物めいて見えた。

「そういうの、やめてもらえませんか。自分の知らないところで個人的なことをさぐられるのは不愉快《ふゆかい》です。香乃さんには関係のないことでしょう」

自分だってその言葉を口にしたことはあるくせに、わたしは、一瞬《いっしゅん》声も出ないくらい傷ついた。関係ない、そのひと言に。

「……たまたま、聞いたんです。ほかの話を聞くうちに、それも聞くことになって」

「たまたま？　じゃあ本来の目的のほうは何だったんですか。三春さんに連絡も入れないで、こんな遅くまで」

「雪弥さんには関係ないです」

同じ言葉を返されて、今度は雪弥さんが口をつぐむ。のしかかるような沈黙《ちんもく》が重くて、足が地面にめりこみそうだった。――どうしてだろう。

雪弥さんを傷つけたいわけじゃない。怒らせたいわけでもない。こんな態度をとってもいろいろなものを悪化させるだけだとわかっているのに、どうしてわたしは、まるで駄々《だだ》をこねるみたいに、八つ当たりせずにはいられないのだろう。

「……アルバイト、用事がある時は、休んでいいんですよ。おばあちゃんだって、そう言ってたじゃないですか。だいたいうち、そんなに流行《はや》ってないし。土日はわたしもいるから、おばあちゃんがいなくても、お店番できるし」

「それだと香乃さんの休日がなくなるし、学業にも差し障《さわ》りが出る。そうならないように僕は雇われているんです。むしろ香乃さんこそ、これからは店に出なくてもいいですよ。もっと優先するべきことがあるでしょう。友達と遊ぶとか、勉強するとか」

「……わたしはやりたいからやってるだけです。口、出さないでください」

「だったら僕のすることにも口を出さないでください。僕だってじきに成人する者なりの分別《ふんべつ》がありますし、その分別で考えてよかれと思ったようにやっているんです」

「分別って、それで十和子さんすごくショック受け……」

　突然ぐいっと腕を引かれて、つんのめった。さっきまでわたしがいた場所を、ライトを灯《とも》した学生さんの自転車が勢いよく走り抜けていった。すぐそばにストライプのワイシャツを着た雪弥さんの胸がある。大きな手が強い力で腕をつかんでいる。

「ちゃんとまわりを見て。危ないでしょう」

　いろいろな感情がめちゃくちゃにぐるぐる吹き荒れて、最後に無性《むしょう》に泣きたくなって、わたしはつかまれた腕をぶんぶんふった。まるで幼稚園児《ようちえんじ》だ、馬鹿《ばか》みたいだ。雪弥さんの手がゆるんで離れる。青い夕闇の中では、もう、その表情はよく見えない。たとえ明るくても、滲《にじ》んだ涙で見えなかっただろうけれど。

まぶしくライトを光らせたバスが、道路の向こうから走りこんできた。そして少しだけ行きすぎて停車し、後ろ側のドアが開く。わたしは顔をふせたまま、頭を下げた。

「ありがとう、ございました」

雪弥さんの顔も見ずにバスに乗りこむ。窓際の席に座るとすぐにバスは走り出して、景色と一緒に後ろへ流れ去っていく細長い影が、目の端に映った。

まだ大きな手の感触がありありと残る、二の腕にふれる。息がとまった。まるで腕ではなく、心臓をつかまれたようだった。涙があふれて、わたしはうつむいた。

本当は、うすうす感じていた。雪弥さんの中のわたしは、初めて会った小学生の頃のままなのではないか、と。小学生ではないにしても、十和子さんのように女性として意識する存在とは、別の箱におかれているのではないか、と。

困っていると助けてくれる。落ちこんでいるとなぐさめてくれる。間違っていれば叱《しか》ってくれて、一緒にごはんを食べたり、猫をなでたりしながら、やさしく笑ってくれる。たとえば家族や、年下の友人、そういう相手に対するように。

だからきっとあなたは、簡単にわたしにふれてしまえる。わたしはあなたにふれたくてもふれられなくて、ふれてしまうと息もとまって、胸がいっぱいになって苦しくて、そのあとずっとあなたのことが頭から離れないのに。

わたしにとってのあなたは、お兄さんでも、友達でもなかった。わたしのおかしな体質を知ってもあなたがやさしくほほえんでくれた時から、あるいはもっと最初の、かなしい瞳《ひとみ》をしたあなたに出会った日から。

あなたはわたしの、恋しい、好きな人でした。

第4話 香り高き友情は

1

わが家の玄関のベルがピンポン、ピンポン、ピンポンとせっかちに三度続けて鳴らされたのは六月上旬の金曜日。それも夕飯の片づけもすっかりすんで祖母三春《みはる》は入浴中、わたしは二階の自室で英語の課題にとり組んでいた夜九時すぎだった。折りしもその夜は暴力的な風が吹き荒れて、恐竜の生き残りが仲間をさがして鳴いているかのような音を立てながら、古い家をがたがたとゆさぶっていた。

こんな時間の来訪者は覚えがない。しかもこんなに人の家のベルをピンポンピンポンと鳴らすのは、どうも温厚《おんこう》な人間ではないと思う。わたしはびくびくと階段を下り、玄関の電気を点《つ》け、サンダルを履《は》いておそるおそる引き戸を開けた。

その瞬間《しゅんかん》、体当たりするように吹きこむ強風。髪をまきあげられて思わずわたしは顔をそむけ、それから薄目《うすめ》を開けて、ぎょっとした。

ベルを鳴らした張本人は、粗暴《そぼう》な風にもびくともせず、勇《いさ》ましくそこに仁王立《におうだ》ちしていた。白いシャツに、チェックのプリーツスカート、紺《こん》色のベストの都立中学の制服。荷物は肩にかけた青い通学鞄《かばん》ひとつだけ。胸までの長さの髪が風にあおられて四方へなびき、わたしは一瞬《いっしゅん》、雄々《おお》しいライオンのたてがみを連想した。

「香凜《かりん》？　どうしたのっ？」

二つ年下の妹は、のしのしと無言で玄関に踏《ふ》みこんで、

「今日と明日、泊まるから」

ピシャッと引き戸を閉めながら宣言した。これもう決定事項、という調子だった。

「泊まるって、え、ま、ちょっと待って——香凜、どうしたの？」

「お姉ちゃん、それさっきと同じ台詞《せりふ》。だから、泊まりに来たの」

わたしが状況をのみこめずに口ごもっている間にも、香凜は風に乱された髪を手ぐしで整《ととの》えてさっさと廊下《ろうか》に上がる。わたしもあわててサンダルを脱いで追いすがった。

「か、香凜、ひさしぶりだね。えっと……制服ってことは学校の帰りにそのまま来た？」

「うん。お姉ちゃん、パジャマ貸してくれる？　あとシャンプーと洗顔フォーム」

「い、いいよ。いいんだけど……あのね、いきなり来るとびっくりするから、こういう時は先に連絡をくれるといいかなって」

「したよ、ＬＡＮＤで連絡。さっきピンポン押してる時に」

「……うん、そっか。でも、できたら鎌倉《かまくら》駅くらいでくれるとうれしかったな。それで、どうしていきなり……」

「あらま、香凜じゃないの」

廊下の向こうから、頭をタオルでつつんだお風呂《ふろ》上がりの祖母が歩いてきた。目をまんまるくして孫を見つめた祖母は、それから破顔《はがん》して腕《うで》を広げた。

「しばらく見ない間に、ずいぶんべっぴんさんになったこと。さあおいで」

「おばあちゃんは全然歳《とし》とらないね、ほんとに七十歳？」

香凜をぎゅっとハグした祖母は、それから体を離して首をかしげた。

「それでどうしたのよ？　こんな遅い時間にいきなり」

「うん、ちょっと。おばあちゃん、今日と明日泊まってもいい？」

「いいわよ、もちろん。でもあんた、お父さんとお母さんにはちゃんと言ってきたの？」

「あー……今から言う」

「次からは、ちゃんとお父さんとお母さんに断ってから来なさいな。心配しちゃうわよ。あとあんた、ごはんは食べたの？」

「あー……まだ」

ごはん、という言葉に誘《さそ》われたように、香凜のお腹《なか》がキュルっと鳴った。

「お姉ちゃん、卵と玉ねぎと鶏肉《とりにく》とごはんとケチャップある？」

「へ？　……うん、全部あるよ」

「オムライス、食べたい」

夜の九時もすぎてからそんなにがっつりした物を食べるとはなんという勇者なのか。そしてそのオムライスを作るのはわたしなのか。そもそもわが妹はわたしの質問にちゃんと答えていないのではないか。いろいろなことが頭の中をめぐり、最終的にわたしは、

「……………二十分くらい、待って」

「お姉ちゃん大好き」

やっと今日初めての笑顔を見せた香凛は、わたしにもきゅっとハグをした。

香凛がなにか大きな不安と決然たる覚悟《かくご》を持ってここに来たことを、その時に知った。


人が思い出すことができる幼児期《ようじき》の記憶は、だいたい三歳以降のものだという記事をネットで読んだ。それ以前には、自分がいつ、どこで、何をしていたかという記憶（エピソード記憶というらしい）をまだうまく保持できないのだという。

でもわたしは、とてもぼんやりとだけれど、母が香凛を身ごもった頃の記憶がある。母から母のものではない別の香りがして、何だろうとふしぎになって、母の大きくなったお腹をなでる。母が笑い、父がわたしを抱き上げて、何かを言う。そんな記憶だ。

それ以外の記憶はやはり定説どおりに残っておらず、気がつけばわたしのそばには妹が

いた。今からすると姉のわたしでさえ信じられない気持ちになるが、幼い頃の香凛はわたしよりも引っこみ思案の人見知りで、知らない人が怖いと泣き、工事している道路が怖いと泣き、わけもなく急に何かが怖いと泣き、あまりに泣くので幼稚園《ようちえん》ではいつも男の子にからかわれて、よく年長クラスまで脱走してきてはわたしにしがみついた。

そんな香凛が、わたしはかわいかった。わたし自身が気の弱い幼児だったけれど、香凛の壊《こわ》れてしまいそうな小さな手をつないでいる時は、わたしが守らなくちゃ、と勇気を出せた。母に言われたことがある。下の子が産まれると、上の子はやきもちを焼くことが多いのに、わたしはそれがほとんどなかったと。我慢《がまん》をしているのではないかと最初は心配したが、香凛をつれて歩くわたしを見ると、そうも思えなかったと。

わたしは香凛がかわいかった。香凛は妹であると同時に、仲間だと思っていた。

変なことを言ってはいけない。嘘《うそ》をついてはいけない。人からにおいなんてしない。

両親にそう言われ続けるわたしの同類であると、わたしは信じて疑わなかったのだ。

*

翌日、土曜日。強風が洗った空気は澄《す》んで、空は透《す》きとおった青ガラスのようだった。

そんな気持ちのよい朝に日課《にっか》のラジオ体操《たいそう》をしながらも、わたしは憂鬱《ゆううつ》で仕方なかった。

先週の土日、わたしは泊まりがけで材木座《ざいもくざ》にあるチヨちゃん（本名、松木八千代《まつきやちよ》）の家へ遊びに行った。土日の店番をしなかったのは、ここ三カ月くらいなかったことだ。

先週の土曜日というのは、つまり雪弥《ゆきや》さんが通う大学で雪弥さんの眼鏡と雪弥さんの元カノにまつわるあれこれをきっかけにわたしと雪弥さんが口論めいたものをした翌日で、気が弱い、腰抜け、意気地《いくじ》なし、と三拍子《さんびょうし》そろったわたしには、とても雪弥さんと顔を合わせることができなかった。眉《まゆ》でもひそめられようものなら、たぶん即死する。

「でも、喧嘩《けんか》の直後にいかにも見え透いた用を作って逃げるって、香乃《かの》ちゃん、それ一番だめなパターンだと思うな……」

松木家でチヨちゃんにこう指摘《してき》され激しく後悔《こうかい》したものの、それなら次の日曜日に朝早く帰って何食わぬ顔で雪弥さんに会う、などという芸当もわたしにできるはずはなく、結局わたしはチヨちゃんと江の島《えのしま》の水族館に出かけてしまった。

「え、雪弥くん？　全っ然問題なんてなかったわよ？　今日は結構お客さんが来てくれて私もお店には出てたんだけど、あの子ひとりで華麗《かれい》にさばいてたわ。ついでに昨日のお夕飯は二人だけだったから焼肉に行っちゃった、テヘ」

雪弥さんは正確、迅速《じんそく》、丁寧《ていねい》の三拍子がそろっているうえ、立ち居振る舞いも感じがよいので、店番はひとりでも十分に対応できる。――わたしがいなくても。

　香乃さんこそ、これからは店に出なくてもいいですよ――雪弥さんに言われた言葉がぐるぐる頭の中をめぐって、もう世界が終わっちゃえばいいのにな、とどんよりしながら朝ごはんのトーストを齧《かじ》っていると、わたしのパジャマを着た香凜が、よろよろと茶の間に入ってきた。

「お姉ちゃん、休みの日に朝からラジオ体操かけるのやめてよ……」

　目がしょぼしょぼした香凜がちゃぶ台に座った時、わたしは香りを感じた。くらっとするような薬品っぽいにおいと、柑橘《かんきつ》系の果物《くだもの》を思わせる香料。ふしぎな組み合わせだ。

「香凜、香水とかつけてるの？」

「香水？　え、つけてないけど」

　あどけない顔をして、香凜は自分の腕《うで》をクンクンとかぐ。長い黒髪がぼさぼさでも、香凜はかわいい。昨日ハグされた時に気づいたけれど、身長もわたしより高くなっていた。

　わたしと祖母の間では、朝ごはんは各自ですませる決まりになっているのだが「目玉焼きトースト食べたい」と香凜にせがまれて、パンにハムとチーズと目玉焼きをのせてさらに少しオーブンで焼いたものを作った。おいしいと笑う香凜をながめながら、東京の家ではいつも母に作ってもらっているんだろうな、とぼんやり思った。

「あら、おいしそうなもの食べてるわね。いいな～、おばあちゃんも食べたいな～」

開店の支度《したく》を整《ととの》えた祖母が茶の間へやって来たのは、八時すぎだった。今日は珍しく用事がないという祖母は、それでも若草《わかくさ》色の絽《ろ》ちりめんの単衣《ひとえ》できめて、髪には蝶《ちょう》のかんざしまで挿《さ》している。「朝ごはんは各自で」の決まりはどこに行ったの、と嘆《なげ》きながら、わたしは香凜に作ったのと同じトーストを祖母にも作るはめになった。

「ごちそうさま。あたしそのうち出かけるから、お昼はいいや」

お皿を台所の流しに置いた香凜が茶の間を出ていく時、素足《すあし》の白いくるぶしが妙《みょう》に目に焼きついて、そういえば、とわたしは思った。

香凜はどうして、突然鎌倉《かまくら》に来たのだろう。

昨日感じた香凜の香り。不安と、イラ立ちのようなじれったさのようなもの、そして何かを心に決めたような強い想《おも》い。

東京で何かあったのかな、と考えていると、祖母がひょいとのぞきこんできた。

「そういえば香乃ちゃん、今日はお店出るの？　お着物出しとく？」

不意打ちに動揺《どうよう》して「え、う」と意味不明な音ばかり発していると、祖母はトーストを置いて、ススとわたしのそばに寄り、にっこりと笑った。

「何があったかは知らないけど、先週距離を置いたのは、なかなかの高等テクニックだったと思うわよ。焦《じ》らしたりつれなくしたりは大事なスパイスだもの。いわばうなぎにかける山椒《さんしょう》？　でもまあ、今日あたりが仲直りするのにいい塩梅《あんばい》なんじゃないかしらね」

まっ赤になって絶句するわたしに「一応お着物出しとくわね」と祖母はウインクした。

2

母から電話があったのは、わたしがまだ店に出ようかどうか、ぐずぐずと自室で悩んでいた九時半頃だった。十時には雪弥《ゆきや》さんが来てしまう、とベッドのサイドテーブルに置いた目覚まし時計を見ていたところだったので、よく覚えている。

水色のスマホがベッドの上で着信を知らせて振動を始めた時、わたしはしばらく黙《だま》って見ていた。けれど、無視するわけにもいかない。息を吸って、スマホを耳に当てた。

「……はい、もしもし」

『あ——香乃《かの》？　ひさしぶりね』

母は明るく話そうと努《つと》めているようだったが、声には緊張《きんちょう》が滲《にじ》んでいた。母と最後に話したのは、五月の連休には帰省《きせい》するのかと電話がかかってきた時で約一カ月前だから、確かにひさしぶりだ。帰省は、中間試験が近いからと言ってしなかった。

「どうかした?」

『あの……ちょっと訊《き》きたいことがあって』

余計な前置きが多い話し方が、わたしと母は似ている。うん、とわたしはうながした。

『その、香凜《かりん》のことなんだけど。そっちに行ってるわよね。その……どんな様子?』

わたしは、スマホを耳に当てたまま眉《まゆ》をよせた。

「どんな様子、って? 別に普通だよ」

『あの子、昨日塾で大切な模試《もし》があったのに、それを無断で休んでそっちに行ったのよ』

「え……」

『今まで一度もそんなことはなかったんだけど……昨日も、こっちからいくら連絡しても返してくれないし、やっと電話があったと思ったら「土日は鎌倉《かまくら》に泊まる」ってそれしか言わないの。いったいどうしたのか訊いても、何でもない、お母さんには関係ないから、ってそればかりで――何が何だか、正直わからなくて』

わたしは、電話で誰かと話す時、いつも少し落ち着かない。香りで相手の気持ちや真意を感じることができないからだ。こういう時いつも、自分がうとましく思っているはずのこのおかしな体質に、普段どれほど頼って生きているのかわかってしまう。

それに、母が香凜について長々と話すのを聞いていると、どんどん自分の胸の中に黒い汚れがたまっていくようだった。自分から立ちのぼる、嫌《いや》なにおい。

「……そっちで、何かあったんじゃないの？」

『でも、今までそんな素振《そぶ》りはなかったのよ。本当に、昨日突然。家のほうでもこれといって思い当たることもないし……先月の連休の時は、友達だって泊まりに来たの。鎌倉に転校したお友達でね、楽しそうに遊んでた。だから、本当にわからなくて。受験も控《ひか》えて大事な時期だっていうのに、いったいどうしちゃったのか――』

「そんなの」

思わず声を尖《とが》らせると、母が口をつぐんだ。瞬間《しゅんかん》的なイラ立ちが、自己嫌悪に変わる。どうしてわたしは、いつも母と話す時、いい娘でいられないのだろう。

「……そんなの、わたしにはわからないよ。香凜に直接訊いて」

『でも何も教えてくれないし、あなたなら、その――何かわかるんじゃないかと思って』

何秒か、頭の中が白くなった。

言われた言葉の意味を理解した瞬間、しぼみかけた感情が数倍にふくれて、はじけた。

「さぐれっていうこと？」

『そんな言い方……』

「でもそういうことでしょ？」

この体質でわたしを嫌い、わたしを追い払ったくせに、今度は香凜のためにわたしを使うの。

唇《くちびる》を噛《か》みしめて、かろうじてそれだけは言わずにこらえた。耳もとに、細い母の声。

『香乃。ごめんなさい、あのね』

「……一応、どうしたのかは訊いてみる。約束はできないけど。——ごめん、今日はお店番するから、もう切ります」

母にそう言ってしまったので、わたしは店での恰好《かっこう》に着がえるために、一階の奥の和室に向かった。自分からする嫌なにおいが消えない。——こういうことがあるたびに、わたしは思い出してしまう。

わたしは、わたしを遠ざけた父と母を、今も恨《うら》んでいるのだ。

そして、何の欠陥《けっかん》も持たず、父と母から愛される妹を、妬《ねた》んでいるのだ。


香凜は昨日、亡くなった祖父の部屋に布団《ふとん》を敷《し》いて寝た。祖母が選んだ薄青《うすあお》の絽《ろ》ちりめんに着がえたあと、裏庭に面したその部屋へ行ってみると、わたしが貸した白いワンピース（これしかサイズが合わなかった）を着た香凜は、縁側に座ってスマホを操作《そうさ》していた。なにか鬼気《きき》迫るものがある、真剣な横顔だった。

「香凜。今お母さんから電話があったけど、昨日、模試サボったんだって？」

顔を上げた香凜は、母になのか、わたしになのか、かすかに不快《ふかい》そうな香りをさせた。

「サボったけど、それが何？」

「お母さんが心配してたよ。大事な時期なのにどうしたんだろうって」

「……うざいなー、何でもないって言ったのに」

これ以上その話はしたくないというように、香凜は立ち上がって廊下《ろうか》を歩き出した。この廊下をずっと進むと、玄関に行き当たる。わたしも少し遅れて香凜のあとに続いた。

何度か角を曲がった時、香凜は急に足をとめてふり返り、じっとわたしを見つめた。

「お姉ちゃんの、それってさ。あたしが今どういう気分かはわかっても、考えてる中身まではわかんないんだよね？」

わたしは小さく頷《うなず》いた。わたしが香りから感じとるのは、今その人がどんな気持ちでいるかということで、なぜそんな気持ちでいるかという、事情や理由まではわからない。

そっか、と香凜はほっとしたように呟《つぶや》いて、また歩き出した。つまり妹は、もしのぞかれたらまずいようなことを頭の中に抱えているということだ。でもそれが何なのか訊こうとすれば、また顔をしかめるだけで、答えようとはしないんだろう。

贅沢《ぜいたく》だ、香凜は。

気にかけられていることを「うざい」と言い、そそがれる愛情を、まるで鬱陶《うっとう》しい羽虫《はむし》のようにふり払う。そうできてしまうほど、きっと愛されることに慣《な》れている。

ちょうど玄関にさしかかった時、ピンポン、とベルが鳴った。曇《くも》りガラスの向こうに透《す》ける、細長いシルエット。そういえば、もう十時だ。

わたしは、ぎくしゃくとサンダルを履《は》いて、ゆっくりと引き戸を開けた。

眼鏡の奥で少し目をひらいた雪弥さんは、それからほほえんだ。

「おはようございます」

「……おはようございます。ご無沙汰《ぶさた》、してます」

七分袖《そで》の白い麻のシャツに黒のパンツを合わせた雪弥さんは「そうですね」とまた静かに笑いながら玄関に上がる。以前と変わらない、やわらかな物腰。でもどこか、一センチメートルくらい遠い感じがした。

廊下に上がると、腕をぎゅっとされた。警戒《けいかい》した猫みたいに、雪弥さんを凝視《ぎょうし》する香凜。

「お姉ちゃん、この人」

「アルバイトの、岸田《きしだ》雪弥さん。あの、こっちは、妹の香凜です」

「ああ、二つ下の……はじめまして、岸田です」

丁寧《ていねい》に名乗った雪弥さんに、ぎこちなく頭を下げた香凜は、ひそひそ声で叫《さけ》んだ。

「アルバイトって、気が利いて優秀な色白美人の女子大生じゃなかったの⁉」

「え……見てのとおり、雪弥さんは男子大学生だけど……」

「あー、おばあちゃん、嘘《うそ》ついたんだ」

ははん、という口調の香凜。わたしはまるで意味がわからない。靴《くつ》をきちんとそろえながら雪弥さんも「じょしだいせい……?」と初めて聞いた新語のように呟いていた。

「おばあちゃんが去年アルバイト雇うって言った時、お父さん、いい顔しなかったんだよね。でもおばあちゃんが『女子大生よ』って言うから、それならって納得してさ」

「……なんでおばあちゃん、そんな嘘ついたの?」

「だって若い男がここに出入りしたら、お父さん絶対怒るでしょ」

「怒る? 外聞《がいぶん》が悪いってこと?」

「や、外聞とかじゃなくて……お姉ちゃんのこと、心配でしょ」

心配?

「心配なんてしないよ」

自分でも驚《おどろ》くほど冷えびえとした声が出た。香凜が、とまどいがちに眉をよせた。

「なんで? するに決まってるじゃん。娘だもん」

「香凜のことは心配しても、わたしのことはしないよ」

ああ、だめだ。今は口を開いたら、嫌なことしか言えない。わかっているのに、本当のところではわたしは、言ってしまいたかった。そうたぶん、わたしはずっと、こういう時を待っていたのだ。心の底にひそむものを吐《は》き出す時を。

「なんでそんなこと……心配する、ていうかしてるよ、お父さんもお母さんもいっつも」

「してないよ。あの人たちが好きなのは香凜だけで、わたしのことは嫌いだから。——だからわたしだけ追い出して、鎌倉に行かせたんじゃないッ」

最後のほうで急に高く尖《とが》った自分の声に、耳の奥がキンとした。

吐き出したところで、少しも楽になんてならなかった。ただむなしさと、自己嫌悪《じこけんお》と、いわれのない暴力に体をすくませる香凜が残っただけで。

教えてほしい。同じ父と母から生まれたわたしと香凜を、いったい何が分けたのか。どうすればわたしはこの醜《みにく》い嫉妬《しっと》を消して、心から妹を愛することができるのか。

香凜が、瞳《ひとみ》をゆらしてわたしを見ている。香凜にしてみればこんなの、通り魔《ま》にあったようなものだ。今さら自分のしたことが怖くなって、何を言えばいいかもわからないまま唇を震わせた時、キシ、と板敷《いたじき》の床が軋《きし》んだ。

黙ってわたしを見る雪弥さんの眼鏡の奥の目はきれいで、なおさら追いつめられた気がした。正しい言葉で罰《ばっ》せられるのを息を殺して待っていると、のびた白い手が、ぽんぽん、とわたしの頭をやさしく叩《たた》いた。声を失くしていると、またもう一度、さらにもう一度。

突然目の奥が熱くなって、わたしはうつむいた。

誰も傷つけたくない。恨みたくない。妬みたくない。やさしくしたい。

なぜいつも本当はそう思っているのに、わたしはそれが、できないのだろう。

＊

顔を洗い、気持ちを落ち着かせてから店へ行くと、もう雪弥さんがお客様の応対をしていた。青鈍《あおにび》色の単衣《ひとえ》に紗《しゃ》の羽織《はおり》を重ねた雪弥さんは、品のよい老婦人の三人グループに、ときおり手ぶりを加えながら品物の説明をしていた。

「源氏《げんじ》物語に、衣《ころも》に香《こう》をたきしめる『薫物《たきもの》』が登場しますが、こちらの練香《ねりこう》がそれです。当店の練香は先代の店主が調合したもので、お茶席などで広くお使いいただいています」

香にまつわる小さなエピソードを織《お》りまぜた話に、ご婦人がたは「へー」「そうなの」と楽しそうに聞き入っている。わたしに気づいた雪弥さんが「香乃さん」と呼んだ。

「お客様が香をお試しになりたいそうなので、お願いします」

雪弥さんが、さっきのことには一ミリもふれない表情と声で言ったので、わたしも「はい」とさっきのことを引きずらずに返事ができた。花月香房《かげつこうぼう》のような店では、品物の質と同じくらい、雰囲気《ふんいき》も大切だ。店の奥の小上がりで、所作《しょさ》がなるべく上品に映るように心がけながら香炉《こうろ》を整《ととの》え、練香をくゆらせると、老婦人の三人はとても気に入ってくださって、香だけではなく香炉や灰の道具一式までお買い上げいただいた。

そのあともすぐに若い女性の団体、外国人の二人づれ、中年女性のグループ、とお客様が続いた。目の前のことだけに集中して動いていると、だんだんに平静さが戻ってきた。さっきの感情的な自分を思い返して、喉《のど》がつまったように苦しくなった。

あんなことを、香凜に言ってはいけなかった。そもそもわたしは、香凜に何があったのか、もしひとりで抱えているものがあるのならそれが何なのかを、訊くはずだったのに。

「こんちはー」

よく通る男の子の声と一緒に白木《しらき》の引き戸が開いたのは、昼前だった。考えこみながら陳列棚《ちんれつだな》にハタキをかけていたわたしは、ふり返ってうれしくなった。

「アサトくん」

「ひさしぶり」

きれいな歯を見せて笑ったアサトくんは、やっぱり今日も髪がツンツンだった。

小野《おの》アサトくんは、祖母の旧友のお孫さんで、香凜と同じ中学三年生だ。わたしと雪弥さんは、アサトくんのおばあさん、糸子《いとこ》さんが旦那《だんな》さんから贈られた手紙を、彼と一緒に探したことがある。一見ちょっと尖ってそうなアサトくんだが、実はとてもおばあさん思いの、やさしい男の子なのだ。

「今日はひとりで来たの？」

「うん。ばあちゃん、いま老人クラブのバス旅行に行ってるから。最近、香乃のばあちゃんのほかにも友達何人かできたみたいでさ」

わたしが最初に会った時、糸子さんは認知症の兆候《ちょうこう》らしき記憶障害《しょうがい》が見られたのだが、旦那さんの手紙が見つかって以来、驚《おどろ》くほど回復したのだそうだ。祖母とお茶をするためにアサトくんに付き添《そ》われてうちに遊びに来たことも何度かあり、その時の糸子さんの笑顔は、わたしでも感動してしまうほど若々しくて、かわいらしかった。

「糸子さん、元気そうでよかった」

「むしろ俺より元気じゃね？　ってくらい。……なんか家でも学校でも勉強、受験って言われて、やんなっちゃってさ。寺でも見たらやすらかになれっかなって思って来たんだけど、どこ行っても人多すぎで逆に疲れた。で、ここ来てみた」

「今はほうぼうの寺の紫陽花《あじさい》が見頃だからでしょうね。六月は、鎌倉の観光客が一年で二番目に多い月なんだそうですよ。ちなみに一番は、初詣《はつもうで》のある一月です」

勘定台《かんじょうだい》の内側にしゃがみこんで棚の整理をしていた雪弥さんが、にゅうっと姿を現すと「うおっ」とアサトくんは肩をはねさせた。

「おっさんいたのかよ！　びっくりすんじゃん、そんなニョキって出てきたら！」

「あいかわらず無礼《ぶれい》な中学生だ。人をタケノコのように言うのはやめなさい」

二人は顔を合わせるといつもこんなふうで、わたしは笑ってしまった。アサトくんは雪弥さんに対して少し威嚇《いかく》しつつもおもしろがっている感じ、雪弥さんもはっきりとして物怖《もの》《お》じしないアサトくんのことを口では「無礼」と言いつつ気に入っていると思う。

その時、わたしは家を出ていく香凜を見た。

アサトくんは引き戸を半分開けたままだったので、彼の肩ごしに、店の前にある車二台ほどの駐車スペースが見えた。ここからでは視界に入らないが、店の右手の裏には母屋《おもや》の玄関がある。そちらから歩いてきた白いワンピース姿の香凜が、コンクリート敷《じ》きの駐車スペースを横切っていった。荷物は、服装に少し合わない青の通学鞄《かばん》。

わたしはその瞬間、香凜は東京へ帰るつもりなのだと思いこんでしまった。わたしがひどいことを言ったために傷つき、腹を立てて、黙《だま》っていなくなる気なんだと。

「香凜！」

わたしの大声にアサトくんがびっくりした顔をし、香凜も驚いた顔でふり向いたが、わたしを見ると頬《ほお》をこわばらせて歩調を速めた。「香凛、待って！」とわたしも外に飛び出したが、着物と草履《ぞうり》なので早く動くことができない。わたしが追ってくるのに気づくと、香凛はほとんど駆け足になった。チーターみたいに足が速い。

「行きなさい、アサトくん」

「はっ？　えっ⁉」

まるで思いきり背中を押されたみたいに、アサトくんがつんのめりそうになりながら、わたしを追いこしていった。俊足《しゅんそく》のアサトくんは、あっという間に香凛の前にまわりこむと、ちんぷんかんぷんの顔のままとおせんぼする。あとから出てきた雪弥さんが、転びそうになっていたわたしの腕を引いた。

「ちょっ、あんた何⁉　そこどいてよ！」

「俺だって知らねーよ！　知らねーけど、香乃が待てって言ってんだから、とりあえずちょっと待てよ！」

「香乃っ？　なにあんた、誰のゆるしを得てお姉ちゃんのこと呼び捨てにしてるわけ！　まさか彼氏じゃないよね。あたし絶対認めないよ、あんたみたいなツンツン頭！」

「はあっ？　なんでおまえに認めてもらう必要があるんだよ……っていや彼氏じゃねーから！　てかお姉ちゃんって、え、おまえ香乃の妹なの？　似てねえな、心が」

「なにその発言、決闘《けっとう》申し込んでんの？」

「香凜、待って！　行かないで！」

出会ってわずか数秒でアサトくんとにらみ合っている香凜に、わたしは駆けよった。

「さっきはごめん。あんなこと香凜に言うの、間違ってた。本当にごめん」

「……別にあたしに謝る必要ないよ。お姉ちゃんがああ思ってるなら仕方ないじゃん」

香凜はアサトくんを押しのけて行こうとする。あわててわたしは袖《そで》をつかんだ。

「待って、もっとちゃんと話しよう。帰らないで」

「は？　帰んないよ。今日も泊まるって言ったじゃん」

眉《まゆ》をよせる香凜を、へ？　と間の抜けた顔で見返してしまったその時だった。

くぐもった高い電子音が鳴った。香凜の、青い通学鞄の中から。

香凜の反応はすごかった。食いつくように鞄を開け、赤いスマホをとり出し、そして液晶画面に表示されているであろう電話の主《ぬし》の名前を見て——香りを感じるまでもなくその落胆《らくたん》ぶりがわかるほど、表情を沈ませた。

わたしは液晶画面の名前が見えてしまった。『お父さん』という表示。今度は父が香凜に何を考えているのか問いただそうとしているのだろう。香凜は鬱陶《うっとう》しさを含んだ香りをさせながら、黙ってスマホを鞄にしまいこんだ。電子音はまだ続く。その甲高《かんだか》い音のくり返しの中、わたしは考えていた。もう少しで、何かがつながりそうで。

香凜は、誰からの電話だと思ったのだろう。あんなに激しい反応を示すほど、誰かからの連絡を待ち望んでいる香凜。昨日、突然に鎌倉へ来た香凜。東京で何かあったのかと訊ねても、何もないとくり返すばかりで、何かの不安と決意を隠しもっている。

香凜の鞄の中で電子音がとぎれた時、ひとつだけ、わたしの頭の中でつながった。

「香凜、東京で何かあったんじゃなくて、鎌倉に何かがあるからここに来たんじゃない？それって、今電話をかけてきたと思った人に関係あるの？」

香凜から漂《ただよ》う香りに動揺《どうよう》が混じった。けれどわたしの体質を知っている香凜は、驚きはしてもとり乱すことはなく、視線をきつくした。

「さぐるのやめてよ。お姉ちゃんには関係ないでしょ」

「関係ないかもしれないけど、それは香凜だけで解決できるの？」

動揺の香りが大きくなった。そんなつもりはなかったのだが、わたしは痛いところをついたようだった。自分で解決できるかどうかわからない、だから香凜は不安なのか。

「香凜、残念だけどわたしたち、まだお父さんやお母さんやおばあちゃんに保護《ほご》されてる子供なんだよ。勝手に試験をサボったり、家に帰らなかったり、そんなことといつまでもできないよ。月曜日からはまた学校で、もう明日には東京に帰らなきゃいけないでしょう？

自分だけで解決するのが難しいなら、話してみて。力になれるかもしれないから」

香凛は頑固《がんこ》に引き結んだ唇をほどかない。それでも胸の内では感情がゆれているのがわかる。迷っている。話そうか。話せない。話したい。でも。

「香凛」

睫毛《まつげ》をふせていた香凛が、緩慢《かんまん》に視線を上げた。目つきがどこか心もとなくて、泣き虫だった小さな頃の姿が重なって見えた。

「……大人には絶対に言わないって、約束してくれる？　お父さんにも、お母さんにも、おばあちゃんにも」

大人の力を借りずに自分に何かできるのかは、まったくわからなかった。でも、有か無か、生か死か、二つに一つしかゆるさないような目でわたしを見据《みす》える妹に、こう答える以外向き合う方法はなかった。

「約束する」

3

「あたし『抹茶《まっちゃ》白玉のクリームあんみつ黒蜜《くろみつ》スペシャル』」

「それは飯じゃねえだろ、デザートだろ」

「うっさいツンツン頭。ていうかなんでついてきてるのッ？　あんた関係ないよね！」

「あの状況で俺だけ残されたら、気になりすぎて受験も落ちるっつの！　てかなんで俺にばっかり文句言うんだよ。おっさんなんて関係ないうえに大人じゃん」

「アサトくん、こう見えても雪弥《ゆきや》さんは未成年だから、まだ大人じゃないんだよ。あと、二人とも、ほかのお客さんもいるからもう少し静かに……」

「マナーを守れない中学生には、出資しませんよ。——すみません、『新田義貞鎌倉《にったよしさだかまくら》攻めランチセット』を四つと、食後に『抹茶白玉のクリームあんみつ黒蜜スペシャル』を四つお願いします。それと、テイクアウトでわらび餅《もち》とみたらし団子《だんご》を、それぞれひとり分」

お昼の休憩《きゅうけい》に入ってから、わたしたちは花月香房《かげつこうぼう》から北西に十分ほど歩いたところにある、二階堂《にかいどう》の隠れ家めいた和カフェに足を運んだ。土曜日の昼どきでお客さんが多かったが、運よく店の奥にぽつんと離れたすみの席に案内してもらえて、ここならあまりまわりを気にせずに話ができそうだった。

「……それで、香凜《かりん》、何があったの？」

注文を確認した店員さんが離れてから、わたしはあらためて訊《たず》ねたものの、香凜はなかなか口を開かなかった。四人掛けのテーブルには、わたしと香凜、雪弥さんとアサトくんが並んで向かい合っている。アサトくんが、居心地悪そうに身じろいだ。

「やっぱ俺、いないほうがいいなら帰るけど……」

「……いいよもう。料理も頼んじゃったし」

意外と棘《とげ》のない声で答えた香凜は、それで踏《ふ》ん切りがついたのかもしれない。腹を決めるように一度深く息をついてから、話しはじめた。

「友達の、話なの」


その子は、堀沢真奈《ほりさわまな》というそうだ。

香凜と真奈は小学校からの友達だった。それも小学一年生から六年生までの間、ずっと同じクラスで、そんなちょっとした運命みたいなことも手伝って二人はとても仲がよかった。四年生から始まる放課後《ほうかご》のクラブはバドミントン部、委員会も同じ福祉《ふくし》委員会に入った。真奈の家には寝たきりの祖父がいて、真奈は介護《かいご》の手伝いもよくしていたそうだ。

「いいやつじゃん」

とおばあさんの糸子《いとこ》さんを大切にしているアサトくんが真顔で言った。

やがて二人は、同じ都立中学に進学した。六年間同じクラスだった小学校の時とは反対に、中学では結局一度も、二人は同じクラスになることはなかった。それでも休み時間にはしょっちゅう一緒に過ごしたし、放課後も二人であちこちに寄り道した。家でもLANDや電話でやり取りしたし、たとえ学校で過ごす教室が分かれてしまっても、二人の絆《きずな》に変化はなかった。

少なくとも、香凜が認識していた限り、中学二年の夏までは。

「なんか変だなって最初に思ったのは、中二の六月くらい。教室の前を通ったりすると、真奈がぽつんとひとりでいることが多くて、あれ？　って。でも、話を聞いてみても真奈は『大丈夫だから』って、それしか言わなくて――それで、夏休みが明けたらだんだん休むことが多くなって、冬休みの前にはもう、全然学校に来なくなっちゃった」

友人同士のトラブル、という言い方を真奈のクラスの担任はしたらしい。確かにきっかけは些細《ささい》なトラブルだった。祖父の介護を手伝っていた真奈は、友達からの連絡に返事が遅れがちであったり、友達同士の付き合いに参加できないことがあって、新しいクラスのグループにうまくなじめなかった。それが次第に悪化して、LANDのグループ内で毎日のように悪口を書きこまれたり、教室でも無視されるようになってしまった。

「結局、三年生の春に真奈は転校して――今、鎌倉にいるの。こっちにお母さんの実家があるんだって。真奈がかなりまいってるから、環境を変えたほうがいいだろうってことになって、お母さんと真奈だけこっちに移ったの」

そこで香凜は言葉を切り、疲れたように息を吐《は》いた。沈黙《ちんもく》の間にアサトくんは遠慮《えんりょ》がちに『新田義貞鎌倉攻めランチセット』のエビフライを齧《かじ》り、雪弥さんは音もなくお味噌汁《みそしる》を飲み、わたしはひじきの煮物に箸《はし》をつけた。香凜のお膳《ぜん》は少しも減っていない。わたしが付け合せのオレンジを香凜のお皿にそっと置くと、柑橘《かんきつ》類が好きな妹は弱く笑った。

「……五月の連休に、真奈がうちに遊びに来たの。泊まりにおいでよって、あたしが誘《さそ》って。ＬＡＮＤとかはやってたけど、やっぱり真奈に会いたかったから」

香凜から漂《ただよ》う香りが緊張《きんちょう》する。本題に入るのだとわかった。

「ひさしぶりに会えてあたしはすごくうれしかったけど、真奈はそうでもないみたいだった。うまく言えないんだけど、なんか疲れてるっていうか、テンション低くて。一緒にあちこち行って、ごはん食べたけど、ずっと真奈が無理して笑ってるみたいな気がしたから『何かあったの？』って、あたしのうちに帰ってから訊《き》いたんだ。真奈は『何でもない』ってずっと隠してたけど、何でもないはずないからしつこく訊いてるうちに、真奈が言ったの。『この頃バイトが続いてたから疲れただけだ』って」

「バイト？」

わたしは思わずくり返してしまった。向かいの席でアサトくんも眉《まゆ》をひそめた。

「中学生って、バイトできんの？　俺ネットでバイト探したことあるけど、どこのバイトも募集《ぼしゅう》してんのって高校生以上だよな」

「労働基準法では十五歳、正確に言えば十五歳になったその年度の三月三十一日をすぎた者でなければ、雇用《こよう》できない決まりになっているんです。新聞配達や芸能活動などの例外はありますが、基本的に中学生以下は就労《しゅうろう》できません」

雪弥さんの澱《よど》みない説明に「へー……」と中学生二人と高校生で感心する。そこで『抹茶白玉のクリームあんみつ黒蜜スペシャル』が運ばれてきて、食事が遅れていた香凜はあわててお膳を平《たい》らげた。

「真奈さんがしているという『バイト』がどんなものか、香凜さんは聞いたんですか？」

雪弥さんに問いかけられた香凜は、木の匙《さじ》を持ったまま、目をふせた。

「……真奈があたしのうちに泊まったその時は、聞かなかった。あたしも気になったから訊こうとはしたんだけど、真奈、ごまかして結局ちゃんと教えてくれなかったから」

「しかし、別の時にその内容を知った？」

香凜はためらう香りをさせて沈黙したが、やがて小さく頷《うなず》いた。

「真奈じゃなくて、中学の友達からなんだけど。えっと……二週間前、かな。休みの日に家族で横浜《よこはま》の中華街《ちゅうかがい》に行った時、真奈にすごくよく似た子を見たって言うの。――太ったおじさんと歩いてて、何となくだけど、あやしいっていうか、やばいことやってそうな雰囲気《ふんいき》だったって。つまりその……出会い系とかやってんじゃないの、って」

にわかに話がきな臭《くさ》くなってきて、わたしは息をつめた。友達からその話を聞いた香凜は、もちろんすぐに真奈に電話して確認したそうだ。

「真奈は最初、そんなの知らない、見間違えでしょ、って否定した。でも何か隠してる感じがしたし、前に言ってた『バイト』っていうのも気になったから、本当なの、嘘《うそ》はつかないでって何回も訊《き》いた。電話切られても十回くらいかけ直した」

「……おまえ根性あるな」

「それで、そのうち真奈が——別に変なバイトじゃない、って。ただお客さんとおしゃべりしたり、ごはん食べに行ったり、それだけの仕事で、やばくなんかないから、って」

それは本当に「やばくない」のだろうか。「お客さん」とはおそらく男性なのだろうし、そもそも就労できないはずの中学生がアルバイトをしている時点で、真奈の行為は法に触れていることになる。向かいの席を見ると、心なしか雪弥さんも視線を険《けわ》しくしていた。

「それは、真奈さんが単独でしている『バイト』なんですか？」

「……詳しいことは真奈も教えてくれなかった。でも、ほかにも真奈と一緒にその仕事をしてる子たちが何人かいるみたい。同じ中学の友達」

「真奈ちゃんって、どこの中学に転入したの？」

「萩ヶ谷学園《はぎがやつ》」

「え、お嬢《じょう》さま学校じゃん」

アサトくんが驚《おどろ》いたのも無理はない、わたしも同じ気持ちだった。

萩ヶ谷学園は、源氏山《げんじやま》のふもとにある中高一貫《いっかん》教育の私立女子校だ。規則が非常に厳格《げんかく》で、だから自然と生徒もまじめな優等生が集まっているという印象があり、そこにそんなきわどい『バイト』をしている子がいるとは、信じられない気がする。

「そんなバイト危ないからやめなよ、何かあったらどうするのって言ったんだけど、真奈は全然聞いてくれなくて……そのうち電話も出てくれなくなっちゃった。だから昨日、学校の帰りに鎌倉に来て、真奈の家に押しかけたんだけど」

「……おまえファイターだな」

「でも、だめだった。やっぱり真奈は話聞くの嫌《いや》がって、そのうちすごい怒って『香凜には関係ないじゃん、口出ししないで』って……」

言葉を切った香凜は虚脱《きょだつ》した香りを漂わせて、うつむいた。横顔を長い髪が隠して、表情が見えなくなる。

「……なんか俺、そういう話聞いたことあるかも」

大ぶりの抹茶白玉を黙《だま》って咀嚼《そしゃく》していたアサトくんが、お茶をひと口飲んでからぽつりと言った。わたしと、雪弥さんと、香凜がいっせいに注目する中、アサトくんはグリーンのスマホをとり出して、指先で何か操作《そうさ》をした。

「あー、いつだっけな……ちょっと今見つかんないんだけど、LANDでやり取りしてる別の中学の女子がいてさ。彼女じゃねーよ、言っとくけど」

「別に何も言ってないじゃありませんか」

「だって今なんか変な目で見ただろ、おっさん。ハンド部の遠征《えんせい》で結構ほかの学校に行ってるから、友達多いんだよ俺」

「友達が多いって、まぶしいな、アサトくん……」

「何なの香乃《かの》まで。とにかく、その女子から聞いたことあるんだ。中学生の女子限定で、すげー時給のいいバイトがあるらしいって。香凜の友達が」

「いきなり名前呼び捨て？　なれなれしいんですけど」

「うるせえなもう！　ちょっと俺に話させろよ！　――で、確かそのバイトの中身も、真奈って子が話した内容と同じようなやつだった。審査《しんさ》が厳しいんだけど、それ通ったら、LANDのコミュニティに入れてもらえてバイトできるようになる……とか何とか。俺の知り合いはやってないけど、誘われたことがあるって言ってた」

「きみの知り合いのその女の子は、萩ヶ谷学園の生徒ではないんですね」

「違う。明葉《めいよう》中学の子」

別の中学に通う子にも誘いがかかるほど、鎌倉の女子中学生の間でその『バイト』は広まっているというのだろうか。わたしは、すっと背すじが寒くなった。向かいの席の雪弥さんは何か考えこんでいるようで、眼鏡のブリッジに指先でふれていた。

「なんにせよ、真奈さんがそれ以上その『バイト』を続けることが危険であるのは間違いありません。バイトの条件のひとつが女子中学生であることなら、相手にする客は彼女たちのそういう要素に惹《ひ》かれて集まる男でしょう。いつかバイトの内容以上の被害に巻きこまれないとも限らない。

そしてもうひとつ心配なのが、真奈さんが私立校の生徒であること。香凛さんも、アサトくんも、中学は公立なんですね？」

香凛とアサトくんが同時にこくりと頷く。香凛は都立中学に通っているし、アサトくんは御成町《おなりまち》の公立中学に通っているそうだ。

「中学生は義務教育を受ける身で、学校から排除《はいじょ》することは教育を受ける権利の不当な剝《はく》奪《だつ》になるので、公立中学では退学や停学の罰則《ばっそく》はありません。しかし、私立中学は違う。私立校は独自の学則で運営されていて、場合によっては停学や退学の懲戒《ちょうかい》処分をくだすことも認められているんです。ましてや真奈さんが通う萩ヶ谷学園は厳しい学則で有名ですし、非合法なアルバイトをしたうえ、その内容が今聞いたようなものだと学校側に知れたら、おそらく真奈さんは重い処分を受けなくてはいけない」

雪弥さんが言葉を切った時には、香凜は蒼白《そうはく》になっていた。真奈の身を案じてはいても事がそこまで深刻だとは思い至らなかったのだろう。わたしだって、雪弥さんの話を聞いて血の気が引く思いだった。とっさにテーブルの上で握《にぎ》りしめられている香凜の手に、わたしは自分の手を重ねた。痛々しいほどこわばり、冷えた手。

「……やめさせなきゃ、絶対」

「大丈夫。今雪弥さんが言ったこと、きちんと真奈ちゃんに説明すれば、真奈ちゃんもこれは危ないことだってわかってくれるよ」

「でも真奈、聞いてくれるのかな。昨日話した時も、ずっとそっぽ向いてて、あたしのことなんか見たくもないって感じで、もう何言っても聞いてくれないかも……」

「なんでそこで怖気《おじけ》づくんだよ」

うつむいていた顔を上げた香凜に、アサトくんは意志の強そうな眉《まゆ》を吊《つ》り上げた。

「おまえは友達助けるために鎌倉まで乗りこんできたんだろ。なら最後まで根性出せよ」

きゅっと香凜の唇《くちびる》が引き結ばれ、赤くうるんでいた目に闘志《とうし》が戻った。香凜は湯呑《ゆの》みをとって冷めてしまったお茶をいっきにあおると、

「おまえ呼ばわりしないでよ、ツンツン頭」

とアサトくんにやり返し、もう一回真奈に会いに行く、と強い声で言った。

＊

「行くってこれからかよ⁉　行動力ありすぎだろ！」

とアサトくんがぎょっとしたのも無理からぬことだった。なんと香凜は、和カフェを出たその足で真奈の家へ突撃《とつげき》、いや直行すると言い出した。

「待って香凜、あの、一度真奈ちゃんに連絡してからのほうがいいんじゃないかなっ？」

「連絡したら真奈、絶対逃げちゃうもん。これから行ってくる」

「僕はいいと思いますね。昨日の夜に突撃してきた人間が、今日も襲ってくるとは相手も考えていないでしょう。奇襲《きしゅう》は心理的効果をあげるには良い策《さく》です」

わたしとアサトくんが常識的な意見を主張し、香凜側には雪弥さんが加勢したが、どう見ても相手のほうがいろいろな意味で強い。祖母くらいしか勝てそうにない。

結果から言えば香凜は真奈の自宅を奇襲、いや電撃訪問《でんげきほうもん》することになり、それにわたしが付き添《そ》うことになった。「香凜さんだけではまた同じ結果に終わるかもしれないので、香乃さんが年長者の威厳《いげん》をもって真奈さんを諭《さと》してみては？」と雪弥さんが言ったからだ。中学生に間違われることしばしばのわたしに年長者の威厳が発揮《はっき》できるのかは甚《はなは》だ疑問だが、香凛もそうしてほしいと言うので、ついていくことにした。

真奈の自宅は常盤《ときわ》にあるらしい。一度鎌倉駅へ行ってから京急《けいきゅう》バスに乗り、目的地をめざした。偶然《ぐうぜん》にもわたしと香凛が乗ったバスには、萩ヶ谷学園の女子生徒が乗っていた。紺《こん》色の襟《えり》に白のラインが入ったセーラー服に、中等部では水色のリボン、高等部では青色のリボンをつけるのだが、テニスラケットを抱えたその二人組は中等部生だった。そういえばこのバスの終点は、萩ヶ谷学園から最寄《もよ》りのバス停でもあるのだ。真奈も通学にはこの路線のバスを使っているのかもしれないな、と彼女たちを見ていると目が合ってしまい「コスプレ？」「お見合い？」とささやき合う声が聞こえた。コスプレでもお見合いでもありません、と和装のまま来てしまったわたしが涙目《なみだめ》でうつむいていると、

「ごめんね、お姉ちゃん」

となりに座った香凛が、ぽつりと言った。木の枝から、しずくがひとつ落ちるように。

「謝ることないよ。役に立つかわからないけど、わたしも真奈ちゃんのこと気になるし」

「それだけじゃなくて、お父さんとお母さんのこととか、お姉ちゃんだけ鎌倉に行かされたこととか、いろいろ」

小石を呑《の》みこんだみたいに、胸が痛くなった。

時間が巻き戻ってほしい。玄関で言い合ったあの時に戻ることができたら、香凜にあんな八つ当たりでしかないひどいことは、もう絶対に言わないのに。

「でもさ、お父さんとお母さんがお姉ちゃんのこと心配してるのは、ほんとだよ。鎌倉の天気とか、地震とか、台風とか、すごい気にするし。わかってあげて……ってなんか違うな……わかってあげなくてもいいから、そうなんだ、くらいには思ってあげてよ」

胸はつまったけれど、まだわたしは、香凜の言葉をすんなりと受け入れられなかった。受け入れられないまま、うん、と小さな声で呟いた。


堀沢《ほりさわ》真奈は、くっきりと大きく聡明《そうめい》そうな目をした、きれいな子だった。

「……まだ東京に帰ってなかったの」

真奈の母親の実家は、小さいけれど手入れの行き届いた庭のある一軒家《いっけんや》だった。ピンポン、ピンポン、ピンポンと香凜が玄関のベルを三度押すと（この癖《くせ》は早々にやめさせなければいけない）ドアを開けたのは真奈本人で、香凜を見るなり低い声でそう言った。

「何その言い方。普通は会ったら『こんにちは』だよね」

「連絡もしないでいきなり人んちに来る人に言われたくない。あと、何回も言ってるけどあんたのベルの押し方うるさいよ。やめてよね」

「あれは、あたしが来たことがすぐ真奈にわかるようにっていう気遣《きづか》いだよ」

「え、そういうつもりでやってたの……?」

「馬鹿《ばか》みたい、うるさいだけだし。――ていうかその着物の人、だれ?」

香凜の一歩後ろにいたわたしを見て、真奈が眉をよせた。身長は香凜よりもやや低く、わたしと同じくらい。首がほっそりと長くて、ショートカットがよく似合っている。わたしは顔についた例の困った機能の発動を感じながら、あわてておじぎをした。

「さ、咲楽《さくら》香乃と申します。いつも妹がお世話になっています――あのこれ、よかったらみなさんで召《め》し上がってください」

雪弥さんが気を利かせて持たせてくれた、先ほどの和カフェのわらび餅をさし出すと、真奈は「ありがとう、ございます……」と困惑《こんわく》ぎみに受けとった。それから、はっとしたように、きつい目つきになって香凜をにらんだ。

「……もしかして話したの?」

「話したよ、悪いけど」

「なんで余計なことするの! あんたには関係ないって言ったじゃん!」

「なんでって真奈のこと心配だからだよ! ずっと頭のなか真奈のことでいっぱいで、でも全然あたしの話聞いてくれないし、どうしたらいいかわかんなかったからだよ！」

　香凜の真正直な言葉は、真奈に刺《さ》さったようだった。表情の変化はそれほどではなかったが、尖《とが》っていた彼女の香りからまるで波が引くようにイラ立ちが消え、かわりに胸がつまるような感情が香った。

「……わかったから、とりあえず上がって」

　真奈はわたしと香凜を二階の自室に通してくれた。リビングでは彼女の母方のおばあさんがテレビを見ていて、挨拶《あいさつ》をしたわたしと香凜に、おっとりと笑顔を返してくれた。母親は今日も仕事なのだという。

　真奈の部屋はきちんと片づいていた。机《つくえ》がわりに使っているらしい四角形の座卓《ざたく》が部屋の中央にあり、そこにノートと教科書が開いたままだった。勉強中だったようだ。

　テーブルに積《つ》まれた厚いテキストの背表紙を見て、あれ、とわたしは思った。『高校入試のための英語』。版は違うが、わたしが高校受験の勉強に使っていたのと同じテキストだった。でも、真奈が在籍《ざいせき》する萩ヶ谷学園は中高一貫教育で、受験はないはずだ。

「お茶でいい？」

　テーブルの上の勉強道具を手早く片づけた真奈は、階下に下りていき、まるいお盆《ぼん》を持って戻ってきた。座卓についたわたしと香凜の前に、冷たい緑色のお茶をいれたグラスを置いてくれる。真奈の手が目の前に来た時、わたしは、ふっと香りを感じた。

頭がくらっとする薬品のにおい。それと、オレンジなどの柑橘《かんきつ》類を思わせる香料。

わたしが今朝《けさ》香凛から感じたのと、同じ香りだった。

それは真奈の手——もっと詳しく言えば、爪《つめ》がきれいに光を浮かべる彼女の指先から、香ってくるようだった。指先から香り？　いったい何なのだろう？

「わざわざ来てくれたのはありがと。でもそれ飲んだら、もう帰って、香凛」

テーブルをはさんで香凛の対面に座った真奈は、先手を打って言った。わたしはまるで審判《しんぱん》みたいに香凛と真奈の間に座り、にらみ合う両者をはらはらと見守るしかない。

「じゃあこれ、永遠に飲まない。絶対飲まないからずっと帰らないよ、あたし」

「幼稚園児《ようちえんじ》かあんたは……」

「あの『バイト』、すぐにやめてよ真奈。バレたら学校退学になるかもしれない」

退学、という言葉が出た瞬間《しゅんかん》、真奈の香りに動揺《どうよう》が走った。わたしは注意深く彼女を見つめた。真奈は香凛を見据《みす》えたまま視線を落とさず、香りのゆれもすぐに抑《おさ》えこんだ。

たぶん彼女は、プライドの高い、理性的なしっかり者だ。でもそれだと、なおさらわからない。どうしてそんな危《あや》うい『バイト』にこだわるのか。

「昨日も言ったけどさ、香凛。私が何しようが私の勝手でしょ、もう口出さないで」

「真奈、今あたしが言ったことちゃんと聞いた？　あのね、中学生はバイトできないって法律で決まってるし、そんな変なことやってるって学校にバレたら」

「退学になるかもしれないんでしょ。でも、もしそうなっても、香凜に迷惑かかる？」

落ち着き払った真奈の問いに、香凜のほうがひるんだ。強い決意に満ちていた香りが、弱々しくなる。

「迷惑、って……そういうことじゃなくて。あたしが迷惑とかじゃなくてさ……！」

「心配してくれるのはうれしいよ。ありがと。でも香凜、もういいからさ。私たち、もう学校も違うし、住んでるとこだって東京と鎌倉だし、そういうの、もういいから」

まるで、もう自分たちは友達ではないとでもいうような物言いに、香凜は言葉を失くした。生命力にあふれた花が、急速にしぼんでいくのを見るようだった。

けれど、わたしが感じる真奈の香りは、彼女の言葉とは違うものだった。

口で言うほど、真奈は香凜を拒《こば》んでいなかった。香凜に対する思慕《しぼ》のようなものを感じた。それをなぜ、突き放すような言い方をするのだろう。

「真奈ちゃん。どうしてそんなに『バイト』がしたいの？　お金がほしいの？」

虚《きょ》をつかれたように、真奈がわたしをふり向いた。わたしは呼吸を深く整《ととの》え、全神経を彼女の香りにかたむける。今までこんなふうに、故意《こい》に誰かの心をさぐろうとしたことはない。それはしてはいけないのだと思っていた。

でも今は、彼女の本当の気持ちを知らなければ、説得の仕方もわからない。

「……そう、ですね。簡単なのにすごい時給いいし。香凜からどう聞いたか知りませんけど、お姉さんとか香凜が思うほど、やばい仕事じゃないんです。友達も一緒で楽しいし」

嘘だらけだ。

おそらく彼女はお金にそれほど興味はないし、自分がしている仕事が危険をともなうものだと本当はわかっていて、心の底では恐れている。そして——その香りを感じるわたしまで鈍《にぶ》い頭痛がしてくるほど、疲れていた。楽しいなんて、かけらも思えないほどに。

ひとつだけ、はっきりした。真奈も本当は『バイト』などしたくはないのだ。

では、どうしてやめないのだろう。なぜ香凜の言葉に耳を貸さないのだろう。彼女を縛《しば》りつけているものは何なのか。それを引き出すための言葉を慎重《しんちょう》に考えていた、その時。

「——じゃあ、すぐに『バイト』やめなきゃ、お母さんとか学校に話すって言ったら？」

香凜の声は聞いたこともないほど低く、ぎりぎりまでこわばっていた。

真奈が目をみひらき、わたしも青ざめる思いだった。だめだ、そんな追いつめるような方法は、頭がよくプライドの高いこの子には逆効果だ。

「……何それ。脅《おど》すわけ？」

「いいよ、そう思っても。バレるのが嫌だったらやめて。やめなきゃ、あたし話すよ」

「香凜、待って落ち着いて……！」

今の香凜は攻撃を受けた動物のようだった。突き放された傷口が痛くて、かなしくて、真奈が心配で大好きで同時に憎い。助けたいという気持ちは凶暴《きょうぼう》に尖っていく。

「真奈、まじめだから、お母さんに迷惑かけたりするの大嫌いだよね。真奈がしてることお母さんが知ったら、すごくショックだと思うよ。それでもいいの」

「……めてよ……」

「お金がほしいんだったら、もっと別のやり方があるじゃん。それじゃなくてもいいじゃん。何か困ってるの？　だったら言ってよ。いっぱいは無理だけど少しならあたし……」

「やめてよッ！　うざいんだよ、今さら！」

激しい声にうたれて空気が凍りつき、一瞬《いっしゅん》、完璧《かんぺき》な静寂《せいじゃく》が降りた。

――今さら？

「助けてくれなかったくせに」

声を震わせながら、真奈は激情に駆られた目で香凜をにらむ。にらみつけられた香凜は金縛《かなしば》りにあったように、ぼうぜんと真奈を見つめ返す。

「知ってたよね香凜、私がクラスでハブられてたの。ほかにもいろいろ言われたり、されたりしてたの。でも助けてくれなかったじゃん」

「ちが……あたし、クラス違うし、それに真奈、いつも『大丈夫』って……」

「ああそう。そうだよね。あんたはクラスが違うから何もできないし、私が『大丈夫』ってずっと言ってたから、それ信じてたんだよね」

真奈が壊《こわ》れそうに笑う。激しい眩暈《めまい》に襲《おそ》われて、わたしは口もとを押さえた。あまりに強い怒りとかなしみの香りに頭がガンガンする。真奈の心が破けてしまう。

「じゃあもういいよ。あんたは自分のことだけやってればいい。受験でしょ？　私と違って勉強しなきゃいけないでしょ？　学校とか住んでるとこが離れたらさ、友達だってもう終わりだよ。私ももう別の友達いるし——だから、もういいからほっといてよ！」

真奈が急に声を高ぶらせて叫《さけ》んだあと、耳の奥に小さく高い金属音がした。香凜は人形になったみたいに動かない。わたしは額《ひたい》を押さえた。頭が痛い、ずきずきする。感情を必死に抑えこむように真奈は震える息を吐《は》いて、絞《しぼ》り出した声で言った。

「帰って。——もう、来ないで」

それから何秒か、あるいは何分か、誰も何も話さず、身動きもしなかった。

わたしは立ち上がって、香凜の肩をゆすった。反応がないので、手をつないで立ち上がらせた。おじゃましました、と真奈に言ったけれど、彼女はうつむいたまま答えなかった。

階段を下りていくと、大きな声にびっくりしたのか、心配そうにおばあさんが立っていた。わたしは頭を下げて、玄関から外へ出た。

「……ってたの……」

バス停へ向かって歩いていると、香凜がかぼそい声をこぼして急に立ちどまった。そのまま、崩《くず》れ落ちるようにしゃがみこんでしまう。肩が震え、アスファルトに雨が降る。

「香凜」

「知ってた……真奈が、いじめにあってるの、あたし、わかってた……」

それ以上言わなくていいと肩をつかんでも、香凜はやめない。ストレスを受けた馬が自分の体を噛《か》むみたいに、言葉で自分を傷つけ貶《おとし》めようとする。

「わかってたのに、何もしなかった……」

「クラスが違ったから、手出しできなかったんでしょ。仕方ないよ」

香凜は激しく頭をふった。長い髪が鞭《むち》のように左右にゆれ、香凜の肩を打つ。

「真奈がひとりでいて、変だなって思った時に、どうしたのって訊けばよかったのに。『大丈夫』って言われても、無理やり聞き出せばよかったのに。クラスが違ったって、本気になれば何でもできたよ。真奈のことハブにして、悪口言って、学校に来れなくなるくらい嫌《いや》な思いさせたやつらのこと、本当はぶん殴って『やめろ』って言いたかった」

でも、しなかったの――涙《なみだ》にかすれる、震える声。

「こわ――怖くて……真奈のこといじめてたやつら、あたしのクラスにも友達多くて、手を出したら、今度あたしがやられるんじゃないかって、怖くて、だから――」

わたしは地面に膝《ひざ》をつき、香凜の頭を抱きよせた。懺悔《ざんげ》のように身を折って泣き続ける香凜は、幼児《ようじ》のようにしゃくりあげて熱くて湿った息を吐き出す。

わたしが鎌倉の祖父母のもとへ行くことになり、東京の家を発《た》つその日にも、わたしはこんなふうに泣きじゃくる香凜を抱きしめた。わたしが見た香凜の泣き顔は、今日まではあれが最後だった。それからの香凜は、会うたびにはっきりと自分の意見を言い、堂々と人と対峙《たいじ》し、まるで戦士のように強く変わっていったから。

でも今の香凜は小さくてもろい幼稚園児《ようちえんじ》に戻ってしまったみたいで、わたしは胸の痛みをこらえながら、なぐさめの言葉をくり返すしかなかった。

花月香房《かげつこうぼう》に帰ると、香凜は部屋に閉じこもってしまった。

「僕は今日は結構ですから、香凜さんのことを見てあげてください」

いつもなら雪弥さんには夕飯を食べて帰ってもらっているのだが、雪弥さんは香凜を心配して遠慮《えんりょ》した。また明日、と挨拶してバス停へ向かう雪弥さんに、わたしもついていった。真奈の話がしたかったのだ。

　真奈は『バイト』の危うさをわかっている。疲れを感じてもいる。けれどやめる意思はなく、それはお金がほしいからではない。真奈がいじめにあっていた時、香凛が助けてくれなかったと感情をぶつけたことは、簡単にだけ話した。バス停に立った雪弥さんは眼鏡のブリッジにふれながら考えていたが、小さく嘆息《たんそく》した。

「どうもわかりませんね。てっきり危険性もよくわかっていないまま、小遣《こづか》い稼《かせ》ぎのような軽い気持ちでやっているのかと思ったんですが」

「そういう感じの子じゃ、なかったです。感情的にならないように物事を考えてて、しっかり者で、でも――今は不安でいっぱいで、すごく苦しそうだった」

　道路の向こうから鎌倉駅東口行きのバスが走ってくるのが見えた。じゃあこれで、と離れようとした時「香乃さん」と雪弥さんに呼びとめられた。

「ひとりで動こうとしないでくださいね。何かあったら、僕に連絡してください」

　わたしは「きょとん」もしくは「ぽかん」とした顔で雪弥さんを見ていたと思う。

「ひとりで、って、それは、どういう……」

「そういうことを考えてないならいいんです。今なんとなく、そう思っただけなので。とにかく、何かあったらすぐに連絡してください」

雪弥さんは、なぜこう言ったのだろう。何かを予感していたのだろうか。

この雪弥さんの言葉にあとでわたしは助けられるのだけれど、この時はまだそれを知らず、とまどいながら頷いただけだった。

4

香凜《かりん》は月曜日になっても東京に帰ろうとしなかった。

休みの間なら歓迎《かんげい》していた祖母も、平日に学校を休んでまで居残ると言われては態度をあらためた。祖母は基本的に気のいい人だが、理屈《りくつ》の通らないことには非常にシビアになる。そこは孫でも容赦《ようしゃ》しないので、香凜への追及は、見ているわたしでも胃が痛かった。

「お話にならないわね。友達が大変っていうのはわかったけど、何がどう大変なの。どうしてそれがあんたが学校を休んでもいい理由になるの。そこのところをちゃんと説明してくれなくちゃ伝わらないし、伝えもしないまま自分の要求だけ押し通そうなんて、香凜、おばあちゃんも世の中もそんなに甘くはないわよ」

ちゃぶ台の前に正座した香凜は、うつむいて唇《くちびる》を噛《か》む。それでも、しばらく沈黙《ちんもく》したあと真《ま》っ向《こう》から祖母を見据《みす》えて、

「友達のことは、これ以上言えない。これ以上、その子のこと裏切れないから」

と決してあとには引かない口調で言った。

「でも、まだ帰れないの。その子のそば、離れたらだめなの」

「残ってあんたにできることがあるわけ？　その友達が気になるのはわかるけれど……」

「違う。帰ったらきっとあたし、平気になっちゃうから」

祖母が眉《まゆ》をよせた。香凜は喉《のど》から絞《しぼ》り出すように、続ける。

「その子がつらい目にあってるって知ってたのに、あたし、その子が『大丈夫』って言うのを信じるふりして自分のことごまかしてた。その子が学校に来なくなった時も、あたしのせいだって罪悪感《ざいあくかん》すごかったのに、その子が転校して少したったら、もう楽になってた。あたし、そういうやつなんだよ。本当は何も解決してないのに、とりあえず目の前からなくなったら、平気になっちゃう」

だから、と香凜の声が震え、涙《なみだ》が頬《ほお》を伝った。

「帰りたくない。帰ったらあたし、また今の気持ち忘れて、だんだん平気になって、そうしたらもうたぶん、その子とそれきりになっちゃうから。そうなりたくないから」

それからどれくらいがたっただろう。黙《だま》って香凜を見ていた祖母が、口を開いた。

「わかった。もう少しならここにいていいわ。ただし一週間だけ。来週からはまたちゃんと学校に行きなさい。それまでにどうにかならなきゃ、それはあんたには無理なこと。そう割りきって今のあんたの仕事に戻りなさい。約束できる？」

急いで頷《うなず》いた香凜に、祖母はすぐに両親へ連絡を入れさせた。父がかなり反対したようだったが、説得に苦戦する香凜のスマホを、祖母が横からひょいととり上げて、

「もしもし怜二《れいじ》？　三春《みはる》です。けちけちしないでよ、長い人生のうちのたかだか一週間くらい。あんただって、銀《ぎん》ちゃんと喧嘩《けんか》しちゃ家出するわ、勉強する意味がわからないって言っちゃ学校サボるわ……やだ脅《おど》してないわよ？　ただあんたにも生きてくことに真剣《しんけん》に悩んだ時期があったでしょ、って言いたいだけ。そ？　わかってくれてうれしいわ」

とゴリ押しで納得させた。香凜は祖母に抱きついて感謝を表現した。

鎌倉《かまくら》に残った香凜は、勉強と家事をしながら、その合間に何度も真奈《まな》に連絡していた。たぶん真奈の家へ行ったのだろう、高校の帰りに香凜と駅で行き会ったこともある。何を考えているのか、ひどくはりつめた顔で膝《ひざ》を抱える香凜の姿を目にしたこともあった。

どうすればいいのだろう。何かわたしにできることはないのだろうか。

そう思いながらも結局何も動かないままに時間ばかりがすぎて、また金曜日が来た。わたしにとっては数日間にも思えるほどの出来事があった、あの金曜日。

わたしが真奈と会い、行動をともにすることになったのは、本当に偶然《ぐうぜん》だったのだ。

*

体の不調は、実を言うと前から感じていた。真奈の家へ行った日に頭痛と一緒に微熱《びねつ》が出て、買い置きの風邪薬《かぜぐすり》を飲んだらいったん回復したが、どことなく体のだるさは残っており、水曜日の夜からまた微熱が出た。でも大したことはないので様子を見ていたら、金曜日の登校中に江ノ電《えのでん》で急に気持ち悪くなってしまい、学校でチヨちゃんがわたしを見るなり「香乃《かの》ちゃん顔が悪い、じゃなくて顔色が悪いよ！」とわたしよりもあわてて言うので保健室に行くと、熱がかなり上がっていて早退することになった。

家へ帰ったら薬を飲んで寝ているつもりだったのだが、祖母は「病院に行きなさい！」香凜は「あたしついてくよ⁉」と騒ぐので、とりあえずお昼ごはんを食べて少し休んでから、鎌倉駅の近くにあるかかりつけの内科クリニックに行った。

診察を終えて薬をもらい、バスに乗るために鎌倉駅東口をふらふら歩いていたのが午後四時二十三分。駅舎《えきしや》の屋根に建つとんがり帽子《ぼうし》の時計塔を見たので、よく覚えている。

ふっと感じたその香りは、本当にかすかなものだった。けれど鼻にふれたその香りと、頭の中の香りの記憶とが光の速さで符合《ふごう》して、わたしは足をとめた。

くらりとするような薬品のにおい。そしてそれに混じる、柑橘《かんきつ》類のような香り。これって、と首をめぐらせたその瞬間《しゅんかん》、本当に手をのばせばふれるようなわたしのすぐ後ろを、真奈が通りすぎたのだ。

真奈は、三人の女の子と一緒だった。全員が着ている紺《こん》色の襟《えり》に白いラインが入ったセーラー服は、萩《はぎ》ヶ谷《がやつ》学園の制服だ。胸のリボンは水色で、中等部生。

わたしは熱と体調不良で、いつもの状態ではなかった。普段なら「あ」とか「う」とか変な声をもらしながら自分のとるべき行動を思い悩むところ、その時はいっさいの迷いなく、女子中学生たちのあとを追いかけた。尾行した、とも言える。

真奈と女の子たちは、駅構内にある二階建てのショッピングエリアに向かった。お土産《みやげ》用の鎌倉のお菓子《かし》が並ぶ通路を抜けて、外にドアのない化粧室《けしょうしつ》へと入っていく。わたしは最後尾の真奈が化粧室に足を踏《ふ》み入れる寸前《すんぜん》に腕《うで》をつかみ、通路へ引き戻した。

ぎょっとふり返った真奈は、わたしを見てさらにぎょっとしたようだった。

「香凜のお姉さん……なんで⁉」

「こんにちは。たまたまここを通りかかったの、すごい偶然だね」

真奈に笑ってから、わたしはいつもよりもだいぶ単刀直入《たんとうちょくにゅう》に訊《たず》ねた。

「これから『バイト』？」

確信があったわけではないのだが、とたんに固く唇《くちびる》を引き結んだ真奈を見れば、当たりのようだった。駅を使わなくても学校と行き来できる区域に住んでいるはずの真奈が制服のまま鎌倉駅にいたので、何かあると思ったのだ。

「真奈ちゃん、香凜は東京に帰らないで鎌倉に残ってるよ。あなたのこと心配して」

真奈は驚《おどろ》いた顔はしなかったし、そういう香りもさせなかった。知ってる、と呟《つぶや》いた。

「……LANDのメッセージ、毎日うざいくらい来るし。電話も一時間おきにかかってくるし。家の近く歩いてるのも見たし。あれ、ほぼストーカーだよ。やめさせてよ」

「香凜は、あなたが苦しんでるのを知っていたけど、怖くて助けられなかった。それをとても後悔《こうかい》してる。だからもう見ないふりはしないって、決めたんだと思う」

真奈の目もとがぴくりと震える。わたしは彼女の手をとった。

「真奈ちゃん。本当は『バイト』、やりたくないって思ってるよね？」

わたしを見つめる真奈の瞳《ひとみ》がひらき、ゆれた。

「あなたが心からやりたい、絶対にやめたくないっていうなら、最後にはわたしたちには何も言えないよ。だけど、あなた本当はすごく疲れて、もうやりたくないって思ってるよね？　だったら、いいんだよ。嫌《いや》なことは、やらなくていいの」

一緒に帰ろう。

わたしが手を引くと、真奈の香りがふっとゆるみ、わたしに同意しようとした。けれど突然パシンという音が聞こえそうなくらい彼女の香りが強固になって、同時にわたしの手はふり払われていた。

「だめ。帰れない」

そう言った彼女の声も、まなざしも、強い意志に満ちていた。わたしはとまどった。

「どうして？　嫌なんだよね」

「とにかくだめなの。今日だけは行かなきゃ」

今日だけは？

「真奈？　どうしたの？」

わたしはその声を聞いた時、妖精《ようせい》はこんな声でしゃべるんじゃないか、と思った。

化粧室から出てきたのは、髪をゆるめの三つ編《あ》みにした女の子だった。清楚《せいそ》、という形容がぴったりの美しい子だ。どうしたら三つ編みがこんなにおしゃれに作れるんだろう、と熱のある頭で考えるわたしを、彼女は小鳥のように愛らしく首をかしげて見た。

「真奈、この人、だあれ？」

「ヒロカ、えっと、この人は……」

「わたし、真奈の友達で、カリンっていいます。真奈と同じ中三」

爆竹《ばくちく》を目の前で破裂《はれつ》させられた猫みたいに目を剝《む》く真奈。この時の自分をあとになってふり返るたび、わたしはつくづく「体調不良って怖いな……」と自分の無謀《むぼう》ぶりを反省するのだが、この時はとにかく中学生でなければ彼女たちの中に入りこむことができないと熱のある頭で瞬間《しゅんかん》的に考え、さして抵抗もなく妹の名前を使って身分詐称《さしょう》した。

「カリン、って、前に話してた東京のお友達？」

ヒロカ、というらしいその子は、大きな目をわたしに向けたまま真奈に確認した。真奈は友人たちに香凛の話をしていたらしい。わたしの中学生であるという主張は疑われていないようで、初めて威厳《いげん》に欠けるこの顔が役に立った。

「カリンちゃん、東京の人なのに、どうして鎌倉にいるの？」

ヒロカの後ろから、二人の女の子が「どうしたの？」と顔をのぞかせた。本当はもう少しあとになって知るのだが、スリムで少年っぽい顔だちの子はカンナといい、もうひとりのおとなしそうな女の子はアオイといった。わたしは彼女たちにも聞こえるように答えた。

「今ちょっといろいろあって、おばあちゃんのうちに来てるの。それでひさしぶりに真奈にも会って。ねえ、今から『バイト』に行くんだよね？」

ヒロカから警戒《けいかい》の香りが漂《ただよ》った。カンナとアオイの反応は、彼女よりもさらにわかりやすかった。話したの？　というふうにヒロカが真奈に首をかしげると、肩の線を硬くした真奈から、おびえるような香りが立ちのぼった。ヒロカは、この子たちのリーダー的存在なのかもしれない。わたしはヒロカに的を絞《しぼ》って、笑いかけた。

「勝手に聞いちゃってごめん。真奈を怒らないで、わたしがしつこく訊《き》いたの。あのね、わたしもその『バイト』に、ついていっちゃだめかな?」

な、と声をもらす真奈の手を握《にぎ》って黙《だま》らせる。わたしを見つめるヒロカの視線はどこか茫洋《ぼうよう》として、とらえどころがない。霧《きり》にけぶった湖みたいに、本心が見えない目だ。

「『バイト』、やりたいっていうこと?」

「うん。今は学校休んでるんだけど、家にいるのも暇《ひま》だし、お小遣《こづか》いほしくて。だから今日ついていって、どんな感じなのか見てみたいんだ」

「会っていきなりそんなこと言うなんて、カリンちゃんって、少しずうずうしいね?」

「うん、少しずうずうしいところ、あるかなって思う」

しゃべっている中身がわりと本当のことなので、わたしは罪悪感《ざいあくかん》がなく、それだけに自然だったと思う。ヒロカが、くすりと笑った。

「あなた、おもしろいね。うん、いいよ」

「ヒロカ、いいの?」

カンナが眉根をよせて声をあげた。ヒロカは友達の問いかけには答えず、薄《うす》いピンク色のスマホをとり出して、ふわふわした足どりでわたしに近づくと、突然カシャッと写真を撮《と》った。さすがに驚くわたしに、ヒロカは桃色の唇で微笑し、その間にも目にもとまらぬ指さばきでスマホを操作《そうさ》していた。

「本当はもうひとり、ミホっていう子が来るはずだったんだけど、今日は用事があって急に休んじゃったの。だから追加できるかもしれない。ただ『バイト』はね、誰でもできるわけじゃないの。ある程度、容姿が大事。だから今『先生』——『バイト』の子たちをまとめてる人ね、その人に聞いてあげる。少し待っててね」

「容姿が大事なら、だめだと思う……」

「諦《あきら》めないで。あなたみたいにあまり垢抜《あかぬ》けない、あ、ごめんね、初々《ういうい》しいタイプって、意外と需要《じゅよう》があるものだよ」

需要があるのか、と思っている間にも彼女たちは化粧室に戻り、個室に入った。かすかな衣擦《きぬず》れの音が聞こえたので、着がえをするのだろう。真奈はわたしを化粧室の外へ引っぱっていって、ひそひそ声で問いつめていたけれども。

「何考えてんの⁉　何あれ、カリンって！」

「えへ……なんか思わず」

「思わずじゃないし！　ていうかどうすんの、ほんとに採用になっちゃったら！」

「がんばります。まかせといて」

「お姉さん、なんか今日キャラ違うよ⁉　……ていうか、なんか、顔色悪い？」

「ねえ真奈ちゃん、今日の『バイト』って、何か大事なことがあるんだよね？　もしわたしも行けたら、それが終わったあと、一緒に帰ろう。行けなくてもずっと待ってるから、一緒に帰ろう。それで、もう一度だけ香凜と話をして。お願い」

真奈は、言葉を失ったようにわたしを見つめた。コツ、と靴音《くつおと》が聞こえた。

「真奈、まだ着がえてないの？　だめだよ、早くして。——あと、カリンちゃん？」

丸襟《まるえり》ブラウスとふんわりしたシフォンのスカート。どこか人形めいたコーディネートのヒロカは、わたしにほほえみ、あの妖精みたいな声で告げた。

「『先生』がね、とりあえずお試しで、あなたも入っていいよって。今日よろしくね？」

わたしは、香凜から聞いた真奈の『バイト』の目撃談《もくげきだん》が横浜《よこはま》だったので、てっきりそこに彼女たちの職場のようなものがあるのだと思っていた。

けれど実際の彼女たちの移動先は、となりの藤沢《ふじさわ》市の高級住宅街として有名な地域で、しかも到着したところは街なかの品のよいカフェだった。

「集合場所はその日によって違うの。『先生』からヒロカに連絡が入るんだ。『先生』とやり取りするのはいつもヒロカ。それで、待ってるとまた『先生』から指示がある。たとえばカンナとアオイはあそこに、私とヒロカはあそこに、って感じで。行く時はいつもペアで、待ってるのはおじさんばっかり。たまに若い人とか、おじいさんとかもいるけど」

真奈が小声でこんな説明をしてくれた。この『バイト』のマネジメントをしているのが『先生』という人らしい。どういう人かは真奈もまったく知らないそうだ。ただ連絡係のヒロカに指示を出してくるだけなのだという。

ヒロカとカンナとアオイは、まるい木製のテーブルに座ると、思い思いに飲みものを頼んだ。ケーキをひとつ頼んでちょっとずつ食べよう、などとも話す。そうしていると学校が終わったあとに友達とお茶をしている女の子たちにしか見えなかった。

自分のしている『バイト』に対して危機感《ききかん》や後ろめたさを持っていないのだ、彼女たちは。「カリンちゃんは何飲みたい？　好きなの頼んで」とヒロカに無邪気《むじゃき》な笑顔で言われると、わたしまで、そんなに大したことではないんだろうかという気がしてくる。強く勧《すす》められてミルクティーを頼んだが、シナモンの香りが強すぎてひと口しか飲めなかった。

わたしは体調を崩《くず》すとどうも嗅覚《きゅうかく》が過敏《かびん》になってしまうらしく、店のすみのテーブルに座っている品のよい老婦人の香水や、二つ向こうのテーブルにいる身なりのいい男性の整髪料《せいはつりょう》のにおいなんかが、ざくざくと体に刺《さ》さってくるような感じがする。目に見えるものも、水たまりに映った景色のようにどこか現実味が感じられず、また熱が上がってるのかなと思っていると、肩をさわられた。

「お……カリン、ちょっといい？」

真奈はわたしが答える前に腕を引っぱり、化粧室へつれていく。小さなお店なので、ドアを開けると洗面台と個室がひとつあるだけだ。真奈は洗面台の前でぎゅっと眉根《まゆね》をよせてわたしを見た。横手の大きな鏡に、向かい合ったわたしと真奈がそっくり映っている。

「お姉さん、やっぱり具合悪いよね？　顔の色、紙みたいだよ」

「実はちょっと風邪ぎみで……でも、大したことないの」

「うそ、さっきから気分悪そうにしてるじゃん。もう帰りなよ。ヒロカにはうまく言っとくし、香凜ともちゃんともう一回話すから。心配しないで、帰って休んで」

「でも」

「大丈夫だから。この『バイト』、今日で終わりだから」

体調不良で言語能力や判断力が低下しているわたしは、真奈の言葉がうまく理解できなかった。錆《さ》びついた荷車みたいな頭を一生懸命《いっしょうけんめい》に動かして、やっとその意味を理解できた時、きょとんと真奈を見返してしまった。

「今日で終わりなの。もう私、抜けるの」

小さな子に言い聞かせるように真奈はくり返し、睫毛《まつげ》をふせた。

「……お姉さんの言うとおりだよ。私ほんとはずっとこの『バイト』やだった。知らない男の人と会うの怖いし、みんなやっぱり——そういうこと考えてるのわかるし、『バイト』の前の日はいつも気分暗くて眠れなかった。一回だけ、おじさんと二人きりになった時、無理やりキスされそうになったことあるんだ。すごい気持ち悪くて、怖かった」

でも、と真奈の声が震える。

「でも、やめたいって言えなかった。ヒロカたちは、私が鎌倉に転校《こっち》してきた時、最初に声をかけてくれたの。その時、私ほんとに怖かったんだよ。ここでも嫌われたらどうしよう。せっかくお父さんとお母さんが高いお金出して新しい中学に入れてくれて、家族も離ればなれになっちゃったのに、うまくやれなかったらどうしようって」

おびえ、孤独《こどく》、不安、かなしみ、真奈から香るさまざまな想《おも》いが、いつもより数倍鮮《せん》明《めい》に感じられて、わたしは自分自身が不安に震える真奈になったような気さえした。

「だからヒロカが声かけてくれて仲間ができた時、本当にうれしくて安心した。それから『バイト』やらないかって誘《さそ》われて、本当はやばそうって思ったけど、断れなかった。嫌《いや》だと思うようになってからも、やめたいって言えなかった。だって、やめたいなんて言ったら、きっともうそこでヒロカたちとは終わりだから。私またひとりぼっちになって、それだけじゃなくて、もしかしたら、また、東京の時みたいに――」

急激に頂点まで高ぶった真奈の感情が、ばしゃんと弾《はじ》けて目からあふれ出した。真奈が顔を覆《おお》うのとほとんど同時に、わたしは真奈を抱きしめていた。それはなぐさめなんて余裕のあるものではなく、暗い夜に急に千切《ちぎ》れてしまいそうな気持ちに襲《おそ》われた時、歯を噛みしめて自分自身を抱くような、そんな切羽《せっぱ》詰まった衝動《しょうどう》だった。

「……私、かっこ悪いでしょ……」

「そんなことない」

「かっこ悪い。み……みっともない。あの時のこと、怖くて、ずっと忘れられなくて、今も夢に見て……言いたいこと、言えなくて、や、やりたくないこと、へらへら笑ってやって――でも、香凜が」

香凜が、来てくれたから。

「鎌倉まで来て、やめろって、何回も言ってくれたから……」

「うん」

「毎日毎日、ＬＡＮＤとか、電話とかくれて、ずっと私のこと考えてくれてるから、言えたの。もう『バイト』やりたくないって、やめるって、私――」

「うん。よくがんばったね」

とん、とん、と真奈の背を叩《たた》き、抱きしめたまま髪をなでる。香凜と同じに、この子もわたしの妹だという気がした。

「ちゃんと言えて、すごい。えらかったね」

喉《のど》がつまったような声と一緒に、熱い息をこぼして、真奈がわたしの肩に顔を押しつける。ふれたところが真奈の呼気で熱くなる。

「だから、今日で終わりなの……今日の分のシフト、もう入れちゃってるから、今日だけやってくれたらやめていいよって、ヒロカも言ってくれたから……」

「うん、わかった。じゃあ今日の仕事が終わったら、一緒に帰って、香凜と話そう」

真奈がわたしの肩から顔を上げた。まっ赤になった目に、またみるみる涙《なみだ》がたまる。

「……でも私、香凜にいっぱいひどいこと……みっともない自分、香凜に見られるのが恥《は》ずかしくて。香凜は強いから、いつも強くてかっこいいから、私の気持ちなんてわかんないんだって――助けてくれなかったなんて、あんなの、ただの逆恨《さかうら》みなのに……」

もう遅いかな――しゃくりあげながら、真奈は言う。

「高校は、また東京に戻って、香凜と一緒のとこに行きたくて勉強してたけど……私、助けに来てくれた香凜に、あんなひどいこと言ったから、もうだめかもしれない……っ」

「そんなこと……」

ないよ、と言おうとした時、はっと香りの記憶がよみがえった。くらっとするような薬品のにおいと、柑橘《かんきつ》類の香り。今も真奈からほのかに香り、香凜からも同じ香りがした。

「真奈ちゃん。香水とは違う、柑橘系のにおいがするもの、何かつけてる？」

わたしから体を離した真奈は、涙の粒《つぶ》が散った睫毛でまばたきをくり返した。それから

「あ……」と両手の指の第一関節を曲げて、爪《つめ》を見た。

「もしかして、これかな……マニキュア」

「マニキュア？」

そうか、と思った。あのくらっとする薬っぽいにおいは、マニキュアの溶剤《ようざい》。わたしはそういう女子力高めアイテムをほとんど使わないので、ぴんとこなかったのだ。

「マニキュアって、香りまでついてるんだ」

「ううん、全部ついてるわけじゃないよ。これは特別。——このマニキュアは、中学でクラスが分かれちゃった時、香凜とおそろいで買ったんだ。香りのついてるマニキュアって珍しいし、化粧《けしょう》は校則で禁止だけど、こういう透明《とうめい》なマニキュアなら学校につけてってもバレないでしょ？　それにこれ『友情の香り』って名前なの。ちょっと恥ずかしいけど、クラスが離れてもずっと友達だって、そういう意味で。香凜、こういうオレンジっぽいにおいって好きだし……なに？」

真奈が眉をよせて、それでわたしは、自分が唇をほころばせていたことに気がついた。友情の香り。そうだったのだ。

「香凜も、そのマニキュアつけてるよ。鎌倉に来た時から、今日まで、ずっと」

真奈の瞳《ひとみ》がひらき、ゆれた。大丈夫、とわたしは言う。真奈と、香凜の両方に向けて。だって二人とも、お互いを想って友情の香りをまとい続けていたのだから。

「大丈夫。何も遅くなんてない、何もだめなんかじゃないよ」

真奈の顔が子供みたいにゆがんだ。わたしはまた真奈を抱きよせ、とんとんと彼女の背中を叩いた。なんだかなつかしくて、ほほえみがこぼれる。まだ小さく弱かった香凜を、よくこんなふうに抱いてあやしたのだ。

「香凜だって、真奈ちゃんに嫌われたかも、どうしようって泣いてたよ」

「……うそ。香凜が泣くなんて」

「うそじゃないよ。それに香凜って、昔はすごい泣き虫だったんだよ。大きくなったら全然泣かなくなったけど、幼稚園《ようちえん》の頃なんて、ほんとにいつも――」

ふいに天から降った冷たいしずくに、額《ひたい》をうたれたようだった。

唐突《とうとつ》に訪《おとず》れたその考えに、わたしはしばらく、身動きもできなかった。

「お姉さん……？　どうかした？」

泣き虫だった、小さな香凛。気の弱かったわたしよりも、もっと弱かった香凛。わたしが鎌倉へ発《た》つ日にも、わたしにしがみついて泣いていた。

その香凛が、強く泣かない戦士のように変わったのは、なぜだったのか。

なぜわたしは、本当に今の今まで、一度も考えたことがなかったのか。

わたしが鎌倉へ去ったあと、東京に残った家族はいったいどうなったのだろう。そこには、気まずい空気が流れていたのではないだろうか。わたしがこうなってしまったことについて、両親は諍《いさか》ったりしなかっただろうか。

それまではわたしと分け合って受けていた両親からの力と、子供としての役割を、今度はひとりで引き受けなければならなくなった香凛は、それまでの自分から変わることを強《し》いられたのではないだろうか。

わたしがわたしで必死だったように、香凛も香凛で必死だったのではないか。

そして香凛が必死だったなら、もしかすると父も、母も――？

「ねえ、何してるの？」

トントン、と響いたノックに、はっとわれに返った。入るよ、と妖精の声と一緒にドアが開き、ヒロカが顔を出した。

「カリンちゃんと真奈、ずっと出てこないから心配になっちゃった。なあに真奈、どうしたの？　目、まっ赤だよ？　泣いてたの？」

「あ、ううん、何でもないの。ちょっと、コンタクトずれちゃって……」

ごまかす真奈に「そう？」と首をかしげたヒロカは、ふわりと笑った。

「真奈、『先生』から連絡あったよ。今日、真奈はね、ニシノさんと二時間」

え、と真奈が顔をこわばらせた。ニシノ、というのは客の男性のことだろうか。二時間というのは『バイト』の時間？

「六時に迎えに来るって。それでね、真奈。ごめんね、今日はひとりで行ってね」

「え、やだ、ひとりってどういうことっ？」

真奈の険《けわ》しい声にわたしは驚いた。ヒロカも目をまるくし、ことんと首をかしげる。

「だって、カンナとアオイはもう出かけちゃったし、私、今日のお客さんは初めての人だから誰かと一緒じゃないと心細いし……ミホが来てくれてたら、よかったんだけどね。でも、どうしても真奈がひとりじゃ嫌だっていうなら、私ひとりで行くよ？　それで真奈、カリンちゃんと一緒に行く？」

ヒロカの声はやわらかく、上目づかいの瞳は心細げだった。でもわたしが感じたヒロカの香りは、彼女の見た目の儚《はかな》さに反して支配的で、真奈が自分の言葉に従うことをみじん

も疑っていないようだった。そしてそのとおり、真奈はヒロカの瞳に引きずられるように、

「……わかった、ひとりで行くよ」

と答えた。ヒロカはほほえんで「じゃあよろしくね」と化粧室を出ていった。

「真奈ちゃん、ひとりでって大丈夫なの？　何ならわたしがひとりで……」

「いや、お姉さんひとりにするのは、いろんな意味でだめだよ。――別におじさんと一緒にごはん食べて、話したりするだけだから平気。ただ、前に無理やりキスされそうになったっていうあのおじさんだから、誰か一緒のほうがいいなって思ったんだけど」

わたしは青ざめた。そんな人と二人きりになるのは、どう考えても危険ではないか。

「……ねえ真奈ちゃん、やっぱり帰ろう。やめたほうがいいよ。そんな危ないこと、わざわざすることないよ」

「でももうあっちはお金払ってるし、今日だけやるって約束だから、それは守らないと。大丈夫、ちゃんと終わらせて、もう一度香凜と話すから」

真奈の潔癖《けっぺき》なまじめさと、踏《ふ》ん切りがついたような清々《すがすが》しい笑顔に口をつぐんでしまったことを、わたしはこのあと何度も後悔《こうかい》した。耳を貸さずに真奈の手を引っぱって、帰ってしまえばよかったのだ。そうすれば、そのあとで何がどうなろうと、少なくとも真奈は危ない目にあわずにすんだ。

真奈が律儀《りちぎ》に約束を守っても、約束をした相手はそんなもの、何とも思っていなかったのだから。

5

午後六時きっかりに現れたニシノは、立派《りっぱ》な身なりをした長身の男性だった。彼は真奈《まな》を見つけると鷹揚《おうよう》に笑いかけ、真奈はぎこちない足どりでニシノのあとについていく。気を揉《も》みながらそれを見送ると、カフェにはわたしとヒロカだけが残った。

少ししてヒロカがトイレへ行くために席を立った。わたしがスマホに山ほど残っていた祖母と香凜《かりん》からの着信に気づいたのは、その直後だった。ＬＡＮＤのメッセージも同じく山ほど入っており『病院まだ終わらないの？』『お姉ちゃんどこにいるの？』『具合悪いんだから早く帰りなさい！』『ちょっとほんとに今どこ⁉』と時間の経過とともに祖母も香凜も語気《ごき》が荒くなっている。真奈のことに気をとられていて、連絡するのをすっかり忘れていたのだ。わたしはあわてて香凜にメッセージを送った。まだ帰ることはできないし、直接電話するのは、ちょっと怖かったので。

『いろいろあって真奈ちゃんたちのバイトに参加することになったので遅くなります。おばあちゃんにはうまく言ってください』

送信した直後、ふっと、チェロの音色に似た声が耳の奥によみがえった。

──ひとりで動こうとしないでくださいね。何かあったら、僕に連絡してください。

わたしは少し考えて、雪弥《ゆきや》さん宛《あて》にもメッセージを作成した。『真奈ちゃんと会って、あのバイトに』と文章を打ったところで、

「『雪弥さん』って、彼氏？」

唐突《とうとつ》に羽毛《うもう》のような声を耳もとに吹きかけられ、背すじが凍った。わたしの左肩の上にほほえむヒロカの顔があった。そんなすぐ後ろに立たれていたことに気づかなかった。

本当にとっさに、わたしは送信ボタンを押して、途中で切れたメッセージを送った。

そんなわたしをヒロカは小首をかしげてながめ、すぐとなりの椅子《いす》に戻った。

「カリンちゃん、そろそろ私たちのお客さんもここに来るから、スマホの電源切って」

「え……どうして」

「だって、お仕事の途中で鳴ったりしたら失礼でしょ？　映画館と同じだよ。みんなそうやってるの。ね？」

ヒロカはするりとわたしの手からスマホをとり上げて、何を言う暇《ひま》もなく、電源を切ってしまった。「お客さん」が来たのはヒロカの言うとおり、そのすぐあとだった。

イトウと名乗ったその男性は、三十歳そこそこという年齢に見えた。勝手にもっと年上の男性を想像していたわたしは面食《めんく》らった。白い歯を見せて爽《さわ》やかに笑うイトウは、徒歩で十分ほどの場所にある個室制のレストランへわたしとヒロカをつれていった。イトウはヒロカが愛らしい声でねだるまま気前よくさまざまな料理を注文し、ワインを飲みながらなめらかな口調でわたしやヒロカと話をした。内容も本当に他愛《たあい》のないものだ。学校での出来事や、女の子たちの間で話題になっていること、彼の仕事の話。

「カリンちゃん、塩とってくれるかな」

食事の途中でイトウにこう言われた時、わたしは眉《まゆ》をよせた。塩や胡椒《こしょう》の小瓶《こびん》はテーブルの端《はし》に並んでいて、彼が少し手をのばせばとれるはずだ。変な人だなと思いながら「どうぞ」と塩の瓶をさし出すと、

「ありがとう」

イトウはねっとりとわたしの手の甲《こう》をなで、わたしが硬直《こうちょく》するのを楽しむように指先を手のひらまで滑《すべ》らせ、それからやっと、塩の瓶を受けとった。鳥肌《とりはだ》はそれからずっとおさまらなかった。笑い、話し、食べながらもずっと彼の欲望の香りがねっとりとわたしに絡《から》みついてくるようで、どんどん気分が悪くなった。

一時間もした頃、イトウがトイレに立ち、となりでヒロカがため息をついた。

「カリンちゃん、全然だめだね。笑わないし、話さないし、やる気あるの？」

「……ご、ごめん」

「それとも、やる気なんて最初からなかった？　この『バイト』やりたいっていうのは嘘《うそ》で、何か別の目的があって私たちに近づいたのかな、『お姉さん』？」

脈が乱れて、何秒か息がとまった。ヒロカは笑いながら、刺《さ》さるような目をしてわたしを見ている。強い疑いと敵意の香り。

たぶんヒロカは、カフェの化粧室《けしょうしつ》でわたしと真奈が話していたことを聞いたのだ。

「もし変なことされると、困るんだよね。あなたのこと『先生』に紹介した私のせいになっちゃう。真奈のことで怒られたばっかりなのに。私、怒られるのって大嫌い」

「怒られた……？」

「誰かがやめると、リーダーだから私が怒られちゃうの。とくに真奈は、結構お客さんの受けがよかったから。さっきのニシノさんなんて、真奈のことすごーく気に入ってたんだよ。今頃二人きりになれて、すごく喜んでると思うな」

ヒロカが微笑した瞬間《しゅんかん》、ぞっとするような香りが彼女からわたしへと押しよせてきた。憎しみ？　嘲《あざけ》り？　愉悦《ゆえつ》？　ぐちゃぐちゃに混ざり合っていてもうよくわからない。吐《は》き気に突き動かされるように、わたしは立ち上がっていた。

「真奈ちゃんが言ってた。『バイト』の時はいつもペアだって。まさか、わざとあの人と真奈ちゃんを二人きりにしたの？」

「わざとって何？　確かにいつもはペアでやってるよ、だってやっぱり大人の男の人と私たちみたいな子どもが二人きりになるのは危ないから。人数が足りない日は、お客さんを別のチームに回したりもするよ。でも今日は、真奈が自分から行くって言ったんだもん。だから何が起こっても、それって真奈が選んだことで、私のせいじゃないよね？」

言葉とは裏腹に無邪気《むじゃき》なほほえみを浮かべるヒロカ。ざっと悪寒《おかん》が背すじを駆けおりた瞬間、わたしはバッグをつかんでレストランを飛び出していた。

夜の七時半をまわろうとする住宅地は、驚《おどろ》くほど人影がなかった。切っていたスマホの電源を入れ、真奈がニシノと出かける前に交換《こうかん》しておいた電話番号に即座にかける。電源が入っていないというアナウンス。絶望的な気持ちになった。この住宅地に来たのは初めてで、地理はまったくわからない。しかも周囲を見回しても似たような家が建ち並んでいて、夢中で歩き回っているうちに方向がわからなくなってしまった。

どうしよう、どうしよう、どうしよう。不安と焦燥《しょうそう》で頭がパンクしそうになっていたその時、手の中でスマホが振動した。心臓がとまりそうになりながら液晶画面を見たとたん、涙腺《るいせん》が壊《こわ》れたみたいに涙《なみだ》があふれた。

「雪弥《ゆきや》さ……」

『香乃《かの》さん、今どこにいますか』

初めて聞くような鋭《するど》い早口だった。わたしはスマホを握《にぎ》りしめた。

「わか……わからなく、なっちゃって。それより真奈ちゃんが、電話つながらなくて、危ないかもしれないのに、どこにいるのかわからなくて」

『落ち着いて。まずは僕と合流して、それから真奈さんを捜《さが》しましょう。地図アプリ、香乃さんのスマホにも入ってましたよね。一度切って、それで現在地を確認してください。そしてもう一度僕に電話してください。大丈夫、近くにいるから落ち着いて』

近くにいる？　わたしは混乱したまま、雪弥さんに見えるはずもないのに頷《うなず》いて、通話を切った。言われたとおりに地図アプリを起動する。こんなに簡単なことが、言われるまで頭によぎりもしなかった。

わたしがいるのは住宅地の北外れだった。三百メートルほど先に交番がある。いくらか気持ちが落ち着いて、わたしは雪弥さんに電話し、現在地を伝えた。

『今からそこに行くので、動かないで。なるべく明るいところに立っていてください』

また見えるはずもないのに頷いて、わたしは通話の途絶《とだ》えたスマホをすがるような気持ちで抱きしめた。どうして雪弥さんが近くにいるというのか、それを疑問に思うことはこの時の精神状態ではできなかった。

待つ時間、それも不安の中で待つ時間は、一秒が一時間にも思えるほど長い。わたしはもう一度、真奈の番号に電話をかけた。するとしばらくのノイズのあと、奇跡《きせき》のようなコール音が始まって息が震えた。コールは四回目の途中でとぎれた。

『お姉さんっ⁉』

ほとんど泣きじゃくっている真奈の声だった。わたしの声も高くうわずった。

「真奈ちゃん、今どこっ？　大丈夫っ？」

『か、隠れてる。あの人、車に、嫌《いや》だって言ったのに、無理やり乗せられそうになって、だから逃げてきて、でも追いかけてくるから、それで隠れて……！』

落ち着いて。落ち着いて。何度もなだめて、わたしはさっき雪弥さんに言われたのと同じことを、真奈にも言った。地図アプリで現在地の確認。おびえきった真奈は電話を切るのを嫌がったが、説得して電話を切らせた。折り返しはすぐに来た。

『交番の近く。二百メートルくらい先に交番があって、今、公園みたいなとこ……あっ、やだ来た！』

かすれた真奈の悲鳴。走り出すような振動音。ガサガサと茂みがゆれるようなノイズ。

「待って真奈ちゃん、動かないで！」

電話はつながったままだ。けれど真奈は、やだ、やだ、と泣きながらどこかへ走り、わたしの声が届かない。わたしは二秒ためらって、スマホを耳に当てたまま駆け出した。真奈は二百メートル先に交番があると言った。わたしのいた地点も交番に近い。今はただ、真奈が走っているのが逆方向でないことを祈るばかりだった。

頭が痛い。走るたびにぐらぐらする。もっと熱が上がればいい。過敏《かびん》になった嗅覚《きゅうかく》が、さらに鋭敏《えいびん》に研《と》ぎ澄《す》まされるように。全身の神経、細胞をそばだてて、そしてある瞬間、あの香りをとらえた。くらっとするような溶剤《ようざい》のにおい、そして柑橘《かんきつ》系の香料。

真奈と香凜を結ぶ、友情の香り。

香りを追って数メートル先の角を曲がり、道路の先から駆けてくる小さな影に叫《さけ》んだ。

「真奈ちゃん!!」

お姉さん、と声が返った。

両方向から駆けよって、わたしに抱きついたとたん、真奈は声をあげて泣き出した。よかった。ああ、よかった。震える熱い体を抱きしめて、肺がつぶれるほど息を吐《は》いた。

真奈の後方に、すうっと低速で近づいて来た車が、音もなく停《と》まった。

わたしは息が凍って、それに気づいた真奈もふり返り、喉《のど》の奥で尖《とが》った短い悲鳴をあげた。わたしたちを暴力的なほどまぶしいライトで照らす車から、長身の男性が降りる。二シノ。笑みを貼《は》りつけて、ゆっくりと近づいてくる。

「真奈ちゃん、さっき転んだでしょう。大丈夫?」

真奈から香る激しい恐怖がわたしにも伝染して、頭がガンガンした。ニシノはどんどん近づいてくる。逃げなければ。でも、足が動かない。

鋭い足音がして、大きな影が目の前を覆《おお》った。何が起きたのかわからなくて、頭がまっ白になったあと、気がつくと目の前にスーツを着た雪弥さんの背中があった。

雪弥さんの腕の先では、ニシノが棒立《ぼうだ》ちになり、顔を上向けている。喉元《のどもと》の襟《えり》をつかまれているのだと、一拍《いっぱく》遅れて気がついた。

「な、何だきみは突然……」

「それはこっちの台詞《せりふ》だ。何だあんたは」

「——岸田《きしだ》ストップ! 暴力だめ!」

今度は女性の高い声。遅れて駆けつけてきた人を見て、わたしは今度こそわけがわからなくなった。知的なボブカット。雪弥さんのサークルの先輩、十和子《とわこ》さんだった。十和子さんはわたしと真奈の肩や腕をさすって「大丈夫っ?」としきりに確認する。

「お引き取りください。それともそこにある交番へ一緒に行きますか?」

雪弥さんが氷のような声で言いながら襟を放すと、ニシノは大きな音に驚いた鳥みたいにすばやく運転席に戻り、車をバックさせて方向転換した。そこでわたしは、少し記憶が飛んだ。気がつくと、雪弥さんがわたしの両肩をつかんでいた。

「けがは」

言語能力の低下と混乱のせいで、質問を理解するのに時間がかかった。小さく首を横にふると、雪弥さんの手がうなじにのびて、頭をかかえこむように抱きよせられた。

すぐ耳もとで聞こえた、肺を絞《しぼ》るようなため息。

頬《ほお》に、硬い鎖骨《さこつ》が当たっている。後頭部に感じる感触は、たぶん雪弥さんの額《ひたい》だった。普段はあまり香りのわからない雪弥さんから、今は苦しいような安堵《あんど》が香っていた。

眩暈《めまい》がして、膝《ひざ》から力が抜けた。しゃがみこんでしまうと、お姉さん、と真奈のとり乱した声がした。十和子さんが「ユカリ？　いま見つかった、高橋《たかはし》に車回すように言って。場所は……」と離れたところでしゃべっている。

急にふわりと体が浮いた。背負《せお》われたのだと気づいて、恥《は》ずかしくて身じろいだ。

「じっとして」

ふり向かずに言った雪弥さんの声が、聞いたこともないほど切羽《せっぱ》詰まっていたので、わたしは動きをとめた。頭がすごく重たくて、そろそろと広い肩に顔をうずめると、そこがとても温かくて、わたしはそのまま眠りにおちた。

6

あの夜に何があったのか、わたしが詳細を知ったのはあとになってからだ。実はあの夜のことにはいろいろな人が関わっており、わたしはあとで聞いた話をつなぎ合わせてそれを知ったのだけれど、その中心にいたのは、雪弥《ゆきや》さんだった。

「『いろいろあって真奈《まな》ちゃんたちのバイトに参加することになったので遅くなります。おばあちゃんにはうまく言ってください』ってさ。うまく言いようがないよね⁉ なんで具合悪くて早退した人がそういう無茶すんの⁉ もうバカ！ お姉ちゃんのバカ！」

あの日、わたしの帰りが遅いと心配していた香凜《かりん》は例のメッセージを受けとり、内容に驚《おどろ》いてわたしに電話をかけたが、つながらなかったそうだ。もうわたしがヒロカにスマホの電源を切られてしまったあとだったのだろう。次には真奈に電話をかけたが、こちらもつながらない。おかしいと気を揉《も》んでいると、午後六時半頃、家の固定電話が鳴った。祖母は店にいたので、香凜が出た。

「香凜さんですか？ 岸田《きしだ》です。香乃《かの》さんは、家に帰っていますか」

雪弥さんは『真奈ちゃんと会って、あのバイトに』という途中で切れたメッセージを受けとり、わたしのスマホに電話したもののつながらないので、今度はうちに電話してきたのだ。香凜は、わたしが体調不良で学校を早退したこと、三時間ほど前に病院へ行ってまだ帰らないこと、わたしから受けとったメッセージの内容と、そしてわたしだけではなく真奈にも電話が通じないことを話した。雪弥さんは十秒ほど沈黙《ちんもく》し、言ったそうだ。

「真奈さんの連絡先を教えてもらえますか」

香凜は一瞬《いっしゅん》ためらったが、何か起きているという胸騒ぎがあったので、真奈の電話番号を教え、ついでにお互いの連絡先も交換《こうかん》した。

「ありがとう、また連絡します。もし香乃さんが帰ってきたり、何か連絡があったら教えてください」

それだけ言って雪弥さんは電話を切った。

次の証言者は、アサトくんだ。自宅にいたアサトくんが雪弥さんから電話を受けたのは午後六時半すぎ、香凜が雪弥さんとの通話を終えたそのすぐあとということになる。

「すみませんが手を貸してほしいんです。例の『バイト』に誘《さそ》われたというきみの友達に連絡をとり、彼女を誘った人物とコンタクトをとることは可能か訊《き》いてもらいたい」

突然こんなことを言われてアサトくんが驚いたのも無理はない。雪弥さんは実に淡々《たんたん》と、香凛と雪弥さんが共有した情報を忠実にアサトくんにも伝えたそうだ。あわてるアサトくんを「動揺《どうよう》するのはあとでいい、まず聞いて」と制して雪弥さんは続けた。

「香乃さんが妹に送ったメッセージには『真奈ちゃんたち』とあった。つまり堀沢《ほりさわ》真奈のほかにも『バイト』仲間が一緒に行動していると考えられます。そしてきみの友達が誘いを受けた『バイト』では、ＬＡＮＤのコミュニティがある。きみの友達を誘った人物は、香乃さんたちと同行している仲間と連絡がとれるかもしれません。二つの『バイト』が同一のものではない可能性もありますが、今のところ手がかりはそれしかない」

アサトくんがすぐに行動に移ろうとすると「待って、もうひとつ」と雪弥さん。

「きみの友達と、その子を誘った人物が、もし同じ学習塾やそれに似た団体に所属していたら、その名前と場所も聞いておいてください」

じゅく？　とアサトくんは思わずひらがなっぽく問い返してしまったそうだ。

「明葉《めいよう》中学のきみの友達。きみの友達を誘った人物――これも女子中学生限定の『バイト』をしているならおそらくどこかの中学の生徒。そして萩ケ谷《はぎがやつ》学園生。まだこの三者がどんなつながり方をしているかわかりませんが、他校の中学生同士が接触《せっしょく》、交流するとしたら、考えられるもっともポピュラーな場は学習塾です。一応訊《き》いてみてください」

すぐにアサトくんは、ＬＡＮＤ仲間である明葉中学の女子生徒に連絡した。前に言ってた『バイト』って誰に誘われた？　ちょっと知り合いがまずいことになってるかもしれなくて知りたい。一分後にメッセージの通知音が鳴った。

『同じ塾の菅原《すがわら》ミホ、萩ケ谷学園の子。今日これから塾で会うけど、まずいって何？』

ビンゴすぎる、と呟《つぶや》きながらアサトくんはその塾の名前と場所、ついでに「菅原ミホ」は、よく夜七時半開始の授業までの時間を塾の近くのファミレスでつぶしている、という情報を友達から教えてもらい、即座に雪弥さんに電話した。

「ありがとう、きみは実に優秀だ。——高橋《たかはし》、北鎌倉駅前『鎌倉ゼミナール』近くのファミレス。法定速度を守りつつ最短ルートで」

「イエッサー！」

どうも車に乗っているらしい。高橋って誰？　と思いつつアサトくんは友達と例のファミレス前で待ち合わせの約束をし、北鎌倉へ向かった。「菅原ミホ」の顔は友達しか知らないし、ミホが今日もそこで時間をつぶしているとは限らないので、確認するためだ。

稲村《いなむら》ガ崎《さき》の自宅から江ノ電《えのでん》と横須賀線《よこすかせん》を乗り継《つ》いで北鎌倉駅前のファミレスに到着したアサトくんは、そこに仁王立《におうだ》ちしている香凜を見て「マジぎょっとした」という。

「岸田さんから電話があった。ここにお姉ちゃんと真奈がどこにいるのか知ってるかもしれない子がいるんでしょ？　どいつ、それ」

アサトくんに詰め寄るわが妹は、飢《う》えた雌《めす》ライオンのように危険な感じだったらしい。そこでアサトくんの友達が到着して「小野《おの》の彼女？」と興味しんしんに香凜を見たあと、そろそろとファミレスのドアを開けて「あ、いる。あの子」と指さした。

店の一番奥にある窓際のボックス席で、スマホをいじっているポニーテールの少女。紺《こん》色の襟《えり》に白いラインが入ったセーラー服は、萩ヶ谷学園の制服だ。

友達にお礼を言って帰ってもらったあと、ずんずんと菅原ミホに近づいていこうとする香凜をアサトくんが必死に捕まえて「落ち着けって！」「落ち着けないって！」と揉《も》み合っているうちに、ファミレスの駐車場に黒い車が停《と》まった。助手席から降り立った雪弥さんはなぜかスーツ姿で、運転席から降りたのは子犬っぽい童顔《どうがん》の男性。「おれ、ゆっきーの親友、高橋健太郎《けんたろう》。よろしくね！」とやっぱり高橋さんはアサトくんと香凜にも握手《あくしゅ》を求めたそうだ。ちなみに黒い車は高橋さんのお父さんのものだったらしい。

「菅原ミホさんですか？　こんにちは。少しお話しさせてもらってもいいですか」

店内に入った雪弥さんは、ミホが座るボックス席の向かいに、するりと細長い体をすべりこませた。アサトくんたちはすぐ後ろの席に座った。アサトくんからは、雪弥さんの後ろ姿と、ミホの華《はな》やかな顔が見える。ミホは突然現れた雪弥さんに驚いたようで、警戒《けいかい》の色も浮かべたが、同時に雪弥さんに興味を覚えたようでもあったそうだ。

「堀沢真奈の知人で、岸田といいます」

「真奈の？」

アサトくんのとなりで香凜がぴくりとした。ミホは真奈を知っている。とすれば真奈と一緒にいるはずの『バイト』仲間と連絡をとれる可能性がぐっと高くなる。

席代として頼んだコーヒーが、雪弥さんとアサトくんたちのもとに運ばれてきた。店員が去ったあと、雪弥さんはまた口を開いた。

「真奈と連絡がとりたいんですが、スマホの電源が切られていてつながらないんです。真奈は学校のお友達と一緒にいるようなんですが、ミホさん、そのお友達と連絡をとって、どこにいるのか聞いてもらえませんか」

「……なんであたしに言うんですか？　ていうか、なんであたしのこと知って」

「きみのことだけではなく、いろいろ知っています。たとえば、きみたちがしているあまり大きな声では言えない『バイト』のことも」

この時点ではまだ雪弥さんはヒロカたちとミホのつながりの確証を持っていなかったはずだが、ミホははっきりと表情を凍りつかせた。

協力してくれませんか、と言った雪弥さんの声は、怖いほどおだやかだったそうだ。

「このまま真奈と連絡がとれなければ、警察やきみたちの学校にも相談することになるでしょう。しかしそうすると、きみやきみのお友達が困ったことになるかもしれない。真奈と一緒にいるお友達に連絡をとり、居場所を聞いてほしいんです。僕は彼女の無事を確かめたいだけで、それが確認できればきみたちにはこれ以上関与しません」

警察、学校という言葉が衝撃《しょうげき》だったのか、ミホはまっ青になった。ぎくしゃくとスマホをとり上げて、画面に指先を走らせる。「すみませんが、僕にも見えるようにここに置いてやってください」と雪弥さんがテーブルを指すと、おとなしくそのとおりにした。

ＬＡＮＤで連絡を入れたのだろう。すばやい指づかいで数秒間操作《そうさ》をしたミホは、スマホをテーブルに置き、そのまましばらく体を縮めていた。後ろ姿の雪弥さんは微動《びどう》だにしない。アサトくんも香凜も息をつめて、やがて沈黙《ちんもく》に耐えかねたらしい高橋さんが「えっと、お腹すかない？　何か頼む？」とメニューをとった時、ミホのスマホが振動した。

雪弥さんはスマホに指をそえて相手からの返信を読み、ミホに短く指示を出して、次の文章を打たせる。相手から返事がある。それが何度か続き、雪弥さんが呟《つぶや》いた。

「カリン……？」

香凜が肩をゆらし、あわてて自分の鼻先を指してアサトくんに首をかしげたが、アサトくんにも意味などわかるはずがなく、首を横にふるしかできない。おそらくわたしが身分詐称《さしょう》した架空《かくう》の『カリン』の話が出たのだろう。そして数秒後。

「あっ」

ミホが短く尖《とが》った声を、かすれた悲鳴のような声をあげて、とっさにテーブルのスマホを覆《おお》い隠そうとした。だが雪弥さんがスマホをとり上げるほうが速かった。アサトくんには、何がどうなったかまったくわからなかったそうだ。ただミホは今にも気絶しそうなほど蒼白《そうはく》で、スマホの画面をながめた雪弥さんは、心臓に氷柱《つらら》を刺《さ》すような声を出した。

「――これが報復《ほうふく》なんですか？　きみたちの仲間から抜けたいと言ったことへの？」

スマホを向けられたミホは顔をそむける。報復？　抜ける？　意味がわからない。

「……あたしが、言ったんじゃないよ。ヒロカが。せっかく仲間に入れてあげたのに、『先生』にも怒られちゃうし、真奈は裏切り者だからって、ヒロカが」

雪弥さんは黙っていたが、耐えかねたようにミホがうつむいてすすり泣きをもらしはじめると、スマホを返して立ち上がった。

「出ましょう。二人のだいたいの居場所はわかりました」

外へ出ると、雪弥さんは高橋さんをうながして車へ向かう。香凜が追いすがった。

「ねえ、真奈がどうかしたの⁉　お姉ちゃんと真奈どこにいるの⁉　あたしも行く！」

「香凜さんとアサトくんは家に帰ってください。正直帰りが何時になるかわかりません。受験生のきみたちが夜遅くに出歩いて、もし補導《ほどう》されでもしたらまずい」

でも、と言い募《つの》ろうとした香凛を、雪弥さんはこうさえぎった。

「真奈さんは、『バイト』をやめたいとグループのメンバーに言っていたそうです」

目をひらく香凛に、雪弥さんは続ける。

「きみの気持ちが届いたんでしょう。ちゃんと香乃さんと一緒につれて帰るので、待っていてください。三春《みはる》さんだって気を揉んでいるはずですから、ひとりにしないであげてください。――アサトくん、香凛さんのことをお願いします」

雪弥さんが高橋さんの車で去ったあと、アサトくんは律儀《りちぎ》に香凛を自宅まで送ってくれて、わたしが雪弥さんに背負《せお》われて帰ってくるまで、待っていてくれたのだそうだ。

どうもありがとう、とあとでわたしがお礼を言うと、

「別に、気になっただけだから」

とアサトくんはぶっきらぼうに答えた。


このあとのことは、わたしもよくわかっていない部分が多い。雪弥さんは、ミホから得た情報によってわたしと真奈がいるだいたいの区域は突きとめたものの、ひとりで捜《さが》すのは非効率と踏《ふ》んで、高橋さんや十和子《とわこ》さんたちにも協力してもらったのだと思う。ただそのへんの詳細を雪弥さんは語りたがらないし、しつこくすると「だいたい香乃さんは前か

ら言っていますが危機意識が」とお説教が始まってしまう。

高橋さんの車で運ばれ、鎌倉の自宅へ帰るまでの記憶は、とぎれとぎれであやふやだ。祖母の声や、香凜の声。ぬるま湯で薬を飲まされたことや、パジャマに着替えるのにものすごく時間がかかったこと。そんな記憶が断片的に残っているだけで。

わたしが雪弥さんと話をしたのは、嵐のような金曜日の夜が明けていく頃だった。


深い沼に沈みこむような眠りから覚めた時、部屋のなかは、夜明け前の青い薄闇《うすやみ》に満たされていた。いつもわたしが勉強をしたり、ごろごろしたりする部屋とはまったく別物の空間のように、静かで、ひそやかで、まるで海底の古代遺跡《いせき》にいるようだと思った。

人の気配を感じて、顔を横に動かすと、ワイシャツ姿の雪弥さんがいた。

熱が下がったかどうか確かめようとしたらわたしが目を覚ましてしまった、というように、ベッド脇に立った雪弥さんは少し体をかがめ、手を宙に浮かせていた。わたしはまだ半分夢の中にいるような気分で、ぼんやりと雪弥さんを見上げた。雪弥さんは眼鏡をかけていなくて、何も飾るもののない素顔は、いつもよりもどこか幼《おさな》く見えた。

やがて雪弥さんは、かすかなため息をつくと、ベッドの端《はし》に腰をおろした。ベッドが短く軋《きし》んで、マットの片側だけが少し沈む。わたしからは、雪弥さんの白い横顔と左肩、そして背中が見えた。わたしに顔を向けないまま、雪弥さんは細長い指を組み合わせた。

「僕の戸籍《こせき》には、父親の名前がない」

青い静寂《せいじゃく》にたつりと波紋《はもん》をひろげる声。わたしは耳をすました。

「僕の母は、結婚せずに僕を産んだ。もちろん母親だけじゃ子供は生まれないから、父親は存在するけど、その男は僕を認知しなかったし、これからもきっとすることはない。僕がその男に関して知ってるのは、名前と、ろくなやつじゃないということだけだ」

私が知ってるのは父親がいないってことくらい――十和子さんの声を思い出した。誰かに甘えるってことを、全然知らないで育ったみたい。

「僕の育った家――母の生家の人たちは、そういうことにとても敏感《びんかん》で、母が僕を産んだ経緯《けいい》も、そういう経緯から生まれた僕自身も、好《この》ましくないと考えていた。ちゃんと世話はしてもらったし、今もこうして大学まで通わせてもらっているけど、僕はあの家で安心して息をできたことが、一度もない」

「……だから、急いでたくさん勉強してるの……？」

これも十和子さんが言っていた。講義に、インターンにといつも動き回っている雪弥さん。焦《あせ》って一人前になろうとしている、ほとんど無茶をしているようでもあると。

わたしのほうへ顔を向けた雪弥さんは、うん、と言った。

「もう、あそこへは帰らない。ひとりで生きていく」

静かだった。今なら、羽毛《うもう》が床におちても音が聞こえるかもしれない。その静寂にとけるような声で、犬を、と雪弥さんが言った。

「犬を飼っていたんだ。昔、あの家で」

「ボルゾイのココア」

クイズの早押しみたいに答えてしまった。雪弥さんは小さく笑ってくれた。

「ココアは、僕が子犬の頃から育てたにしては、明るくて人なつっこい犬だった。ろくに口をきかない根暗な子供だった僕には、ココアだけが友達だった。だからココアが死んだ時、もうこの世界のどこにもいたくなくて、知らない道だけ選んでめちゃくちゃに歩いた。戻れなくなっても構わなかったし、途中で動けなくなったらそれでいいと思った」

でも、気がついたら、古くて大きなお香屋さんにいたんだ。

「今でも信じられない失態《しったい》だけど、見ず知らずの人の家で大泣きする僕に、そこのおじいさんとおばあさんはお菓子《かし》をくれたりお香《こう》を作るところを見せてくれたりした。二人の孫だという女の子は、どうしてなのか僕と一緒になって泣いて、僕が泣きやんだあとでもまだ泣いていた。そういえば、今でもすぐ涙目《なみだめ》になって、見ていておもしろいけど」

「……目がうるおってるだけです。ドライアイなんて知らないです」

「その日の帰り際に、おじいさんが言った。『うちの香乃は鎌倉に来たばかりでまだ友達がいないんだ、これからも遊びに来てやってくれ』って。――銀二《ぎんじ》さんは、僕の様子に何か気づいて、ああ言ってくれたんだと思う。迷惑じゃないかといつも心配だったけど、学校の帰りに花月香房《かげつこうぼう》に行くと、いつも三春さんと銀二さんはやさしく迎えてくれた。きみもぱっと顔を明るくして喜んでくれた。女の子どころか人間の子供とちゃんと交流したことがそもそもなかったから最初はとまどったけど、一緒に遊ぶのは楽しかった」

「――気持ち悪く、なかった？　わたしのこと」

それは、今までにも何度も訊きたかったけれど、口にできなかったことだった。

「正直、最初に体質の話を聞いた時には、よく理解できていなかった。理解できてからは、自分がどれだけ卑屈《ひくつ》で欠けた人間なのか、知られることが怖いとも思った。でも」

朝と夜のはざまの青い光のなかで、雪弥さんがわたしを見た。

「そういう体質を持ったきみが、あの日僕に声をかけてくれた。どうしてかなしいんだと訊いてくれた。あれがなければ、そのあと花月香房で過ごした時間がなければ、僕はたぶん生きることに耐えられなかった。今の自分の生き方が正しいかはわからないけど、こうやって進んでいこうとは思えなかったんだ。だから、きみの体質もふくめて全部――本当に全部、必要だったんだ、僕には」

涙があふれ出した。白い大きな手が、額《ひたい》とこめかみの境に置かれた。

「だから、頼むからもう、昨日のような無茶なことはしないでほしい。確かにきみが昨日ああしなければ、真奈さんは危ない目にあっていたかもしれない。だけど、きみがどこにいるのか、無事なのか、何もわからない状態で気を揉むのは、本当にひどい気分なんだ。三春さんや妹や、きみを大切に思っている人間に、二度とあんな思いをさせないでほしい。僕がいなくなっても困る人やかなしむ人はいないけど、きみはそうじゃないんだ」

あふれてとまらない涙を、骨ばった手が指の背でぬぐってくれる。わたしはその手をつかまえて、握《にぎ》りしめた。

「うれしい時や、楽しい時や、誰かを好きだと思ってる時、人って、とてもいい香りがするの。神様がつくった花があったらこんなふうなのかなって、そう思うような香り」

話の先が読めないのか、雪弥さんの香りに少しだけとまどいが混じる。ふしぎだ。いつもはあまり変化がわからない雪弥さんの香りが、今はこんなにはっきりとわかる。

「雪弥さんがお店に来ると、おじいちゃんからはいつもそんなにおいがしてた。おばあちゃんなんて、雪弥さんが来る日はぷんぷん香りがして、鼻歌までうたってる。アサトくんも、高橋さんも、十和子さんも、そうだよ。ほかにもわたしが知らない、雪弥さんのまわりにいる人も、きっと」

雪弥さんにも、それがわかったらいいのに。

「困る人はいないなんて、誰もかなしまないなんて、言わないで。生きていく時は雪弥さんひとりなのかもしれないけど、でもみんな雪弥さんが好きで、雪弥さんの力になれたらいいって思ってること、忘れないで」

わたしは、どこまでちゃんと雪弥さんに伝えられたのだろう。

それとも、もしかしたら全部、夢だったのだろうか。

次に目を開けた時には、部屋はすっかり朝の金色の光で満たされていた。最近、庭の花を目当てに来ているヒヨドリの、にぎやかな鳴き声が聞こえた。

ベッドの脇に、もう雪弥さんの姿はなかった。

*

翌日の土曜日は、わたしはひたすら祖母と香凜からの非難とお説教に、すみません、ごめんなさい、もっともです、と謝り続けた。まだ熱があったし病《や》み上がりなのだが、それで容赦《ようしゃ》してくれる性格の二人ではないのである。そして、香凜との会話やアサトくんとの電話で、前の晩にあったことの子細《しさい》を知ったりした。

真奈ちゃんは、とわたしのおでこに冷却《れいきゃく》シートを貼《は》りに来た香凛に訊《たず》ねると、

「さっき電話したら、もう落ち着いてた。むしろお姉ちゃんのこと心配してたよ。昨日岸田さんに運ばれてきた時、どう見ても真奈よりお姉ちゃんのほうが瀕死《ひんし》だったし」

面目《めんぼく》ないです、と謝ったら、ぎゅうっと香凛に抱きつかれた。風邪《かぜ》、うつっちゃうよ。注意しても香凛は離れようとせず、ありがとお姉ちゃん、と小さな声が聞こえた。

お昼になると、祖母がおじやを運んできてくれた。雪弥さんは、と訊ねると、

「昨日の夜はばたばたしてて、ひと段落したらもう遅かったから、客間に泊まってもらったんだけどね。今朝《けさ》起きたら『始発で帰ります』って書置きがあった。今日はアルバイトもなしで、ゆっくり休んでちょうだいって言ってあるわ」

そっか、と頷《うなず》いたら、がっしと頭をつかまれ、ぐりっと祖母のほうを向かされた。わたしは、怒った顔の祖母の目が赤くうるんでいるのを見て、声が出なくなった。

「昨日のことで、おばあちゃんの寿命、十年は縮んだわよ。これじゃ百歳くらいまでしか生きられないかもしれない。長生きしてほしかったら、もう心配させないで」

胸がつまって、ごめんなさい、とささやいた。その時なぜか、東京にいる両親にも謝った気がした。両親には今度のことは知らせていない。でも、たとえ彼らが何も知らなくても、ごめんなさい、と心の中に言葉がこぼれた。

翌日の日曜日、香凜は九時半頃の電車に乗って東京へ帰ることになった。祖母とお別れのハグをした香凜を、わたしは鎌倉駅まで送っていった。横須賀線《よこすかせん》のホームに着くと、驚いたことに、真奈と、アサトくんと、雪弥さんがいた。

「気をつけてね。あと私、高校は東京の受けるよ」

もう二人にはそれほど言葉も必要ないのか、真奈はシンプルにそれだけ言った。頷いた香凜は、ばっと両腕を広げてハグを求めたが、真奈はクールに右手をさし出して握手《あくしゅ》を主張した。しばらく視線による戦いが続いたが、根負《こんま》けした香凜がしぶしぶ真奈の手を握《にぎ》ると、真奈は思いきりその手を引っぱって「わっ？」とつんのめった香凜を抱きしめた。

「ありがと、香凜」

その声には少しだけ、涙が混じっていた。

「私、強くなる」

真奈の肩の上で、香凜の顔がくしゃっとなった。真奈のその言葉に、わたしはこれから彼女が直面する物事を思わずにいられなかった。

高校へ進学する来年の春まで、真奈が中学で過ごす残りの十カ月。ヒロカたちは明日から真奈にどう出るのだろう。わたしと同じ心配を、アサトくんもしたようだった。

「そのヒロカとかいうやつら、何かしてこねえかな。俺、萩ヶ谷には友達いないし……」

「その時には、すぐに僕に連絡してください。報復と封じこめは、長年の経験から得意分野ですから」

剣呑《けんのん》な発言で一同をぎょっとさせた雪弥さんは、眼鏡のブリッジを押し上げた。

「大丈夫、友達などいなくても、学校は卒業できます。まずは教諭陣を味方につけることが重要ですね。それから保健室などにもコネを作っておくと、もしもの時に便利……」

「心臓が鉄でできてるおっさんは黙ってろよ！」

「普通の中学生の心臓はガラスでできてるんだから！」

アサトくんと香凜に嚙《か》みつかれた雪弥さんは、黙りこんで、ちょっとそっぽを向いた。

くすくすと笑っていた真奈が、言った。

「大丈夫。どうなるかわかんないけど、もし学校でひとりになっても、世界中でひとりぼっちになるわけじゃないって、今はわかってるから」

わたしはその言葉に胸がいっぱいになって、真奈の手を握った。真奈は照れくさそうに笑いながら、握り返してくれた。

電車がホームに滑りこんだ。もう一度真奈とハグをした香凜は、アサトくんを見て、

「じゃあねアサト、東京に来る時は連絡して」

「ああ、夏休みに」

えっ⁉　とわたしが目を剝《む》く間に、香凜は電車に乗りこみ「ばいばい」と手をふった。

プシュッとドアが閉まり、すぐに香凜の姿が流れていく。手をふっていたアサトくんは、わたしの視線に気づくと、

「や、そんな『いつの間に』みたいな顔で見られても」

と動じる様子もなく言い、わたしと雪弥さんを見て意味ありげに唇《くちびる》の片端を上げた。

「俺から言わせてもらうと、むしろ大学生と高校生の奥手さ加減がどうかと思う」

絶句するわたしに、じゃあ俺これで、とかろやかに手をふり、アサトくんはホームを出ていく。笑っていた真奈も、またね、と手をふってからそのあとに続いた。

残ったわたしと雪弥さんは、どちらともなく顔を見合わせて、またそらした。行きますか、そうですね、と何となく他人行儀《ぎようぎ》に鎌倉駅の東口へ向かう。

「体はもう、大丈夫なんですか？」

歩きながら訊ねられて、はい、とわたしは頷いた。そして少し考えて、続けた。

「もう、心配してくれる人をひどい気分にさせるようなことは、しません」

雪弥さんは前を向いたまま何秒か間を空《あ》けて、

「ぜひとも、そうしてください」

と言った。それで、やっぱりあれは夢ではなかったのだとわかった。

雪弥さんがもう一度口を開いたのは、鶴岡八幡宮《つるがおかはちまんぐう》の鳥居《とりい》の前にさしかかった時だ。

「今度、腰越《こしごえ》の響己《ひびき》さんのお店に、行ってみませんか」

響己さんとは、以前、祖父の友人だった蔵並啓太郎《くらなみけいたろう》氏から祖母が香木《こうぼく》を譲《ゆず》り受けた時に関わった蔵並家の三男で、腰越で洋食屋さんを営《いとな》んでいる。わたしと雪弥さんは、一度そこでごちそうしてもらえるサイン入りの名刺《めいし》をもらっていたのだ。

わたしは穴が開くほど雪弥さんを凝視《ぎょうし》したあと、急いで何度も頷いた。なぜか頷いているうちに、例の顔の困った機能が発動して、頬が熱くなった。そんなわたしを見た雪弥さんは「まだ熱が下がっていないんじゃないですか？」とちょっと意地悪《いじわる》な感じで言い、そのあとやわらかく目を細めた。

六月の朝。空は青く、風には花と緑のにおい。お店を開けるまでにはまだ時間があるから、急ぐ必要はない。わたしと雪弥さんは、一緒に歩き出した。

ゆっくりと、ゆったりと、花月香房へ向かって。

※この作品はフィクションです。実在の人物・団体・事件などにはいっさい関係ありません。

集英社オレンジ文庫をお買い上げいただき、ありがとうございます。
ご意見・ご感想をお待ちしております。

● あて先
〒101-8050　東京都千代田区一ツ橋2-5-10
集英社オレンジ文庫編集部 気付
阿部暁子先生

集英社
オレンジ文庫

鎌倉香房メモリーズ

2015年2月25日　第1刷発行

著　者　阿部暁子
発行者　鈴木晴彦
発行所　株式会社集英社
〒101-8050東京都千代田区一ツ橋2-5-10
電話【編集部】03-3230-6352
【読者係】03-3230-6080
【販売部】03-3230-6393（書店専用）
印刷所　凸版印刷株式会社

※定価はカバーに表示してあります

ISBN 978-4-08-680007-5 C0193